Ulrike Mundorff

Efeuschlinge

Ulrike Mundorff

Efeuschlinge

Ein Tübingen-Krimi

Silberburg-Verlag

Ulrike Wanner, geborene **Mundorff,** studierte in Tübingen, London und Konstanz Altorientalistik, Vergleichende Sprachwissenschaft und Informationswissenschaft. Als Programmiererin entwickelt sie Warenwirtschaftssysteme. Die Autorin lebt mit ihrem Mann, der wie sie Kriminalromane, Drehbücher und Theaterstücke schreibt, in Tübingen.

1. Auflage 2009

Lektorat: Michael Raffel, Tübingen.
Umschlaggestaltung: Wager ! Kommunikation, Altenriet.
Druck: CPI books, Leck.
Printed in Germany.

ISBN 978-3-87407-830-6

Das Licht der aufgehenden Sonne brachte den Tau auf Moos und Gräsern der Waldwiese zum Funkeln. In Fichten und Buchen wetteiferten die Vögel mit ihrem Gezwitscher.

Am Rand der Wiese stand eine hoch aufgerichtete Person. Sie trug Schnabelschuhe und ein helles, togaähnliches Gewand mit Fransen an den Säumen. Die tief ins Gesicht gezogene Kapuze ließ ihr Gesicht nicht erkennen. Mit ruhigen Bewegungen arrangierte sie auf einem Tisch flache Schalen mit runden oder zungenförmigen Broten neben einer Kanne mit schnabelförmigem Ausguss. Unter halblautem Singsang, der sich wie eine Mischung aus Altgriechisch und Arabisch anhörte, brach die Person ein zungenförmiges Brot und hielt die Hälften in den Himmel, als ob sie einer Gottheit opfern wollte. Dann nahm sie im Rhythmus der Rezitation die Schnabelkanne und goss in großen Schwüngen roten Wein ins Gras.

Zuletzt umfasste die Gestalt den Schaft der Klinge, griff mit der anderen Hand nach unten in das dichte Haar des Kopfes und führte das Metall über die Kehle. Der erste Streich durchtrennte Haare und Haut, der zweite die Gurgel. Das Blut spritzte in einer Fontäne auf das helle Gewand. Die Klinge schnitt weiter, bald standen die Schnabelschuhe im Blut.

* * *

Wie jeden Morgen genoss Kriminalhauptkommissarin Birgit Wahl vom Dachfenster ihres Badezimmers aus die Aussicht auf das Tübinger Schloss. Das wuchtige Renaissancegebäude auf dem langgezogenen Bergrücken dominierte jenseits des Neckars die Stadt. Diesseits des Ufers erstreckten sich Felder mit reifendem Getreide und Streuobstwiesen von Birgits Wohnort bis zu den Häusern und Gärten der Tübinger Südstadt, die sich zwischen Bahngleisen und Steinlachkanal ausdehnte. Nach ihrer Scheidung war Birgit vor einem knappen Jahr zusammen mit ihrer Tochter Wally hierher gezogen. Zunächst hatte sie gezögert, das Angebot ihrer Freundin und Kollegin Carolynn Baumann anzunehmen und mit ihr zusammen in deren Haus zu wohnen. Birgit war sich nicht sicher gewesen, ob es auf Dauer gut gehen würde, als Carolynns Vorgesetzte mit ihr beinahe rund um die Uhr zusammen zu sein. Doch Wally, die sich mit Carolynn von Anfang an sehr gut verstanden hatte, hatte ihre Mutter bekniet, bis sie bereit gewesen war, es wenigstens zu versuchen.

Bei ihrem Aussichtsritual bekam Birgit immer für einige Momente das Gefühl, die Welt sei friedlich und es gäbe keine Morde, die sie aufklären müsse. Doch bald genug schoben sich beim Anblick des Präsidiums, das ebenfalls in Birgits Blickfeld stand, Gedanken an Ermittlungsstände und Tote in ihr Bewusstsein. Birgit drehte sich vom Fenster weg und wandte sich ihren üppigen Schild- und Frauenhaarfarnen zu, die das Durcheinander von Badeutensilien kaschierten. Wie jeden Morgen nahm sie eine Sprühflasche und nebelte die Pflanzen sorgfältig mit Regenwasser ein.

Während der Nachrichtensprecher des lokalen Radiosenders die Schlagzeilen des Tages verlas, überlegte Birgit kurz, was sie anziehen sollte, beschloss, wie so oft, der Bequemlichkeit wegen, dass Aussehen nicht alles sei, und schlüpfte rasch in die Jeans und das T-Shirt, die im Schrank zuoberst lagen. Während sie ihre Kreolen anlegte, prüfte sie im Spiegel kurz die Zahl ihrer Lachfältchen, bemerkte weitere graue Haare zwischen den brünetten und zwinkerte sich zu. Summend wuschelte sie ihre krausen, knapp schulterlangen Haare zurecht.

Sie hielt in ihrer Bewegung inne, als der Radiosprecher verkündete: »Heute wurde das sechste Schaf zwischen Tübingen und Bebenhausen gefunden. Wie in allen bisherigen Fällen war die Kehle des Schafes durchtrennt und die Leber entnommen.«

Mit angewiderter Miene stellte Birgit das Radio aus und machte sich auf den Weg in die Küche.

Einen Stock tiefer öffnete Carolynn die Tür, als Birgit vorüberging.

»Morgen, Birgit.« Carolynn strich über ihre Kostümjacke. »Geht das so?« Sie drehte sich in ihrem neuen, apfelgrünen Jil-Sander-Kostüm und den hochhackigen Pumps einmal um sich selbst. Birgit zog mit einem Anflug von Minderwertigkeitsgefühlen rasch ihr T-Shirt glatt.

»Wow«, meinte sie. »Das Kostüm ist klasse. Bei einem Figürchen wie deinem kannst du einfach alles anziehen.« Sie seufzte. »Du isst dreimal so viel wie ich, aber deine Kleider sind halb so breit wie meine.«

Carolynn verdrehte die Augen. »Ich muss mich noch um mein Update kümmern«, wechselte sie abrupt das Thema und stöckelte ins Zimmer zurück. Dabei wippten ihre blonden Haare, die in sanften Wellen lang und dicht über ihren Rücken fielen, auf und ab.

Birgit trottete die Treppe hinunter ins Erdgeschoss. »Die Welt ist ungerecht«, brummelte sie.

Das Klackern aus dem oberen Stockwerk verriet Birgit, dass Carolynn in ihr Arbeitszimmer gegangen war. Vermutlich hatte sie sich wieder ein brandneues Update zu irgendeiner Software heruntergeladen, mit der man Passwörter knacken oder sich in irgendwelche Computer einhacken konnte. Birgit verstand nichts von den Details und war froh, dass Carolynn sie nicht mehr damit behelligte.

Die französischen Fenster der großzügigen, sonnendurchfluteten Landhausküche standen weit offen und gaben den Blick auf die Terrasse und den verwilderten Garten frei. Am gedeckten Küchentisch löffelte Wally, in einem Kochbuch lesend, ihr Müsli.

»Guten Morgen, mein Schatz«, begrüßte Birgit ihre Tochter.

»Morgen«, antwortete Wally trübe.

»Was hast du?«, fragte Birgit Wally, während sie sich Kaffee einschenkte. »Heute kein Radio?«

Die Sechzehnjährige verzog das Gesicht. »Ich kann es nicht mehr hören. Der Verrückte hat schon wieder ein Schaf abgeschlachtet. Sogar das Tagblatt bringt heute einen Artikel.« Wally schob ihrer Mutter die Lokalzeitung zu.

»Könnt ihr nicht irgendwas unternehmen?« Bei ihren letzten Worten hatte sich Wally aufrecht hingesetzt. Der »Rettet die Wale«-Aufdruck ihres T-Shirts war nun gut lesbar.

Carolynn stöckelte schwungvoll herein. »Guten Morgen«, sagte sie freundlich zu Wally und setzte sich auf ihren Stammplatz auf der Eckbank. Birgit schenkte ihr Kaffee ein und zeigte auf den Artikel. Carolynn nickte, sie wusste, was Wally beschäftigte.

»Wir arbeiten bei der Mordkommission«, sagte Birgit.

»Hätte ich nicht gedacht«, gab Wally zurück.

Carolynn belegte ihr Brot mit Schinken. »Die Kollegen ermitteln in der Sache.«

Birgit nickte zustimmend und trank einen Schluck Kaffee.

»Ihr seht ja, dass es nichts nützt. Wie lange wollt ihr noch zusehen? Die armen Tiere!«

Birgit setzte ihre Tasse ab. »Bitte jetzt keinen Vortrag. Und nichts über zusammengepferchte Viecher auf Bauernhöfen. Bitte. Nicht vor meiner zweiten Tasse Kaffee.«

»Ph!« Ärgerlich wandte sich Wally ihrem Kochbuch zu.

Birgit tat es gleich wieder leid, dass sie auf Wallys Forderung so abweisend reagiert hatte. Mit ihrem Entsetzen über die gequälten Schafe hatte sie ja völlig recht. Aber Birgit fand die grundsätzliche Haltung ihrer Tochter übertrieben. Nicht, dass sie wirklich etwas gegen Wallys neue Freunde aus der Tierschützerszene hätte, Birgit war sogar recht froh, dass Wally nach ihrem Umzug wieder Anschluss gefunden hatte. Aber dieses missionarische Gehabe ging ihr auf die Nerven, vor allem dieses rechthaberische Vegetariertum. Und außerdem wusste Wally genau, dass ihre Mutter als erklärter Morgenmuffel Diskussionen vor der zweiten Tasse

Kaffee nicht leiden konnte. Mit zusammengezogenen Augenbrauen aß Birgit ihr Leberwurstbrot.

»Dein Taschengeld habe ich auf die Vitrine im Flur gelegt«, startete sie einen schwachen Versuch, die Stimmung zu retten.

Wally hielt ihren Blick stur auf ein Hochglanzfoto von Blumenkohl mit gelber Currysoße gerichtet.

»In der Schule kocht ihr doch auch mit Fleisch«, versuchte es Birgit ein zweites Mal.

»Als Hauswirtschafterin muss man alles kochen können. Aber man muss noch lange nicht alles essen«, fauchte Wally. »Und das«, Wally hielt ihrer Mutter den Deckel des Kochbuches hin, »sind alles rein vegetarische Vorspeisen.«

»Ist ja gut«, wehrte Birgit ab.

Carolynn sah das Buch interessiert an. »Lass mal sehen.«

Wally schob es näher zu ihr. Carolynn las das Rezept und stieß immer wieder begeisterte Laute aus.

Birgits Diensthandy klingelte. »Whl«, meldete sie sich undeutlich mit vollem Mund.

Allen war klar, dass der Anruf einen Einsatz ankündigte. Carolynn sah Wally entschuldigend an und trank rasch ihren Kaffee aus. Das Mädchen räumte das Geschirr zusammen.

»Wir kommen«, beendete Birgit das Telefonat und stand mit ihrer Tasse in der Hand auf. »Man hat eine Leiche gefunden«, sagte sie. »Wally, ich kümmere mich um den Schafschlächter, sobald ich etwas Luft habe.«

Wally nickte und nahm ihrer Mutter die Tasse aus der Hand. »Geht schon. Ich mach das.«

* * *

Wie üblich steuerte Carolynn den Wagen routiniert und sicher. Obwohl die beiden dieses Dienstfahrzeug erst kürzlich zugeteilt bekommen hatten, wusste Carolynn bereits über Details von Hebel- und Schalterfunktionen Bescheid, die

Birgit noch nicht einmal grob bedienen konnte. Im Laufe der vier Jahre, in denen die beiden Kommissarinnen zusammenarbeiteten, hatten sie sich darauf geeinigt, dass Birgit im Auto auf dem Beifahrersitz Platz nahm. Es hatte sie zum Wahnsinn getrieben, wenn Carolynn an Hebeln für Lüftungsklappen und Schaltern für die Innenbeleuchtung herumfummelte, während Birgit fuhr. Dagegen konnte Carolynn nie verstehen, wie man sich als Fahrer damit begnügen konnte, nur zu wissen, wie man Licht und Blinker einschaltete.

Diese Art von Konflikten hatten die beiden schon lange gelöst. Beide maßen ihren Diensträngen wenig Bedeutung zu, weil sie sich durch Carolynns Gründlichkeit und Birgits Gespür für menschliche Eigenheiten gut ergänzten. Als erstes Frauenteam eines Morddezernats in Tübingen waren sie auf Erfolge angewiesen und mussten zusammenhalten. Besonders seit sie Manfred Wagner als Assistenten zugeteilt bekommen hatten. Er hielt von Frauen, besonders von Frauen, die wie Birgit und Carolynn eine Universität besucht hatten, nicht viel. Und die Aussicht, seine letzten paar Jahre bis zu seinem vorgezogenen Ruhestand mit ihnen zusammenarbeiten zu müssen, begeisterte ihn nur sehr, sehr mäßig.

Schweigend verließen sie die B28 im Ammertal und bogen in die sanft ansteigende Straße in Richtung Schönbuch ein. Dieser Höhenzug zwischen Böblingen im Norden, Herrenberg im Westen, Tübingen im Süden und Nürtingen im Osten war fast vollständig bewaldet und früher ein beliebtes Jagdrevier der württembergischen Herzöge. Heutzutage zogen die Buckel und sich schlängelnde Täler an Wochenenden Heerscharen von Erholungssuchenden aus der ganzen Region an.

Bald nach der Abzweigung vom Ammertal lösten Wiesen und Felder die Häuser ab. Nach etwa vier Kilometern erreichten die Kommissarinnen das Ende des Tales. Auf einer sichelförmigen Fläche mit Obstbaumwiesen und Feldern lag das Dorf Hagelloch an der breitesten Stelle der Sichel mit

Kirche, Bauern- und Wohnhäusern. Im Ort bog Carolynn nach rechts in eine kleine Dorfstraße und folgte dem Weg Richtung Tübingen zur Spitze der Sichel bis zum Wanderparkplatz Heuberger Tor.

Dort winkte ein Polizist Carolynn weiter. Langsam fuhren sie den befestigten Weg zwischen Wald und einer Wiese entlang und parkten hinter den anderen Einsatzfahrzeugen. Zur Begrüßung legte ein Streifenbeamter für einen Moment lässig die Hand an die Mütze.

»Da lang.« Er zeigte auf einen der Wege. »Er liegt beim Millionensträßchen.«

Carolynn nickte ihm zu und stellte den Motor ab. »Hoffentlich ist es nicht so dreckig«, murmelte sie.

»Zieh doch deine Notfallschuhe an«, schlug Birgit vor und stieg aus.

»Die habe ich geputzt. Sie stehen noch in der Waschküche.«

Üblicherweise hatte Carolynn Gummistiefel und ein Paar feste Schuhe im Kofferraum deponiert. Bei dem Gedanken, wie sie in Kostüm und Gummistiefeln durch den Wald stapfte, hätte Birgit beinahe laut gelacht.

»Es hat seit Tagen nicht geregnet. Es wird schon gehen«, sagte sie.

Knappe hundert Meter weiter hatten die Mitarbeiter der Spurensicherung den Laubwald weiträumig abgesperrt und hantierten geschäftig mit Fotoapparaten und Maßbändern. Am Rande der Szene stand ein übergewichtiger Mann, der eifrig in sein Notizbuch schrieb.

»Der Herr Assistent ist auch schon da«, raunte Carolynn Birgit zu.

»Himmel hilf«, raunte Birgit zurück.

Die beiden duckten sich unter den rot-weiß-gestreiften Bändern hindurch und näherten sich ihren Kollegen.

Manfred Wagner klappte sein Notizbuch zu und steckte es in seine Brusttasche. »Guten Morgen, die Damen. Auch schon ausgeschlafen?«

Birgit holte Luft für eine passende Erwiderung, fing rechtzeitig Carolynns warnenden Blick auf und beschränkte sich auf ein gebrummeltes »Morgen«.

Grinsend drehte sich Wagner weg und führte die beiden zu einer mächtigen Buche. »Der Verrückte hat zugeschlagen. Ich hab ja schon drauf gewartet.«

»Worauf?«, wollte Carolynn wissen.

»Dass er Menschen schlachtet«, gab Wagner über seine Schulter zurück.

Hinter seinem Rücken verdrehten die beiden die Augen.

»Das ist bei jedem Serientäter so«, fuhr er fort. »Jedes Mal wird es schlimmer. Zuerst die vielen Schafe, und jetzt ein Mensch.«

»Wie kommen Sie darauf?«, fragte Birgit mit einem gereizten Unterton. Bisher hatte sich Wagner nicht als kriminalpsychologischer Experte hervorgetan.

»Sehen Sie gleich.« Wagner zeigte auf die Leiche am Fuß einer Buche.

Ein Mann, Mitte bis Ende zwanzig, mit sportlicher Figur, lag ausgestreckt auf dem Rücken, die Arme an den Seiten, mit einem Gesichtsausdruck, als ob er schliefe. Birgit sah den Toten argwöhnisch an. »Das ist doch der Zeitungsfritze.«

Carolynn nickte. »Der einem bei den Pressekonferenzen immer die Worte im Mund umdrehen wollte.«

Birgit nickte. »Krause.«

Bei Pressekonferenzen hatte sie innerlich gestöhnt, wenn sie ihn unter den Journalisten entdeckt hatte. Er hatte ihr immer das Gefühl vermittelt, er sei weniger an der Wahrheit als am Spektakel interessiert.

Die Leiche lag in einem Ring aus leicht angewelkten Wiesenblumen und Efeuranken. Gelber Hahnenfuß, purpurner Blutweiderich und weiße Margeriten waren zwischen dunkelgrüne Efeuranken gebettet. Die Blüten wiesen alle nach außen, so dass sie wie ein Strahlenkranz wirkten. Der Tote trug Jeans, Socken und Turnschuhe. Der nackte Oberkörper wies zwei kleine Einstiche auf, einen in der Herzgegend und einen unter der rechten Brust. Genau über der Leber waren die Umrisse dieses Organs in seine Haut geritzt.

»Sieht man auch nicht alle Tage«, tönte es hinter den Frauen. Sie drehten sich um und begrüßten freundlich Hubert Steiner, den Gerichtsmediziner. Um nicht allzu sehr auf seine Zeitgenossen hinabblicken zu müssen, hatte er sich angewöhnt, Schultern und Brustkorb seiner langen dürren Gestalt hängen zu lassen.

»Was sagst du zu unserem Opfer?«, fragte ihn Carolynn.

»Hat direkt Glück gehabt, dass seine Leber noch drin ist«, mischte sich Wagner ein.

Birgit sah Wagner mit hochgezogener Augenbraue an. »Er heißt Krause, war Journalist beim Tagblatt. Stellen Sie bitte fest, wo er wohnte und welche Angehörigen er hatte.«

Wagner trollte sich.

»Moment«, rief sie ihm nach.

Wagner blieb stehen und drehte sich halb um.

»Wo ist sein Hemd oder T-Shirt?«

»Wir haben nichts gefunden.« Wagner entfernte sich.

Birgit wandte sich wieder Hubert zu. »Ich höre.«

Hubert ließ sich neben der Leiche in die Hocke fallen und glich nun fast einem Geier. Er wies auf einen der Einstiche. »Ich vermute, dass der direkt ins Herz getroffen hat. Wahrscheinlich mit einem Stilett. Sonst hat der Tote keine weiteren Verletzungen. Jedenfalls nichts, was auf den ersten Blick erkennbar wäre.«

Birgit sah kritisch auf die Schleifspuren, die von den Füßen der Leiche bis zum Waldweg führten. »Also ist dies wohl nicht der Tatort. Ich meine, wer geht schon mit einem Stilett im Wald spazieren.«

»Prinzipiell kann die Tat hier stattgefunden haben. Diese Art von Wunden verschließt sich schnell. Übermäßige Blutspuren werden wir nirgends finden.«

Carolynn richtete sich auf. »Wer immer das getan hat – er hat ein beachtliches psychisches Problem.« Sie schüttelte langsam den Kopf. »Und die Ritzungen?«

»Postmortal. Sonst hätten sie stärker geblutet. Nach der Leichenstarre zu schließen ist der Tod vermutlich gestern Abend eingetreten. Schätzungsweise zwischen 21 und 23 Uhr.« Hubert deutete auf eine Margerite, deren Stiel sich in den langen Wurzeln des Efeus verhakt hatte. Augenzwinkernd hielt er Birgit die Blume hin. »Ihren Todeszeitpunkt musst du bestimmen.«

Birgit lachte lautlos. Hubert spielte auf ihre Lehre als Gärtnerin an, die sie nach ihrem abgebrochenen Biologiestudium absolviert hatte. Birgit hatte sich in ihrem Lehrbetrieb in Reutlingen sehr wohl gefühlt. Dort wurden Heilpflanzen für pharmazeutische Unternehmen angebaut. Wallys Geburt hatte Birgits Berufsleben unterbrochen, bis die Kleine den Kindergarten besuchte. Bei einer Serie von Vergiftungsfällen in Reutlingen führte eine Spur in Birgits Gärtnerei. Die Polizei zog sie als Expertin öfter zu Rate und weckte ihre Leidenschaft für die Ermittlungsarbeit. Bald wechselte Birgit ans Kriminaltechnische Institut und begann eine Ausbildung. Sie fiel schnell durch ihr Engagement und ihre Leistungen auf und bewarb sich, ermutigt von ihren Vorgesetzten, an der Polizeiakademie in Villingen-Schwenningen. Dort lernte sie Carolynn kennen, als diese ein Jahr nach ihr an die Akademie gekommen war. Nach ihrem Abschluss wurde Birgit nach Tübingen versetzt, Carolynn zunächst nach Heilbronn.

Nun sah sie auf die Margerite in ihrer Hand. »Pflanzengewicht mal Außentemperatur geteilt durch Verdunstungskoeffizienten ...«

»Ergibt?«, fragte Wagner, der zurückgekommen war.

»22.42 Uhr.« Sie sah Hubert mit einem schalkhaften Blitzen in den Augen an.

Wagner grinste abfällig.

Hubert lächelte und zog seine Handschuhe aus. »Ich hab's soweit.«

Birgit lächelte zurück. »Okay, tschüss, ich komme später an deinen Seziertisch.«

»Wann immer du willst.« Er nickte allen kurz zu und entfernte sich.

»Dieser Holger Krause wohnte in der Gartenstraße«, berichtete Wagner. »Er fährt einen Golf mit Tübinger Kennzeichen.« Er reichte Birgit einen Zettel mit den entsprechenden Notizen.

»Hatte er denn irgendetwas bei sich? Ich meine Hausschlüssel, Geldbeutel, Handy?«

Wagner schüttelte den Kopf. »Wir suchen noch das Auto, mit dem die Leiche vermutlich hierher transportiert wurde. Weiter vorn hat die Spusi Abdrücke eines Reifens gefunden. Zwischen Weg und Graben.«

»Wer hat die Leiche eigentlich entdeckt?«, fragte ihn Carolynn.

»Die Joggerin.« Er wies mit dem Daumen hinter sich auf eine junge Frau in verschwitzter Sportkleidung. In einer Haltung, als ob ihr schlecht wäre, lehnte sie an einem der Dienstfahrzeuge. »Sie hat ihn gefunden, aber sie kennt ihn nicht.«

Birgit nickte und ging zu der Sportlerin hinüber. »Guten Morgen. Geht's wieder einigermaßen?«

Die Joggerin nickte schwach.

»Könnten Sie mir kurz erzählen, wie Sie ihn gefunden haben?«

»Ich wohne im Studentenwohnheim, dem oberhalb des Nordrings. Von dort durch den Wald bis zum Grillplatz ist meine übliche Strecke. Und dann zurück über die Kleingärten. Manchmal laufe ich noch eine Extraschleife über das Millionensträßchen. So wie heute.«

»Hier gibt's Kleingärten?«

»Ja, zwischen Nordring und Wald. So Schrebergärten.«

»Wie spät sind Sie etwa losgelaufen?«

»Gegen Viertel vor sechs. Bis hierher brauche ich etwa fünfzehn Minuten.«

»Ist Ihnen auf dem Weg jemand begegnet?«

Die Joggerin legte ihre Stirn in Falten. »Abends ist hier viel los. Reiter, Spaziergänger, Leute, die Tonnen von Würsten grillen, andere Läufer. Aber frühmorgens – nö.«

»Ist Ihnen sonst noch irgendetwas aufgefallen?«

Die Studentin zog die Schultern hoch. »Nix.«

»Danke. Wenn Ihnen noch etwas einfällt, melden Sie sich bei uns.« Birgit gab ihr ihre Visitenkarte und ging zurück zu Carolynn und Wagner.

Sie verschafften sich einen Überblick über die Lage des Fundorts und seine Umgebung. Das Wohnheim, von dem die Joggerin gesprochen hatte, lag am Nordrand der Stadt. Direkt dahinter zogen sich Felder nach Osten zum Stadtteil Waldhausen, in dem der Reitverein seine Anlage hatte. Links des Wohnheims begann der Wald. Eine wenig befahrene Straße führte vom Wohnheim zum Wanderparkplatz. Birgit schätzte die Entfernung auf etwa einen Kilometer. Beim Parkplatz lagen ein Aussichtspunkt und der Grillplatz, von dem die Studentin gesprochen hatte. Gute zweihundert Meter vom Parkplatz entfernt begann das Millionensträßchen.

»Herr Wagner, Sie klappern das Wohnheim und die Kleingärtner drüben am Nordring ab. Vielleicht hat irgendjemand etwas gesehen. Die Joggerin hat gesagt, abends wimmelt es zwischen Wohnheim und Grillplatz von Leuten. Und unser Täter muss eine ganze Weile hier beschäftigt gewesen sein. Ach ja, fragen Sie auch beim Reitverein nach. Es scheinen einige Reiter hier vorbeizukommen.«

Wagner schrumpfte sichtlich bei der Aussicht, die vielen Mitglieder des Reitvereins befragen zu müssen, ganz zu schweigen von den Bewohnern des Internationalen und Studenten- und Dozentenwohnheims, eine beinahe endlose Aufgabe bei einem Hochhaus.

»Heute Abend habe ich einen dringenden Termin«, versuchte er abzublocken. »Privat. Könnte nicht Hauser die Leute vom Wohnheim übernehmen?«

Birgit war so überrascht, dass ihr nicht sofort eine Antwort einfiel. Wagner hatte sich nie durch extremen Arbeitseifer hervorgetan, aber dass er schon morgens ankündigte, bald Feierabend machen zu müssen, war bislang noch nie vorgekommen. Birgit »lieh« sich Hauser nur dann von einem anderen Dezernat aus, wenn sie ganz dringend sehr viele Spuren verfolgen mussten. Wagners Faulheit schien Birgit kein hinreichender Grund, diesen Kollegen anzufordern.

»Herr Wagner«, begann sie im geduldigsten Tonfall, der ihr momentan möglich war, »es ist noch früh am Morgen. Bis zu Ihrem Termin erwarte ich, dass Sie einen guten Teil der Wohnheimbewohner befragt haben. Haben wir uns verstanden?«

Bei jedem von Birgits Worten verfinsterte sich Wagners Miene mehr.

»Mit Krauses Nachbarn müssen Sie auch noch reden«, beauftragte ihn Carolynn. Sie lächelte ihm honigsüß zu. Dann ließ sie sich ein Polaroidfoto vom Gesicht des Toten geben und stöckelte davon.

* * *

Die Gartenstraße zog sich vom Rande der Altstadt parallel zum Neckar und am Fuß des langgestreckten Österbergs bis in den Tübinger Stadtteil Lustnau. An ihrem westlichen Ende lagen ein gut besuchter Biergarten direkt am Fluss und vereinzelt Läden und Kneipen. Je weiter man ostwärts ging, desto mehr dominierten Wohngebäude. Kurz nach dem Biergarten ergatterte Carolynn einen Parkplatz.

»Kann nicht mehr weit sein«, meinte sie.

Sie stiegen aus und gingen zu Fuß weiter.

»Weiter hinten hat doch diese ermordete Kurdin gewohnt«, meinte Birgit.

Diesen Fall hatte Friedrich Holzwarth, einer ihrer Kollegen, vor einem guten halben Jahr gelöst. Wie man in der Kantine munkelte, mit entscheidender und entschiedener Hilfe seiner Ex-Frau, einer neugierigen Professorin, die Linguistik unterrichtete.

»Scheint keine besonders gesunde Gegend zu sein«, meinte Carolynn. Sie studierte die Reihe von Klingeln am

Eingang eines dreigeschossigen Wohnhauses. Im Erdgeschoss hatte ein Steuerberater seine Kanzlei, das Dachgeschoss schien an verschiedene Studenten vermietet zu sein. »Wir müssen links rum«, sagte sie zu Birgit. Dabei deutete sie auf das Klingelschild. Ein Pfeil unter dem Schriftzug »H. Krause, Gartenhaus« wies in die angegebene Richtung.

Steile, ausgetretene Steinstufen führten an einem Dickicht aus Forsythien und rot blühenden Weigelienbüschen vorbei hinunter in den Garten zwischen Haus und Neckar. Hohe Bäume dämpften hier den Lärm des Verkehrsgewühls auf der Neckarbrücke und schlossen neugierige Blicke von dort aus. Überwuchert von Efeu stand ein Gartenhäuschen aus Fachwerk zwischen Rabatten aus weißen Cosmeen, silbrigen Funkien und dunkelrot blühenden Taglilien auf der einen und aus duftenden Kräutern auf der anderen Seite. Ein Schaukelstuhl und ein Bistrotischchen luden auf der winzigen Veranda zum Verweilen. Einige Schritte entfernt führten Stufen zu einer Anlegestelle für Boote.

»So hätte ich gern während des Studiums gewohnt«, meinte Birgit verträumt.

Carolynn grinste. »Dann wäre eher was aus dir geworden.«

Sie klopfte an die Tür, horchte. Birgit ging um das Häuschen herum, schob Efeuranken beiseite, um durch die Fenster spähen zu können. Dabei stiegen Erinnerungen an ihr abgebrochenes Biologiestudium auf. Der streng reglementierte Ablauf der ersten zwei Jahre hatte ihr schnell missfallen. Sie hatte ihr Pensum auf das Nötigste reduziert und so oft wie möglich an Exkursionen mit Zielen zwischen der Schwäbischen Alb und Nordafrika teilgenommen.

»Sie! Das geht aber nicht!«, riss eine barsche Stimme sie aus ihren Tagträumen.

Erschrocken drehte sich Birgit um. Carolynn stöckelte vorsichtig über das unebene Pflaster zu ihrer Kollegin.

Ein Rentner in ausgebeulter Jogginghose und Unterhemd aus Feinripp trat aus den Hartriegelbüschen. Auf dem Arm hielt er ein schwarzes Kaninchen, das er ständig kraulte. Langsam und misstrauisch näherte er sich den Frauen. »Was machen Sie auf meinem Grundstück?«

Birgit und Carolynn zeigten ihm ihre Ausweise.

»Guten Morgen. Kripo Tübingen«, begann Birgit. »Wahl, dies ist meine Kollegin Baumann. Wir suchen die Wohnung von Holger Krause.«

Auf dem Gesicht des Rentners mischte sich Neugier mit Ablehnung. »Hat er was angestellt?«

»Wer sind Sie?«, wollte Carolynn wissen.

»Der Hausbesitzer. Fetzer.« Er kam einige Schritte näher.

»Herr Krause ist heute Morgen tot aufgefunden worden«, sagte Birgit.

»Jesus!« Herr Fetzer wurde blass. Birgit führte ihn zum Schaukelstuhl, wartete, bis sich der alte Mann wieder etwas gefasst hatte.

»Wann haben Sie Herrn Krause zuletzt gesehen?«

»Gestern Morgen. Ich habe ihn dran erinnert, dass er die Kaninchen füttern muss.« Er wies mit dem Kinn auf den Anbau. »Ich habe fünf Stück. Früher hatte ich mehr. Aber meine Frau – Sie, wenn ich das gewusst hätte, wäre ich dageblieben. Aber weil meine Schwägerin ...«

Birgit fiel ihm ins Wort. »Wann sind Sie zurückgekommen?«

»Heute früh.«

»Wir würden uns gern in seinem Häuschen ein bisschen umsehen. Schließen Sie uns bitte auf.«

Fetzer versuchte, seine Schlüssel aus der Hosentasche zu nesteln, ohne das Kaninchen entwischen zu lassen. Birgit nahm ihm das Tier ab. Als er das Gartenhaus betreten wollte, gab sie es ihm schwungvoll zurück.

»Vielen Dank. Wir schaffen das schon.«

Carolynn folgte Birgit auf den Fersen, lächelte den Rentner verbindlich an und schloss die Tür vor seiner Nase.

Mit Büchern vollgestopfte Regale, ein ungemachtes Bett, ein kleiner Ess- und Schreibtisch beherrschten den Raum.

Überall lag Staub, auf dem Esstisch stand ein schmutziger Teller, ein Kleiderhaufen türmte sich neben einem Sessel. Auf der Sitzfläche lag ein dickes Buch, aus dem gelbe Klebezettel ragten. Die aufgeklebte Signatur wies das Buch als Bestandteil einer Bibliothek aus.

»Die Hethiter. Aspekte eines Volkes und ihres Reichs«, las Birgit auf dem Einband.

Carolynn sah sich um und rümpfte die Nase. »Ein Ordnungsfanatiker.«

Birgit konnte sich ein Grinsen kaum verkneifen. Carolynn besaß sehr klare Vorstellungen von Ordnung. Seit sie zusammen wohnten, hatte es immer wieder Streit gegeben, weil Birgit Gartengeräte nicht an die Halterungen im Schuppen gehängt, sondern sie nur an die Wand gelehnt hatte oder weil Wallys Strickzeug in der Küche liegen geblieben war.

Rasch streiften sich die Kommissarinnen Handschuhe über. Carolynn startete das Notebook auf dem Schreibtisch und inspizierte die Stapel von CDs und Papieren. Birgit schlug das Hethiterbuch an einigen Stellen auf, die mit den Klebezetteln markiert waren. Plötzlich pfiff sie durch die Zähne.

Carolynn sah auf.

»Weissagungen aus Vogelflug oder Lebern«, verkündete Birgit. »Aus *Schaf*lebern!«

Carolynn runzelte die Stirn. »Leber-Hype in Tübingen. Glaubst du, es hat was mit unserem Fall zu tun?«

»Was weiß ich. Jedenfalls hat er sich damit beschäftigt.« Sie legte das Buch wieder in den Sessel und durchsuchte routiniert die Schubladen des Schreibtischs. Verblüfft zog sie ein Heft heraus. »Sein Studienbuch«, sagte sie. »Hauptfach Vorderasiatische Archäologie, Nebenfächer Völkerkunde und Altorientalistik«, las sie die Eintragungen auf der ersten Seite vor.

»Was ist denn Altori-?«, fragte Carolynn.

»Woher soll ich das wissen?« Birgit blätterte das Heft flüchtig durch. Krause hatte darin seine Zeugnisse über Referate und Klausuren abgeheftet. »Wie ich die Bescheinigungen lese, geht's um Assyrer und Babylonier. Zwischenprüfungen hat er auch schon.«

Birgit legte das Studienbuch zurück und wandte sich den Büchern in den Regalen zu. Die meisten handelten von Ausgrabungen in der Türkei, Syrien und im Irak oder von Texten auf Tontäfelchen, die in dieser Region gefunden worden waren. Die meisten Täfelchen besaßen die Größe einer halben Postkarte und waren dicht beschrieben. Birgit fragte sich, wie man Gruppen aus Dreiecken mit Schwänzen als Schrift bezeichnen konnte und auch noch lesen wollte.

Während Carolynn mit der Tastatur klapperte, zog Birgit einen Band aus dem ersten Regal.

»Grundriss der akkadischen Grammatik«, las sie halblaut und stellte es mit einem Kopfschütteln zurück. Zwei andere Bücher zog sie nur halb heraus, um den Titel besser lesen zu können: »Briefe aus Mari«, und »Assyrisch-Babylonische Lesestücke«. Birgit ging zum Regal zwischen Ofen und Esstisch. Eine Bewegung am Fenster erregte ihre Aufmerksamkeit. Sie schaute hin und sah gerade noch, wie sich eine Person im Unterhemd eilig entfernte.

Wie faszinierend Polizeiroutine anscheinend sein kann, dachte Birgit amüsiert.

Dann wandte sie sich dem zweiten Regal zu. Ein Teil der Bücher handelte von indianischen Sprachen und Kulturen Mittel- und Südamerikas, ein anderer Teil von Sitten und Gebräuchen in Europa ab der Reformation. Das dritte Regal enthielt eine beachtliche Sammlung von Kriminalromanen und Sachbüchern über Kriminalistik.

Carolynn sah auf. »Ich habe die Dateien der Hauptverzeichnisse nach dem Datum des letzten Zugriffs geordnet. Krause hat in den letzten drei Tagen ziemlich viel durchgeforstet. Dann habe ich nach dem Änderungsdatum sortiert. In einem Hauptverzeichnis haben die jüngsten Dateien alle eine Ziffernfolge als Namen. Die sehe ich mir auf dem Präsidium genauer an.« Mit einem ärgerlichen Schnalzen tastete sie die Papierstapel ab, verschob die CD-Stapel.

»Was ist?«, fragte Birgit.

»Ich schaue nach, ob er noch irgendwo einen Stick hatte.«

Birgit sah sie verständnislos an.

»Ich rede nicht von Salzstangen. Mittlerweile benutzt man keine Disketten mehr, sondern stäbchenförmige Speicher. Sticks eben. Die sind kleiner und es passt erheblich mehr drauf.« Carolynn suchte weiter, fand eine Visitenkarte. »Detektei Orwell, Tobias Schneider«, las sie. »Erinnerst du dich?«

Birgit sah auf. »War das dieses Bürschchen?«

Carolynn nickte.

Als Birgit vor einem guten halben Jahr in einem anderen Mordfall ermittelte, erwischte sie Schneider beim Befragen eines Verdächtigen. Weil sich Schneider dazu als Polizist ausgegeben hatte, wollte Birgit ihn anzeigen. Doch als er Informationen beisteuern konnte, die zur Aufklärung des Falles beigetragen hatten, hatten die Kommissarinnen von einer Anzeige abgesehen.

Birgit stöberte jetzt die Taschen an Krauses Jacke durch, die über der Stuhllehne hing. »Na bitte«, meinte sie zufrieden.

»Hast du ihn?«, fragte Carolynn gespannt.

»Nö.« Birgit zog einen Taschenkalender aus der Innentasche der Jacke. Carolynn stand auf und sah ihrer Kollegin über die Schulter, als sie nach Eintragungen kurz vor dem gestrigen Sonntag, Krauses Todestag, suchte. Birgit tippte mit dem Finger auf verschiedene Vermerke: beim Freitag hatte Krause »Tristan, Institutsfest ab 19.00 Uhr« hingekritzelt, beim Samstag »Revierförster, Böhmer, Gesangsverein, Auerbach, Schachverein«, und beim Sonntag »Margret, 15.00 Uhr«.

»Schau mal in den Adressteil. Wegen der Telefonnummern«, schlug Carolynn vor.

Birgit blätterte. »Treffer! Margret und Tristan sind drin.«

Birgit klappte zufrieden den Kalender zu.

»Das heißt«, dozierte Carolynn, »er kannte die beiden gut. Sonst hätte er die Nachnamen auch aufgeschrieben.«

»Sag bloß«, spöttelte Birgit. Sie steckte den Kalender in ihre Tasche.

Die beiden warfen noch rasch einen Blick in die winzige Küche, die gleichzeitig als Badezimmer diente. Nirgends waren Kampfspuren zu entdecken. Carolynn nahm das Notebook mit, dann gingen sie hinaus. Kaum hatten sie das Amtssiegel über Tür und Türrahmen geklebt, tauchte der Vermieter zwischen Deutzienbüschen auf.

So ein Zufall, kommentierte innerlich Birgit sein Erscheinen.

»Wir haben das Gartenhaus versiegelt. Vorläufig darf niemand hinein. Geben Sie uns bitte den Schlüssel dafür.« Birgit streckte die Hand aus.

Überrascht gehorchte Fetzer.

»Hatte Herr Krause Verwandte?«, fragte ihn Carolynn.

»Eine Schwester. Karin. Karin Krause. Wohnt oberhalb der Neckarhalde. Ich glaube, sie hat einen Verlag. In der Südstadt.«

* * *

Auf dem Weg zum Verlag hatte Birgit Carolynn im Präsidium abgesetzt, weil diese Krauses Kalender durchforsten und weitere Recherchen über den Toten anstellen wollte. Den Innendienst zog Carolynn immer dem Außendienst vor, egal ob es sich um Zeugenbefragungen oder wie jetzt um die Übermittlung einer Todesnachricht handelte.

Auch Birgit hätte Letzteres lieber vermieden. Doch grundsätzlich sprach sie gerne mit Menschen, hörte genau zu, was und wie sie erzählten. Fast noch wichtiger war, was sie ausließen. Nach Birgits Meinung konnte man nur ein Gefühl für das Opfer entwickeln, wenn man dessen Umfeld kannte und erspürte.

* * *

Auf der schmutzigen Fassade des langgestreckten, zweigeschossigen Betongebäudes aus den Siebzigerjahren stand der verblasste Schriftzug »Verlag Hartmut Krause«. Birgit stellte das Auto auf dem firmeneigenen Parkplatz ab, den Thujas, Kiefernbüsche und bodendeckende Cotoneaster zum Nachbargrundstück abgrenzten. Rasch stieg sie die flachen, breiten Stufen aus Waschbeton zum Haupteingang hinauf, den rote Geranien in Steinschalen flankierten. Die linke Hälfte der Eingangshalle nahmen Tafeln zur Firmengeschichte des Verlags ein. Sepiafarbene Fotografien zeigten Ansichten vom Biarritz des ausgehenden neunzehnten Jahrhunderts und vom Kairo der Zwanzigerjahre mit den zugehörigen Werbeslogans für die Krause'schen Reiseführer. Die Wände der rechten Hälfte der Halle verdeckten Bücherschränke, die vermutlich Erstausgaben enthielten. Von der Decke hing eine Papptafel, auf die ein Poster mit einem indischen Palast im Abendrot aufgezogen war. Direkt darunter stand ein Verlagsmitarbeiter und quittierte den Empfang einer Paketsendung. Der Zusteller tippte sich an die braune Mütze und verließ eilig die Halle.

»Was kann ich für Sie tun?« Der Verlagsangestellte näherte sich mit verbindlichem Lächeln.

»Ich möchte zu Frau Krause. Privat.«

»Erster Stock, dritte Tür rechts.«

Birgit bedankte sich und ging die Treppe zum oberen Geschoss hinauf. Auf dem Türschild des Büros las sie »Sekretariat – Frau Gallwitz«.

Eine Dame in den Fünfzigern mit feschem Kostüm und flotter Frisur hob ihren Blick vom Bildschirm, als sie Birgit bemerkte.

»Guten Tag. Was kann ich für Sie tun?«

»Ich möchte Frau Krause sprechen.«

»Haben Sie einen Termin?« Frau Gallwitz prüfte blitzschnell ihren Kalender.

»Nein. Es ist privat.«

»Ah.« Die Sekretärin ging zu einer Verbindungstür und öffnete sie nach kurzem Klopfen. »Besuch für Sie.«

Birgit betrat das angrenzende Büro. Sie schätzte Karin Krause auf Mitte dreißig. Die Frau setzt sich durch, dachte Birgit, als die Verlagschefin energiegeladen hinter dem Flachbildschirm auf ihrem spiegelnden Designerschreibtisch hervorkam. Die hochmodernen Büro- und Sitzmöbel standen in merkwürdigem Gegensatz zu den Gewebetapeten und weichen Orientteppichen.

Karin Krause sah Birgit forschend, aber freundlich an. »Ja bitte?«

»Kripo Tübingen, Wahl.«

Für eine Sekunde flackerte Unsicherheit in Karin Krauses Miene. Dann, wieder ganz Geschäftsfrau, bot sie Birgit Platz an.

»Frau Krause, ich muss Ihnen eine traurige Mitteilung machen. Ihr Bruder ist gestern einem Verbrechen zum Opfer gefallen.«

Frau Krauses Züge verschlossen sich, ihre Finger knoteten sich ineinander. Sie hielt ihren Blick auf die Zimmerecke gerichtet, als sie fragte: »Wer, ich meine haben Sie schon einen Verdacht ...«, sie brach ab.

»Wir stehen noch am Anfang der Ermittlungen. Kann ich Ihnen ein paar Fragen stellen?«

Birgits Gegenüber nickte.

»Wann haben Sie Ihren Bruder zuletzt gesehen?«

»Vor einer Woche vielleicht.«

»Benahm er sich irgendwie anders als sonst?«

Karin Krause schüttelte den Kopf. »Anders? Nein. Er war wie immer. Immer in Eile.«

Birgit sah sie auffordernd an.

»Er arbeitete viel als Journalist. Damit hat er einen Teil seines Studiums finanziert. Alte Völker und Kulturen haben ihn fasziniert.« Karin Krause rang mit der Fassung und stand auf. »Es tut mir leid. Ich möchte jetzt alleine sein.«

Birgit erhob sich. »Verstehe. Ich muss Sie leider bitten, morgen früh in die Gerichtsmedizin kommen, um ihn zu identifizieren. Können Sie das einrichten? Gegen neun?«

Karin Krause nickte fahrig und wandte sich ab.

* * *

Als Birgit ihr eigenes Büro betrat, saß Carolynn mit einer leicht grünlichen Gesichtsfarbe am offenen Fenster.

»Was hast du?« Birgit eilte besorgt zu ihr.

Carolynn drehte langsam den Kopf. »Hast du eine Ahnung, wie viele Männer beim Sex Leichen bevorzugen? Oder wenigstens Teile von Leichen?«

Birgit setzte sich auf die Tischkante. »Wie kommst du jetzt darauf?«

Carolynn rieb sich die Stirn, als ob sie Kopfschmerzen hätte. »Ich habe im Internet über geschmückte Leichen recherchiert. Jede Menge Seiten über aufgebahrte, mit Blumen geschmückte Tote, an denen sich perverse Typen zu schaffen gemacht haben. Die Täter sind meistens männlich und die Opfer weiblich.«

Birgit dachte nach. »Unsere Leiche ist männlich. Meinst du, unser Täter könnte ein nekrophiler Schwuler sein?«

Carolynn zuckte die Schultern. »Möglich ist alles. Sie tun es in Leichenhäusern oder buddeln sie aus Gräbern.« Carolynn schüttelte sich.

»Hm. Krause lag im Wald.« Birgit stand auf und zupfte ein vertrocknetes Blättchen aus der Passiflora am Nebenfenster, deren Ranken dank ihrer aufmerksamen Pflege mittlerweile beinahe die ganze Scheibe bedeckten.

»Ich glaube nicht, dass wir mit den Perversen weiterkommen«, sagte Birgit. »Was hast du noch?«

»Holger Krause, 26 Jahre alt, einzige Verwandte Karin Krause, seit der Vater Hartmut Krause vor zwei Wochen gestorben ist. Mutter starb schon vor zwölf Jahren. Studiert im sechsten Semester. Bisher ausschließlich in Tübingen. Wohnt seit Beginn seines Studiums in der Gartenstraße.« Carolynn hatte dabei kaum Luft geholt. »Seine Schwester bewohnt immer noch die elterliche Villa in der Biesingerstraße.« Mit einem Kopfschütteln fragte sie: »Wieso zieht er aus einer komfortablen Villa in ein Gartenhaus mit Öleinzelofen? Dort muss er Miete für etwas bezahlen, was er woanders umsonst und besser haben kann.«

Typisch Caro, dachte Birgit, sie würde Luxus nie ohne extrem triftige Gründe aufgeben. Laut sagte sie: »Mit 23 kann man doch ausziehen wollen.«

Carolynn dachte kurz nach. »Oder es gab Streit. Hast du seine Schwester nicht gefragt?«

»Nö. Dazu bin ich gar nicht gekommen. Sie war so nervös, als ich sagte, dass ich von der Polizei bin. Du, als Erstes hat sie mich gefragt, wer es getan hat. Woran er gestorben ist, hat sie überhaupt nicht interessiert. Und nach höchstens zwei Minuten hat sie mich rausgeschmissen.«

»Seltsam. Übrigens war Holger als Journalist ordentlicher, als seine Bude vermuten ließ. Er muss vor drei Tagen ziemlich aufgeräumt haben. Alle Dateien, die nicht zum Betriebssystem gehören«, – Carolynn fing Birgits ablehnenden Blick auf – »also alle, die er selbst erstellt hat. Deren Zugriffsdatum ist nie älter als drei Tage. In einem Verzeichnis hat er offenbar seine Interviews und Artikel gespeichert. Die meisten davon sind mit einem Passwort geschützt. In den ungeschützten Dateien habe ich bisher nichts gefunden, was einen Mord rechtfertigen würde.«

»Steht in seinem Kalender was Interessantes?«

»Er hat sich immer wieder mit einer gewissen Margret verabredet und mit einem gewissen Tristan. Dann noch jede Menge Termine für Interviews und so.« Carolynn reichte Birgit den Kalender.

»Okay«, nickte die. »Dann gehe ich jetzt zum Schwäbischen Tagblatt und dann an die Uni und höre mich da mal um. Vielleicht hat auch Hubert schon was.« Birgit stand auf.

»Wo sind eigentlich die Institute? Ich meine die, an denen er studiert hat?«

»Im Schloss.«

* * *

Vor dem Präsidium fädelte sich Birgit in den ruhig dahinfließenden Verkehr ein und bog etwa auf der Höhe des Arbeitsamtes nach rechts in die vierspurige Hegelstraße. Sie steuerte das Parkhaus gegenüber dem Hauptbahnhof an, da sie keine Lust hatte, ihre Zeit mit der Suche nach einem Parkplatz zu verschwenden. Von dort aus konnte Birgit das Gebäude des Schwäbischen Tagblatts in zehn Gehminuten bequem erreichen. Sie überquerte die Bahngleise, passierte die berüchtigte mehrstöckige Bauruine aus Beton und Metallstreben, die Wohnungen, Büros und einen Konzertsaal hätte beherbergen sollen. Dann wechselte sie die Straßenseite, warf einen kurzen Blick auf die nahe Mündung des Steinlachkanals in den Neckar und lief an den Läden in der Friedrichstraße entlang. Das Modegeschäft Zinser beherrschte dieses Areal, das auch »Zinserdreieck« genannt wurde, um das beinahe zu jeder Tages- und Nachtzeit starker Verkehr floss. Dennoch hatten es Geschäftsleute vor einigen Jahren gewagt, dort zwei weitere Cafés und ein Restaurant zu eröffnen. Zu Birgits Verwunderung waren deren Außenbereiche immer gut besetzt. Das Bedürfnis, im Freien Kaffee zu trinken, schien stärker zu sein als das, unbehelligt von Verkehrslärm sitzen zu können. Rasch legte Birgit die restliche Strecke bis zum Tagblatt zurück und betrat das Gebäude.

* * *

»Woran er zuletzt gearbeitet hat, ja, das kann ich Ihnen gar nicht sagen.« Der Chef vom Dienst beim Schwäbischen Tagblatt sah Birgit immer noch schockiert an. »Er machte nur Andeutungen über eine sensationelle Story.«

»Kannten Sie Herrn Krause näher?«

»Nein. Fragen Sie lieber Herrn Neumair.« Er zeigte durch die Glasscheibe seines Büros auf einen Mann Anfang fünfzig mit einem gepflegten Vollbart. »Er ist – war – Krauses Redakteur. Mit ihm sprach er seine Artikel ab.«

Draußen sah Neumair Birgit mit wachsendem Wohlwollen näher kommen.

»Herr Neumair?«

Er nickte nur.

Sie zeigte ihm ihren Ausweis. »Kripo Tübingen.«

Neumairs Wohlwollen verpuffte sichtlich.

»Ihr Kollege, Herr Krause, wurde heute Morgen tot aufgefunden.«

»Holger?« Neumair sah verblüfft aus. »Wo?«

»Sie scheinen nicht sehr betroffen.«

Neumair stieß ein kurzes Schnauben aus. »Wir waren keine Freunde.«

»Sondern?«

»Ich habe ihm beigebracht, wie man für eine seriöse Zeitung schreibt. Sonst hatten wir keinerlei Kontakt.«

»Hatte er Feinde, wurde er bedroht?«

Neumair winkte ab. »Weiß ich nicht.«

»Vielleicht wissen Sie, woran er zuletzt geschrieben hat?«

»An der Jahresversammlung der Kleintierzüchter.«

»Hören Sie doch auf. Ich habe Herrn Krause in einigen Pressekonferenzen erlebt. Den interessierten andere Kaliber als Kleintierzüchter.« Birgit sah ihn ernst an. »Ich ermittle in einem Mordfall. Und Sie werden mir alles sagen, was bei der Aufklärung helfen könnte. Klar?«

»Jetzt bleiben Sie mal locker«, Neumair schnaubte spöttisch. »Das mit den Kleintierzüchtern stimmt.« Er lehnte sich vor. »Machen wir einen Deal?«

Birgit sah ihn mit hochgezogener Augenbraue an.

»Meine Infos gegen Ihre?«

Birgit betrachtete ihn kritisch. »Kommt ganz auf Ihre Infos an.«

Neumair überlegte blitzschnell. »Er hat bloß Andeutungen gemacht. So wie ich mir das zusammengereimt habe, wollte er den Schafschlächter finden.«

»Hat Herr Krause den Artikel über die Schafe geschrieben? Ich meine den, der heute in der Zeitung stand?«

»Nein, ich.«

»Wann hat er die Andeutungen gemacht?«

»Am«, Neumair beugte sich vor und blätterte in seinem Tischkalender, »letzte Woche, Donnerstag, nein, Mittwoch. An diesem Tag rief wieder so ein Wichtigtuer an. Holger hat mitgehört. Er hat noch darüber gespottet, dass ganz Tübingen nichts anderes zu tun hat, als in den Wald zu rennen und nach aufgeschlitzten Schafen zu suchen.« Neumair seufzte genervt.

»Und dann?«, fragte Birgit.

»Hat er so gönnerhaft getan. Hat was von einem Muster gefaselt, nach dem die Schlachtungen stattfinden, dass er jemandem auf den Fersen sei.« Neumair machte eine wegwerfende Handbewegung. »Der Schlaumeier. Und jetzt?«, Neumair hielt kurz inne. »Wie ist er eigentlich gestorben?«

»Er wurde vermutlich erstochen.«

»Und wo haben Sie ihn gefunden?«

»Im Wald in der Nähe des Heuberger Tores.«

»Ich sage Ihnen, das war der Schafschlächter. Hundert Prozent.« Neumair notierte rasch einige Stichwörter.

»War Krause nach dem Mittwoch noch mal hier?«, fragte Birgit.

»Am Sonntag.«

»Schrieb er seine Artikel hier oder schickte er sie per E-Mail?«

»Kam alles per Mail.«

»Danke. Das wär's fürs Erste.« Birgit wandte sich ab.

»Und unser Deal?«

»Dafür waren Ihre Informationen ein bisschen dünn.«

* * *

»Was ist das denn!«, ärgerte sich Birgit, als sie auf der schmalen Zufahrtsstraße zum Schloss eine Kolonne parkender Autos passierte. Nur direkt vor den Einfahrten zu den Grundstücken mit exklusiven Wohnhäusern oder zu denen der Verbindungshäuser waren noch Lücken. Der Parkplatz beim Schloss am Ende der Straße war erst recht voll belegt. Missmutig fuhr sie ein Stück zurück und stellte den Wagen auf dem Vorplatz eines der Verbindungshäuser ab, die mit ihren Zinnen und Altanen wie kleine Ausgaben von Märchenschlössern aussahen. Sie klemmte ein Schild mit dem Aufdruck »Dienstfahrzeug« hinter die Windschutzscheibe und stieg aus. So staatstragend wie die Burschenschaftler sind, werden sie nichts dagegen haben, hoffte Birgit.

Keine fünf Minuten später betrat sie zusammen mit einer Gruppe übergewichtiger amerikanischer Touristen in Jogginganzügen und Turnschuhen den Innenhof des Renaissanceschlosses. Die Fremdenführerin stand bereits auf der anderen Seite des Hofes am Brunnen und forderte die Nachzügler mit Gesten auf, zur Gruppe aufzuschließen. Unbeeindruckt schlenderten diese weiter und sahen sich das Fachwerk an.

»Must be gothic«, vermutete einer der Amerikaner in schleppendem Tonfall und fotografierte.

Oh je, dachte Birgit, ein Experte. Dann versuchte sie erneut, an den Besuchern vorbeizukommen. Wie die meisten Touristen gingen sie nebeneinander und beanspruchten einiges an Platz. Birgit näherte sich rasch dem Tor, das am nächsten lag. »Institut für Vor- und Frühgeschichte«, las sie auf der Tafel daneben. Das hat Krause nicht studiert, erinnerte sie sich. Seit ihren eigenen Studientagen in Tübingen wusste Birgit, dass im Schloss verschiedene kulturwissenschaftliche Institute untergebracht waren. Aber sie wusste nicht, welche sich in welchem Gebäudetrakt befanden. Sie stöhnte und durchquerte schwitzend den sonnigen Hof.

Fahnen mit der Aufschrift »Ausgrabung Tell Aswad« und ein Menschenauflauf in der gegenüberliegenden Hälfte des Hofes zogen Birgits Aufmerksamkeit auf sich.

Ausgrabung ist schon mal gut, überlegte sie, vielleicht ist es dahinten. Als Birgit die Menschentraube erreicht hatte, musste sie sich recken, um zwischen den Köpfen der Leute den Grund für den Auflauf zu entdecken. Journalisten mit Fotoapparaten und Kameraleute belagerten einen Herren, den Birgit auf Anfang vierzig schätzte. Mit seinen dunklen, beinahe schulterlangen Haaren und dem Bärtchen auf Oberlippe und Kinngrübchen wirkte er wie einer der drei Musketiere. Der Musketier schien auf einem Podest zu stehen und Fragen zu beantworten. Wegen des Gemurmels der Leute um sich herum konnte sie die Worte nicht verstehen und wandte sich deshalb an eine Frau mit Hanfklamotten und Rastazöpfen.

»Entschuldigen Sie, wo ist das Archäologische Institut?«

»Klassische oder Vorderasiatische?«

Birgit stutzte. »Vorderasiatische, glaube ich.«

Die Rastafrau behielt die Hände in den Hosentaschen und deutete mit dem Kinn in die gegenüberliegende Ecke des Hofs. »Drüben. Bei den Altorientalisten.«

»Was ist hier eigentlich los?«

»Eröffnung der Ausstellung«, antwortete die Rastafrau lässig. »Funde von Tell Aswad. Sagen wir lieber ein paar der Funde. Der Rest sind Kopien oder Fotos davon.« Sie deutete mit dem Kinn auf den Musketier. »Er ist der Ausgräber. Professor Hahn.« Sie schnaubte verächtlich und wies auf eine Statue, die im Freien aufgestellt war. »Die Göttin ist in Wirklichkeit nicht mal eins fünfzig groß. Aber Hauptsache, das Fernsehen und die Sponsoren sind da.«

Bei den Stichworten Hahn und Göttin fiel Birgit wieder ein, dass sie darüber gelesen hatte. Mehrfach hatte das Tagblatt die bedeutenden Funde bei den Grabungen des Professors in Nordsyrien gefeiert. Er war auf das Hauptheiligtum einer uralten Göttin gestoßen, das man schon lange gesucht hatte. Zur

Freude der Archäologen fanden sie auch eine steinerne Statue der Göttin, ein äußerst seltener Fund in Vorderasien, der entsprechendes Aufsehen in der Fachwelt erregt hatte.

»Studieren Sie bei Hahn?«, wandte sich Birgit wieder an die Rastafrau.

»Nein. Indologie.«

Birgit nickte ihr zu und machte sich zum Institutseingang auf. Mittlerweile hatte sich die Menge etwas zerstreut und Birgit konnte die überlebensgroße Nachbildung der Göttin erkennen, die neben einer der Aswad-Fahnen stand. Quer über das Podest war ein Transparent gespannt, auf dem das Logo mit dem dreistrahligen Stern prangte.

Auf dem Weg zum Altorientalischen Seminar passierte Birgit die Gruppe Amerikaner beim Brunnen. Die Reiseführerin beendete gerade ihre Erläuterung der kunstvoll geschmiedeten Streben, die kreuzförmig die Säule in der Sternmitte stützen. Eine Frau in karierten Shorts deutete auf einen Wasserspeier in Form eines Drachens an der Dachrinne des Schlosses und fragte: »Can I buy this?«

Birgit beschleunigte kichernd ihre Schritte.

* * *

Am Schwarzen Brett des Altorientalischen Seminars überflog Birgit die Anschläge. Es wurde um Bewerbungen um eine Professur für Hethitisch in Marburg gebeten, eine Exkursion in die Türkei sollte bald stattfinden, jemand suchte dringend eine günstige Wohnung. Bei der Übersicht über die Vorlesungen und Seminare las Birgit aufmerksamer. Babylonisch und Hethitisch unterrichtete ein Doktor Kelding. Sie suchte die Türschilder ab, bis sie Keldings Zimmer gefunden hatte, und klopfte an.

Ein unwirsches »Herein« war die Antwort.

Ein drahtiger Mann Anfang fünfzig in einem abgeschabten Jackett saß an einem Schreibtisch. Bücher und Manuskripte stapelten sich darauf, am Bildschirm klebten Zettelchen in allen Farben.

»Guten Tag. Wahl. Kripo Tübingen«, Birgit präsentierte ihm knapp ihren Ausweis. »Kann ich Sie kurz sprechen?«

Kelding wirkte völlig perplex. »Kripo?«

»Entschuldigen Sie, dass ich so hereinplatze, sagt Ihnen der Name Holger Krause etwas?«

Kelding nickte. »Einer meiner Studenten.«

»Er wurde tot aufgefunden.«

Kelding zog sein Taschentuch heraus und tupfte sich die Stirn. »Aber ...«, er brach ab.

»Kannten Sie ihn gut?«

»Er, also ...«, Kelding tupfte sich wieder die Stirn und bot Birgit mit einer Handbewegung Platz an. »Entschuldigen Sie, aber Todesfälle sind bei uns sehr ungewöhnlich.« Er räusperte sich. »Herr Krause studierte bei mir seit sechs Semestern. Ich sehe ihn jede Woche drei bis fünf Mal. Äh, sah ihn, meine ich.«

»Was für ein Mensch war er und verhielt er sich in letzter Zeit anders als sonst?«

»Er, wie soll ich sagen, war ein intelligenter Mensch.«

»Ja und?« Birgit wunderte sich über seine merkwürdige Antwort.

»Ich meine, man soll nichts Schlechtes über die Toten sagen, aber er hätte viel besser lesen können müssen.«

»Bitte?«

»Keilschrift. Ich meine Keilschrift.«

»Ah, und warum beherrschte er das nicht?«

Kelding warf die Hände in die Luft. »Er arbeitet eben nicht genug. Hat gearbeitet, wollte ich sagen. Für Keilschrift braucht man Ausdauer. Deshalb hat er auch Archäologie als Hauptfach. Wer nicht lesen kann, gräbt.«

Birgit betrachtete ihn zunehmend amüsiert und hoffte inständig, dass ihre Miene dies nicht widerspiegelte. Sie setzte sich aufrechter hin.

»Hatte Herr Krause Feinde?«

Kelding stutzte. »Fragen Sie Margret. Margret Wild. Sie kennt ihn, glaube ich, privat. Oder Sven Jansson. Kann ich Ihnen sonst noch irgendwie helfen?« Seinem Tonfall nach erwartete er unmissverständlich ein »Nein«.

Bevor Birgit etwas sagen konnte, klopfte jemand energisch an. Ein Student platzte herein. Er war etwa Mitte zwanzig und trug Hanfklamotten, dazu eine Baseballkappe mit demselben Logo wie das auf den Fahnen im Schlosshof. Kelding warf einen sehr missbilligenden Blick auf die Kappe. Der Student drehte flugs den Schild seiner Kappe in den Nacken.

»Könnten Sie in den Hof kommen? Zum Interview?«

»Nein«, beschied er. »Ich habe keine Zeit für dieses Spektakel da unten wie gewisse andere.«

Der Student schloss eilig die Tür.

»Der wird sich noch wundern«, sagte Kelding leise zu sich selbst.

»Wer? Worüber?«, fragte Birgit.

»Ach nichts.« Kelding stand auf. »Ich bringe Sie zu Frau Wild. Herrn Jansson haben Sie gerade gesehen.«

Ohne ihre Zustimmung abzuwarten, verließ Kelding rasch sein Zimmer. Birgit eilte hinter ihm her, den Flur hinunter in die Bibliothek. Hohe Bücherregale folgten der Längsachse des Raumes, die Schreibtische waren entlang der Fensterfronten gruppiert. An manchen brüteten Studenten über ihren Büchern, an manchen tuschelten andere miteinander. Kelding steuerte zielsicher auf einen der Tische zu, an den sich gerade eine Frau Mitte zwanzig mit modischer Kurzhaarfrisur und schickem Leinenkleid setzte.

»Die Dame ist von der Polizei und hat ein paar Fragen an Sie«, sagte er leise, nickte knapp in Birgits Richtung und entfernte sich.

Margret stand wieder auf und sah Birgit irritiert an. »Polizei?«

Birgit nickte. »Wahl, Mordkommission. Ich habe leider eine traurige Nachricht. Herr Krause ist umgebracht worden.«

Margret zuckte zusammen, sah zur Seite.

»Doktor Kelding meinte, Sie kannten sich gut.«

»Gut ... wir studieren zusammen.«

»Hethitisch?«

»Auch.« Margrets Augen irrten zwischen Fenstern und Schreibtischen hin und her. »Wie ist er denn ...«, sie suchte nach dem richtigen Wort, »... umgekommen?«

»Er wurde vermutlich erstochen.«

Margret schluckte. »Wann?« Sie räusperte sich.

»Gestern Nacht. Wissen Sie etwas darüber?«

»Ich? Nein! Wie kommen Sie darauf?«

Birgit sah sie misstrauisch an. »Wann haben Sie ihn zuletzt gesehen?«

»Am Freitag, beim Institutsfest.« Margret atmete tief aus. »Diesmal haben wir bei uns gefeiert. Im Garten meiner WG. Ich wohne mit Sven und Arno in Entringen.«

»Wer ist Arno?«

»Studiert Chemie.«

»Ist Ihnen beim Fest etwas Ungewöhnliches aufgefallen?«

Margret schüttelte den Kopf. »Wir haben gegrillt. Alle waren gut drauf und haben viel gelacht. Sogar Kelding gab Histörchen aus seinem Leben zum Besten.«

»Können Sie mir eine Liste aller Personen anfertigen, die am Freitag da waren? Möglichst mit Adressen und Telefonnummern?«

»Sicher.« Margret setzte sich und schrieb rasch das Gewünschte.

Mit wachsendem Ärger fragte sich Birgit, wieso alle behaupteten, Krause kaum gekannt zu haben. Das konnte einfach nicht sein. Außerdem bekam sie Hunger. Seit Margret vorhin von Gegrilltem gesprochen hatte, erschienen knusprig gebratene Würste und saftige Schweinehälse vor ihrem geistigen Auge.

Margret reichte Birgit die Liste. »Das müssten alle sein. Tristans Nummer und Adresse kenne ich nicht. Er gehört nicht zum Institut. Holger hat ihn mitgebracht.«

»Ist es üblich, Fremde mitzubringen?«

Margret zuckte die Achseln. »Üblich ist zu viel gesagt. Es ist okay.«

»War dieser Tristan ein guter Freund von ihm?«

Margret zog die Augenbrauen zusammen. »Schwer zu sagen.«

»Können Sie diesen Tristan denn beschreiben?«

Margret dachte kurz nach. »Groß. Blond. So wie man sich Siegfried aus dem Nibelungenlied vorstellt. Hat irgendwas mit Kunstgewerbe zu tun.«

Tristan, der wie Siegfried aussieht, dachte Birgit. Auf den Helden bin ich gespannt.

»Und wie alt ist er ungefähr?«, fragte sie weiter.

»Vielleicht Anfang dreißig.«

Birgit überflog den Zettel, den ihr Margret gegeben hatte. »Die Liste ist ziemlich kurz. Hier müsste doch jeder jeden gut kennen. Sie wollen mir wirklich weismachen, dass Sie Krause nur oberflächlich kannten?«

»Wie man sich eben so kennt, wenn man ein Seminar besucht«, schnappte Margret. »Das heißt doch nicht, dass sich alle gegenseitig das Herz ausschütten. Wir sind Studenten und keine Selbsthilfegruppe.« Margret wandte sich ihrem Notebook zu. »Sonst noch was?«

»Laut Krauses Kalender waren Sie am Sonntag, gestern, mit ihm um 15 Uhr verabredet.«

Margret hielt für eine halbe Sekunde die Luft an. »Ich war aber nicht da.«

»Wo?«

»Bei ihm.«

»Und warum nicht?«

»Er hatte abgesagt.«

»Warum?«

»Er hätte keine Zeit.«

»Wann hat er abgesagt?«

»Am Freitag.«

Birgit warf ihr einen skeptischen Blick zu. »Haben Sie irgendeinen Verdacht, wer den Mord begangen haben könnte?«

Margret dachte sichtbar nach. »Ich weiß bloß, dass Holgers Vater vor zwei Wochen gestorben ist und er mit seiner Schwester um dessen Erbe gestritten hat.«

»Um wie viel ging es dabei?«

»Keine Ahnung. Er hat von Betrug geredet.«

»Ich denke, Sie sind keine Selbsthilfegruppe?«

»Einmal war er total sauer. Deshalb hat er es gesagt.«

»Wann war das?«

»Irgendwann letzte Woche.«

»Gibt es ein Testament?«

Margret zuckte mit den Schultern. »Davon hat er nichts gesagt.«

Birgit verließ die Bibliothek.

* * *

Als sie den Innenhof durchquerte, stand eine japanische Reisegruppe in 7/8-Hosen und orthopädischen Schuhen um den Brunnen und lauschte den Erläuterungen ihres Reiseführers. Er sprach so laut, dass er auf sein Mikrofon hätte verzichten können.

Kopfschüttelnd nestelte Birgit ihr Handy aus der Tasche und wählte.

»Hallo Birgit, was gibt's?« Für Birgits Anrufe hatte Carolynn auf ihrem Handy die Erkennungsmelodie von Miss Marple eingestellt.

»Hallo. Jede Menge. Erzähle ich dir später. Also dieser Tristan ist ein blonder Hüne Anfang dreißig. Warte, ich gebe dir seine Nummer. Könntest du herausfinden, wie er mit Nachnamen heißt und wo er wohnt?«

»Ist der nicht ein bisschen jung für dich?«, spöttelte Carolynn.

Birgit kicherte und fischte nach Krauses Kalender. »Vielleicht ist er als Lover verwendbar, wenn er mit unserem Fall nichts zu tun hat. Krause hat ihn zum Institutsfest der Altori-, du weißt schon, mitgebracht. Er macht irgendwas Kunstgewerbliches.« Sie las die Ziffernfolge von Tristans Handynummer vor.

»Kein Problem. Ich ruf dich an, wenn ich seine Adresse habe.«

* * *

Am Eingang zur Ausstellung traf sie Sven Jansson. Er saß hingekauert auf einem Schemel und hielt sich einen Pappbecher mit Kaffee unter die Nase. Außer ihm war niemand zu sehen. Da Sven die Baseballmütze jetzt wieder mit dem Schild nach vorne trug, konnte Birgit sein Gesicht kaum sehen, als sie direkt vor ihm stand.

»Führungen finden erst morgen wieder statt«, sagte Sven müde in Richtung Birgits Füße.

»Ich möchte Informationen über Herrn Krause.«

»Warum?«

Birgit hielt ihren Ausweis unter den Mützenschild. »Er wurde ermordet.«

Sven sah auf.

»Haben Sie ihn nach dem Institutsfest nochmals gesehen?«

Die Mütze schwang von rechts nach links.

»Benahm er sich am Freitag irgendwie anders?«

»Nö. Derselbe arrogante Arsch wie immer.«

»Bitte?«

»Sehen Sie mich nicht so an. Ich kann doch nichts dafür, dass er sich immer so erhaben gefühlt hat.«

»Über wen und inwiefern?«

»Über alle.«

»Und warum?«

Sven schnaubte. »Keine Ahnung. Große Klappe und nichts dahinter. Mit seinem Getue hat er nicht mal seinen Kumpel verschont.«

»Geht's ein bisschen genauer?«

»Beim Fest hat Holger mit Tristan gestritten. Ich habe Senf und den Zitronendip aus der Küche geholt. Die zwei sind unter dem Fenster gestanden.« Sven gähnte ungeniert.

»Jetzt hören Sie mal zu! Entweder Sie spucken sofort alles aus, was Sie wissen, oder ich nehme Sie mit aufs Präsidium!«

Sven machte eine beschwichtigende Geste. »Ja, ja. In der Ruhe liegt die Kraft. Wie gesagt, ich hole den Senf, das Küchenfenster steht offen. An den Stimmen erkenne ich Holger und Tristan. Holger zischt was von ›Anker‹ und ›Diebstahl‹ und ›Beweis‹. Tristan blafft was von ›Quatsch‹.«

»Denken Sie nach. Was haben die beiden genau gesagt?«

Sven hielt sich die Hand vor den Mund, als er nochmals gähnte. »Weiß ich wirklich nicht.«

»Ist Ihnen danach noch etwas aufgefallen?«

Sven schnaubte höhnisch. »Tristan hat sich bei Holger eingeschleimt. Wollte irgendwie gut Wetter machen.«

»Wo waren Sie gestern Abend zwischen 21 und 23 Uhr?«

Sven sah Birgit finster an. »Ob Sie's glauben oder nicht: daheim. Den ganzen Abend. Fragen Sie Margret. Meine Freundin. Wir wohnen in Entringen. Sie können es nicht verfehlen. Das Backsteinbauernhaus mit dem größten Gemüsegarten des Dorfes.« Sven senkte seine Nase über den Pappbecher.

»Gemüse?«

Mit leichtem Grinsen sah Sven wieder auf. »Kartoffeln, Topinambur, Tomaten, Salate, Kräuter, was Sie wollen. Alte Gemüsesorten haben wir auch. Guter Heinrich und so. Wir kaufen nichts zum Essen.«

Birgit grübelte kurz, was in aller Welt Guter Heinrich genau sein sollte. So weit sie sich erinnerte, musste es irgendetwas mit Spinat zu tun haben. Dann besann sie sich wieder auf die Frage, die sie noch stellen wollte. »Als Kelding vorhin so schroff zu Ihnen war, sagte er hinterher zu sich: ›Der wird sich noch wundern.‹ Wen könnte er damit gemeint haben?«

Sven machte eine wegwerfende Handbewegung. »Legen Sie bei Kelding nicht alles auf die Goldwaage. Manchmal lebt er in seiner eigenen Welt. Wir verstehen ihn auch nicht immer. Aber im Grunde ist er okay.«

»Wieso wollte er nicht zum Interview?«

»Ihm geht Hahns kommerzielles Tamtam auf die Nerven. Kelding kann was, aber er kapiert nicht, dass sein Typ nicht mehr gefragt ist.«

»Wie meinen Sie das?«

»Ohne Kohle keine Grabung. Hahn zapft auch bei privaten Sponsoren Kohle ab. Deshalb beschwört Kelding den Untergang des Abendlandes herauf. Er behauptet, es wird nur noch dort geforscht, wo man Ergebnisse erwartet, die man medienwirksam ausschlachten kann.«

»Ist das so?«

Sven stieß ein kurzes Lachen aus. »Fragen Sie das im Ernst? Sehen Sie sich doch um.«

»Wenn Herr Kelding mit Herrn Hahns Art so wenig, äh, einverstanden ist, warum arbeitet er dann mit ihm zusammen?«

»Sie meinen, warum er die Texte von Tell Aswad übersetzt?«

Birgit nickte.

»Als die Grabungen losgingen, wurden ziemlich schnell die Texte gefunden. Weil Kelding der beste ist, hat Hahn ihn gefragt, ob er sie übersetzen will. Sponsoren kamen erst später ins Spiel. Und weil Kelding schon ziemlich viel bearbeitet hat, macht er weiter, bis ...« Sven brach seinen Satz ab, als die Tür am Eingang zur Ausstellung aufgerissen wurde.

»Sven, holen Sie unbedingt ...«, der Musketier bemerkte Birgit und hielt inne.

»Holger ist tot«, sagte Sven und trank seinen Becher leer.

»Was?« Der Musketier sah mit aufgerissenen Augen von einem zum anderen.

»Wahl. Kripo Tübingen.«

»Professor Hahn.« Er gab Birgit die Hand. »Was ist mit Holger passiert?«

»Er wurde heute Morgen tot aufgefunden.«

»Mein Gott, das ist ja schrecklich.« Hahn schüttelte ungläubig den Kopf. »Wo?«, fragte er. Hahn war einer der wenigen, den die näheren Umstände zu interessieren schienen.

»Beim Heuberger Tor.«

»Was in aller Welt machte er dort?« Hahn kratzte sich abwesend das Kinn und sagte mehr zu sich selbst: »Kein Wunder, dass er nicht ans Telefon geht.«

»Was wollten Sie denn von ihm?«, fragte Birgit.

»Ich brauche ihn hier. Hier geht's den ganzen Tag drunter und drüber. Haben Sie vorhin nicht die Presse gesehen? Alle Sender haben Kamerateams geschickt!« Hahn warf ihr einen konsternierten Blick zu.

»Doch, doch, sicher.«

Hahn überlegte blitzschnell, ob sie ihn auf den Arm nahm. Er schien sich dagegen entschieden zu haben.

»Wir brauchen unbedingt noch mehr Flyer«, sagte er zu Sven. »Die Presseleute haben sie mir direkt aus den Händen gerissen. Holen Sie am besten gleich zwei Kartons aus dem Keller.«

Sven nickte und trollte sich.

»Herr Professor, wir stehen noch ganz am Anfang unserer Ermittlungen. Für uns sind jegliche Informationen über Herrn Krause von Bedeutung. Was können Sie mir über ihn sagen?«

»Er war begabt, er hatte Visionen. Er wollte ein breites Publikum für Mesopotamien begeistern.« Hahn seufzte. »Das Problem besteht in der Fundsituation.«

Birgit sah ihn verständnislos an.

»In Ägypten können Sie noch viele komplette oder fast komplette Tempel besichtigen. In der Türkei, in Syrien oder im Irak haben wir das nicht. Das Baumaterial ist entweder zerfallen oder wurde für andere Gebäude verwendet. Wir müssen also viel, viel mehr mit Rekonstruktionen arbeiten, um den Leuten einen Eindruck der antiken Gebäude zu geben.«

»Und worin bestanden Herrn Krauses Visionen?«

Hahn lächelte. »Er hat einen Kriminalroman geschrieben, der in Tell Aswad spielt. Etwa 1800 vor Christus.«

»Ist das Buch schon gedruckt?«

»Soweit ich weiß, suchte er einen Verleger.«

»Haben Sie irgendeinen Verdacht, wer Herrn Krause getötet haben könnte?«

»Nein. Das hätte ich Ihnen bestimmt schon gesagt.«

»Welches Verhältnis hatte er zu Sven und Margret?«

Hahn stutzte. »Verhältnis, wie meinen Sie? Sven und Margret haben ein Verhältnis, wenn Sie so wollen. Die beiden sind ein Paar. Margret und Holger kamen sehr gut miteinander aus.«

»In Herrn Janssons Augen vielleicht zu gut?«

»Das kann ich mir nicht vorstellen.«

»Gab es Streit zwischen Jansson und Krause?«

Hahn legte die Fingerspitzen seiner Hände aneinander. »Sie verdächtigen doch nicht meinen besten Studenten?« Er sah Birgit missbilligend an.

»Ich verdächtige bisher noch gar niemanden. Ich stelle Fragen. Also?«

»Am Samstag gab es eine Auseinandersetzung zwischen den beiden.«

»Worum ging es?«

»Sie müssen das verstehen, wir hatten seit Monaten gearbeitet, um die Ausstellung vorzubereiten. Und am Samstag, als fast alles aufgebaut war, wollte Herr Krause einige Fundstücke zusammen präsentieren, die nach Janssons Meinung nicht zusammengehörten. Einfach weil sie aus unterschiedlichen Epochen stammen.«

»Und dann?«

»Sie haben recht lebhaft diskutiert.«

»Wie ging die *Diskussion* aus?«

»Ich musste ein Machtwort sprechen. Krauses Vorschlag gefiel mir zwar sehr gut, aber wir hätten zu viel anderes umarrangieren müssen. Schade.«

»Waren beide auf Ihrer Grabung?«

»Ja. Die beiden und Frau Wild. Letzten Sommer.«

»Kam es damals auch zu *Diskussionen*?«

»Nun – wenn man monatelang auf engem Raum zusammen lebt und arbeitet, bleiben Spannungen nicht aus. Man kann sich schlecht ausweichen. Außerdem waren Herr Krause und Jansson Kommilitonen und keine Freunde.«

»Spannungen«, sagte Birgit sachlich.

»Einmal haben die beiden in Tell Aswad heftig gestritten. Herr Krause hatte einige Funde nicht so penibel dokumentiert, wie er es hätte tun müssen. Dadurch wäre uns beinahe ein wichtiges Datierungsmerkmal entgangen. Ich will Sie nicht mit fachlichen Details langweilen, jedenfalls hat Herr Jansson dies entdeckt und korrigiert.«

* * *

Im Schlosshof blieb Birgit kurz unschlüssig stehen. Ihr Magen knurrte deutlich hörbar. Wenn ich nicht bald etwas zu essen bekomme, falle ich tot um, dachte sie ärgerlich. Und nur eine lebende Kommissarin ist eine gute Kommissarin. Zum Inder oder zum Türken, fragte sie sich. In jedem Fall musste sie dazu in die Innenstadt. Dies wiederum bedeutete, dass sie nach dem Essen wieder den Berg hinaufsteigen musste, um ihr Auto zu holen. Aber mit dem Auto in die Stadt zu fahren, einen Parkplatz zu finden und sich dann erst auf die Suche nach etwas Nahrhaftem zu machen, dauerte Birgit viel zu lange. Wild entschlossen strebte sie durch das Osttor des Schlosses zur Innenstadt und versuchte, sich auf das unebene Kopfsteinpflaster zu konzentrieren, um nicht zu stolpern. Auf ihrem Weg durch die Gassen passierte Birgit eine Reihe von Restaurants, deren Tische unter bunten Sonnenschirmen trotz der vorgerückten Stunde gut besetzt waren. Birgit nahm nur noch kauende Menschen vor vollen oder beinahe leergeputzten Tellern wahr. An einem Tisch roch es nach gesottenen Fischen, von einem anderen wehte der Duft eines Pfannkuchens herüber, einige Schritte weiter überwog der Geruch nach gebratenem Fleisch. Birgit fielen sofort wieder die gegrillten Leckereien ein, die Margret angedeutet hatte. Wurst! Genau das wollte sie jetzt essen. Dafür kam nur ein Ziel in Frage. Sie lenkte ihre Schritte über den Marktplatz und bog kurz darauf in die Kornhausstraße ein, in der die anvisierte Imbissbude lag. Zwei Minuten später nahm sie mit einem Seufzer der Erleichterung eine Semmel und einen Pappteller in Empfang. Auf ihm badete eine in Scheiben geschnittene Rote Wurst in Ketchup mit viel Curry. Weitere zwei Minuten später warf sie den wie geleckt wirkenden Pappteller in die Mülltonne. Zufrieden lächelnd fischte sie nach ihrem Handy und wählte Wallys Nummer.

»Hallo Mama«, meldete sich ihre Tochter. Auf Wallys Handy ertönte bei Birgits Anrufen die Melodie von »Arsen und Spitzenhäubchen«.

»Hallo, wie geht's? Hast du schon was gegessen?«

»Behandele mich nicht immer wie ein kleines Kind«, stöhnte Wally. »Wenn du die Kartoffelsuppe im Kühlschrank meinst, ja. Kräftig nachgewürzt war sie sogar essbar. Hast du was gegen den Schafschlächter unternommen?«

Auf Birgits Stirn erschien eine senkrechte Falte. »Ich hab's ja nur gut gemeint.« Mit einem Anflug von Schuldbewusstsein erinnerte sich Birgit, dass die Suppe ein ganz klein wenig angebrannt gewesen war. »In puncto Schafe haben sich einige interessante Aspekte ergeben«, setzte sie an. Oh Gott, ich höre mich an wie bei einer Pressekonferenz, dachte Birgit.

»Mama! Hast du oder hast du nicht?«

»Sprich gefälligst in einem anderen Ton mit mir!«, herrschte sie ihre Tochter an. »Ich wollte einfach ein bisschen mit dir reden, und du? Nichts als Vorwürfe!«

»Ist ja gut, tut mir leid. Aber verbrannte Suppe mag ich einfach nicht. Außerdem bin ich sechzehn.«

Birgits Zorn legte sich.

Zaghaft fragte Wally: »Und was ist jetzt mit dem Schlächter?«

»Kann ich dir am Telefon nicht alles erklären. Aber ich bin dran. Okay?«

»Okay.«

Birgit konnte den Anflug eines Lächelns in Wallys Stimme hören. Sie brauste zwar schnell auf, aber meist tat es ihr sehr schnell wieder leid.

»Wann kommst du nach Hause?«

Birgit sah auf die Uhr. »Ich muss noch jemanden befragen, dann Lagebesprechung im Büro und dann komme ich. Es dauert sicher noch eine ganze Weile.«

»Gut, bis dann.«

»Tschüss.« Birgit verstaute das Handy wieder in ihrer Tasche. In letzter Zeit brauchten sie und Wally nur zwei Sätze miteinander zu sprechen und waren schon gereizt. War ich in dem Alter eigentlich auch so?, fragte sie sich. So genau konnte sie sich nicht mehr daran erinnern, aber dann fielen ihr Sätze ihrer Mutter ein wie »sei nicht immer so pampig« und »man sollte keine Kinder haben«. Mit einem Seufzer machte sie sich auf den Weg zu ihrem Auto. Um wenigstens zum Teil der Hitze zu entgehen, beschloss Birgit, durch die Altstadt zum Kapitänsweg zu gehen. Dieser Pfad führte durch ein Waldstück am Nordhang des Schlosses auf den Bergrücken.

Dieser Krause muss ein merkwürdiger Mensch gewesen sein, überlegte Birgit, als sie an den schiefen Fachwerkhäusern entlangging. Die Leute, die mit ihm zu tun hatten, konnten ihn entweder ganz offen nicht leiden oder behaupteten, ihn kaum gekannt zu haben. Und seine Schwester interessierte als Erstes, ob der Täter schon überführt sei. Der Einzige, der Krause gemocht zu haben schien, war dieser Hahn. Und dann die Fundumstände, dieser Blumenkranz. Birgit schüttelte den Kopf. Wer ersticht jemanden, schleppt ihn in den Wald und pflückt Blumen für die Leiche? Sich mit Holger im Wald zu verabreden, ihn zu erstechen und dann für ihn Blumen zu besorgen, schien Birgit ebenso abwegig. Hahnenfuß und Margeriten waren Birgit auf der Wiese in der Nähe des Fundorts der Leiche aufgefallen. Doch ihr schien die abschüssige Wiese für Blutweiderich zu trocken. Das hieße, der Täter hätte entweder alle Pflanzen an einer anderen Stelle gepflückt oder der Blutweiderich war so wichtig, dass er ihn extra geholt hatte. Aber wieso sollte Blutweiderich eine solche Bedeutung besitzen? Und dann der Name des Waldweges: »Millionensträßchen«. Ein Zufall? Birgit hoffte, dass Carolynn und Wagner etwas herausgefunden hatten, das weiterhelfen konnte.

Oben auf dem Plateau brach ihr wieder der Schweiß aus. Wegen der Hitze und der salzigen Wurst klebte ihr die Zunge am Gaumen. Hätte ich doch wenigstens Wasser getrunken, grummelte sie. Um Kalorien zu sparen, hatte sie auf Cola oder Limonade verzichtet. Und Mineralwasser gehörte nicht zu ihren Lieblingsgetränken. Die Autos, die entlang der Straße geparkt hatten, als Birgit ihres hier abstellen wollte, waren alle verschwunden. Weil sie auf dem Weg zum Schloss mit den Gedanken schon bei den Befragungen gewesen war, hatte sie sich nicht gemerkt, wo sie ihren Wagen untergestellt hatte. Auf dem Parkplatz des zweiten Verbindungshauses entdeckte Birgit ihr Auto. Als sie einsteigen wollte, trat ein junger Mann mit kurzgeschorenen Haaren, dreifarbigem Käppi und ebensolcher Schärpe neben ihr Auto.

»Das ist kein öffentlicher Parkplatz«, monierte der Jüngling.

»Gefahr war im Verzug«, beschied ihn Birgit knapp und angelte nach dem Schild »Dienstfahrzeug«. Es war halb zwischen Armaturenbrett und Windschutzscheibe gerutscht, so dass nur noch »fahrzeug« zu lesen gewesen war.

»Ach, aber so viel Zeit hatten Sie noch, um korrekt zu parken?«

Konsterniert hielt ihm Birgit das Schild unter die Nase. »Immer korrekt bleiben, Bürschchen. Denk an den nächsten Ersten Mai. Wer beschützt dich denn da?«

Eine Tradition, die die Burschenschaften pflegten, war, in der Nacht zum Ersten Mai am Brunnen auf dem Holzmarkt gemeinsam Burschenschaftslieder zu singen. Da dieser Teil der Studenten eine äußerst konservative Gesinnung vertrat, fanden sich ebenso traditionell die Linken zur Gegendemonstration ein. Und weil beide Seiten üblicherweise handgreiflich wurden, war mit den Jahren das Polizeiaufgebot kontinuierlich gewachsen, um die Zusammenstöße zu unterbinden.

Der Jüngling kniff die Lippen zusammen. Er setzte zu einer Erwiderung an, als Birgits Handy klingelte. Weil sie die Anleitung, wie man für bestimmte Anrufer bestimmte Klingeltöne einstellen konnte, zu kompliziert gefunden hatte, hatte sie das immer wieder verschoben. Wally fand Einheitsmelodien total uncool und plädierte dafür, wenigstes die Standardmelodie gegen etwas Originelles auszutauschen. Aber Birgit sah die Notwendigkeit nicht recht ein, denn sie konnte sich Zahlen gut merken und den Anrufer an der Nummer erkennen. Außerdem erschienen die Namen derjenigen Anrufer auf dem Display, die man im Adressbuch eingetragen hatte.

»Caro?« Birgit stieg ein.

Der Jüngling trollte sich.

»Ich hab deinen Siegfried gefunden. Er heißt«, ein Kichern unterbrach ihren Satz. »Mit Nachnamen.« Sie kicherte wieder. »Das rätst du nie.«

Birgit war verblüfft. So aufgekratzt erlebte sie Carolynn selten im Dienst.

»Dann sag es mir einfach.«

»Held!«, prustete Carolynn. »Held! Tristan Held!«

Birgit begann zu grinsen. »Und wo wohnt der Nibelunge? Sag jetzt nicht Worms.«

Carolynn lachte lauthals und brauchte einige Sekunden, bis sie sich wieder etwas beruhigt hatte. »Nö, aber er könnte per Schiff gekommen sein. Er wohnt am Neckar. Fast beim Campingplatz. Wenn du Verstärkung brauchst, also, ich wäre hier abkömmlich.«

Jetzt musste Birgit lachen. »Lass mal. Wenn ich in zwei Stunden nicht im Präsidium bin, hat er mich mit seinem Kahn entführt.«

* * *

Zehn Minuten später ließ Birgit das Auto vor einer zur Werkstatt umgebauten Scheune ausrollen, die teils von Efeu überwuchert war. Sie begrenzte mit dem dazugehörigen Wohnhaus einen mit Kies bestreuten Hof. Im Schatten einer riesigen Kastanie waren mannshohe, bemalte Skulpturen in Form von Bierflaschen, Kartoffelsäcken und einer Tüte Erdnussflips gruppiert. Ein großes, buntes Schild mit der Aufschrift »Särge« hing neben der offenen Eingangstür zur Werkstatt. Fasziniert umrundete Birgit die Skulpturen, warf einen knappen Blick auf einen Bistrotisch, auf dem eine Vase mit Wiesenblumen einen Fächer aus Prospekten beschwerte. Zwischen den weißen Schirmen des Wiesenkerbels leuchteten Hahnenfuß, Kornblumen und Margeriten.

»Sind schon verkauft«, tönte eine tiefe Stimme.

Birgit drehte sich um. Der Inbegriff eines Siegfrieds schleppte ein dunkelbraunes, unförmiges Gebilde aus der Werkstatt und legte es auf zwei Holzböcke. Birgit musste sich zusammennehmen, um ihn nicht anzustarren. Wenn er jetzt noch zu singen begänne, würde sie ihm die Kleider vom Leib reißen.

»Hallo.« Birgit räusperte sich und ging auf ihn zu. »Herr Held?«

»Ja.«

»Sind Sie der Künstler?«

Er strahlte. »Ja.«

»Toller Ausgleich zur Sargschreinerei.«

Tristan sah sie amüsiert an. »Das sind die Särge.«

»Bitte?« Birgits Blicke wanderten irritiert zu den Skulpturen.

»Meine Kunden wollen nichts im üblichen Format.«

»Wer sind denn Ihre Kunden?«

»Überwiegend Afrikaner. Aber zunehmend Europäer, die mal was anderes wollen. In Westafrika gilt ein Sarg als Statussymbol. Und er muss etwas mit dem Verstorbenen zu tun haben. Wer immer von einem Cadillac geträumt hat, soll wenigstens in einem Sarg beerdigt werden, der wie einer aussieht. Oder wer gern Bier getrunken hat ...« Tristan grinste und ließ seinen Satz unvollendet.

»Wow, ich wusste nicht, dass es so etwas gibt. Wie sind Sie darauf gekommen?«

Er grinste. »Ich war mal in Ghana.«

»Kommt das Holz auch aus Afrika?«

Der Nibelunge winkte ab. »Unbezahlbar. Aus Thailand und Indonesien.«

»Seit wann sind Sie denn hier? Das Haus stand doch ewig leer.« Birgit kannte von ihren sporadischen Radtouren entlang des Neckars das Anwesen als verlassenes Gehöft.

»Vor gut einem Jahr bin ich hergekommen. Seit ich hier Särge mache, herrscht wieder Leben auf dem Hof.«

Birgit musste kurz lachen. Dann wurde sie wieder ernst. »Herr Held, ich bin dienstlich hier.« Sie zeigte ihm für einen Moment ihren Ausweis. Dies genügte, dass sich seine Züge verschlossen und er sich abwandte.

»Lassen Sie mich in Ruhe, ich bin sauber.« Er griff nach Pinsel und Farbeimer neben den Holzböcken.

»Wieso sagen Sie das?«

»Ihr wollt doch immer was finden, was ihr einem anhängen könnt.«

Birgit sah ihn irritiert an. »Wir haben schon was gefunden. Die Leiche von Herrn Krause.«

Der Nibelunge ließ den Pinsel wieder sinken und rieb sich mit dem Unterarm die Stirn. »Scheiße.« Er klemmte sich eine blonde Strähne hinters Ohr und zündete sich eine Zigarette an. Ein süßlicher Geruch vermischt mit Nelke stieg in Birgits Nase. Sie sah die Zigarette interessiert an.

»Indonesische. Auch eine?« Tristan hielt ihr die Packung hin.

»Nein danke. Waren Sie gut befreundet?«

»Gut? Wie man's nimmt. Man konnte beim Bier ganz normal mit ihm reden. Nicht so hochgestochen. Er hat mir schwer geholfen mit seinem Bericht über meine Werkstatt. Ist in der Zeitung gedruckt worden. Seither läuft mein Laden wie geschmiert.« Er nahm einen tiefen Zug.

Birgit wunderte sich, dass ein Artikel im Schwäbischen Tagblatt einen solchen Effekt bewirken konnte. Vor allem überraschte sie, dass die Tübinger plötzlich Bierflaschensärge den hierzulande üblichen vorziehen sollten.

»Der Bericht kam auch ins Internet.« Tristan wandte sich abrupt ab und verschwand in der Werkstatt. Birgit folgte ihm ein Stück. Er kam mit einer Wasserflasche wieder heraus und nahm einen Schluck.

»Könnte ich auch etwas haben?«

Wortlos holte Tristan zwei Gläser aus der Werkstatt und schenkte ein.

»Danke.« Birgit nahm das angebotene Glas und trank es gierig leer. Kommentarlos schenkte Tristan nach. Sie beobachtete diskret das Spiel seiner Muskeln.

»Wie ist es denn genau passiert, das mit Holger?«

»Er wurde wahrscheinlich erstochen.«

»Hm.« Tristan nahm nachdenklich einen weiteren Schluck.

»Haben Sie einen Verdacht?«

Er schüttelte langsam den Kopf und trat die Kippe aus.

»Und wann haben Sie ihn zuletzt gesehen?«

»Am Freitag. Bei diesem Uni-Fest. Drüben in Entringen. War ganz nett. Ich bin nicht so lange geblieben. Die haben ziemlich viel von ihren Ausgrabungen und Hieroglyphen gefaselt.«

»War beim Fest irgendetwas Besonderes?«

Tristan zog einen Mundwinkel nach unten, während er nachdachte. »Nein. Wir haben gegrillt. Das Lamm war gut. Jemand hat angefangen über den Schafschlächter zu lästern. Holger ist ziemlich drauf eingestiegen.«

»Inwiefern?«

»Er meinte, es wäre doch eine gute Story. Er sei ziemlich nah am Schlächter dran. Er bräuchte noch ein bisschen Zeit und ein paar Bilder und alle würden sich drum reißen, sie zu drucken. Ideal fürs Sommerloch.«

»Und dann?«

Der Nibelunge zuckte mit seinen Schultern. »So eine Tussi hat angefangen so von wegen die armen Schäfchen und so.« Er stieß ein höhnisches Lachen aus. »Und sich dabei ein Lammkotelett nach dem anderen reingestopft.«

Birgit nickte nachdenklich. »Ich habe gehört, Sie hätten mit Krause gestritten.«

»Blödsinn«, brummte Tristan und nahm noch einen Schluck.

Für Birgits Geschmack eine Spur zu schnell. »Wie würden Sie dieses *Gespräch* denn bezeichnen?«

»Welches denn?« Angriffslustig sah er Birgit an.

»Es ging um Diebstahl, Beweise und Anker.«

Wieder lachte der Nibelunge höhnisch auf. »Sehen Sie sich doch um! Habe ich irgendetwas mit Ankern zu tun? Ich mache Särge und keine Boote. Ich glaube, ich spinne!« Er stellte sein Glas auf den Boden. »Ich muss wieder arbeiten.«

Birgit stand wie festgewachsen. »Welcher Diebstahl und welche Beweise?«

Tristan zündete sich wieder eine Zigarette an. »Auf der Grabung, da in Syrien, dort wurde gestohlen. Meinen Sie das?«

»Wieso sollte Krause Sie deswegen anblaffen?«

»Ach«, Tristan winkte ab. »Holger konnte sich über so was ziemlich aufregen. Er kam immer reichlich in Fahrt, wenn er davon redete. Mit mir hatte das nichts zu tun.«

»Aha. Wo waren Sie am Sonntagabend zwischen 20 und 23 Uhr?«

»Hier.«

»Zeugen?«

Tristan wies mit dem Daumen auf die Särge.

Birgit gab ihm ihr Glas zurück. »Tschüss.«

Beim Einsteigen sah sie aus dem Augenwinkel, dass der Nibelunge sich noch mal verstohlen nach ihr umdrehte, während er sehr rasch im Wohnhaus verschwand. Birgit ließ den Wagen über den knirschenden Kies vom Hof rollen.

* * *

Im Präsidium trank Birgit zuerst drei Gläser Mineralwasser, bevor sie die Aussagen der Zeugen zusammenfassen konnte, mit denen sie im Laufe des Tages alleine gesprochen hatte.

Währenddessen hatte Carolynn es sich wieder an ihrem Schreibtisch bequem gemacht. »Bisher wissen wir, dass ein arroganter Student einen Krimi und eine Schafstory geschrieben hat oder schreiben wollte und ihn nur wenige mochten.« Carolynn stützte die Ellbogen auf und legte das Kinn in die Hände.

»Und nebenbei ums Erbe streitet.« Birgit goss sich ein weiteres Glas Wasser ein. »Hast du auf dem Notebook seinen Krimi gefunden?«

»Nein.« Sie grinste. »Dabei bräuchte ich eine Bettlektüre.«

»Vielleicht auf einer CD? Holger hat Hahn erzählt, er suche einen Verleger.«

Carolynn schüttelte den Kopf.

»Was verlegt eigentlich seine Schwester?«, fragte Birgit plötzlich.

»Reiseführer aller Art«, meinte Carolynn und fischte ein beschriebenes Blatt Papier von der Tischplatte. »Ich habe Krauses Termine gecheckt. Dieser Revierförster Böhmer und der Vorsitzende vom Schachverein, ein Herr Auerbach, bestätigen, dass Krause am Samstag wegen der Interviews pünktlich bei ihnen war. Beiden ist nichts an Krause aufgefallen.«

»Blutweiderich«, sagte Birgit unvermittelt.

»Was?«

»Ich sehe mir morgen die Wiese beim Heuberger Tor noch mal an. Blutweiderich wächst nur an Bachrändern oder feuchten Stellen.«

»Ja und? Hast du schon erwähnt.«

»Wenn dort oben keine wachsen, hat der Täter sie an einer anderen Stelle geholt. Und wahrscheinlich zusammen mit den Margeriten und dem Hahnenfuß.«

Carolynn klopfte sich nachdenklich gegen die Schneidezähne.

»Hört sich nicht schlecht an. Und wo hat er den Efeu her?«

»Aus der näheren Umgebung.« Birgit goss gründlich ihre Passiflora, während sie weitersprach. »Und zwar entweder aus der Umgebung der Blumenwiese oder aus der Umgebung, in der sich der Täter unauffällig bewegen kann. Niemand fragt seinen Nachbarn, ob er mal ein bisschen Efeu haben kann, wenn er gerade einen Mord begangen hat. Das heißt weiter, der Efeu wächst entweder am Tatort oder beim Fundort der Leiche oder im Wald neben der Blumenwiese.« Birgit stutzte. »Oder beim Wohnort des Täters. Der Wohnort des Opfers scheidet aus, weil die betreffenden Blumen nicht an der Stelle wachsen.«

»Hört sich auch nicht schlecht an ... bloß funktioniert deine Theorie nur, wenn Efeu und Blumen relativ zeitnah besorgt wurden. Es wäre doch genauso denkbar, dass zuerst der Efeu geschnitten wurde und die Leichendrapierung erst später im wahrsten Sinne ausgeschmückt wurde.«

Birgit schoss einen ärgerlichen Blick in Carolynns Richtung. »Könntest du etwas weniger gönnerhaft sein?«

Carolynn hob abwehrend die Hände. »War nicht so gemeint.«

Sie machte wieder ein nachdenkliches Gesicht. »Und wenn der Täter die Blumen viel früher besorgt hat?«

»Wie meinst du?«

»Ein Stilett spricht doch für Vorsatz. Wer einen Mord plant, kann auch vorher Blumen pflücken.«

»Hm.« Birgit überlegte. »Du glaubst, unser Täter marschiert mit einem dicken Strauß zum Opfer?«

»Was weiß ich. Ist doch möglich. Die Blumen brauchen gar nichts direkt mit dem Mord zu tun zu haben. Der Täter pflückte sie einfach, weil er Sträuße mag, und erinnerte sich nach der Tat an die Blumen.« Carolynn trommelte mit den Fingern auf der Tischplatte. »Nein, mit der Botanik kommen wir nicht weiter.«

Missmutig befestigte Birgit die neuen Triebe ihrer Passiflora. Carolynn hatte recht. Ihre eigenen Schlussfolgerungen waren nicht so zwingend, wie sie es gerne gehabt hätte. Wenn sich Carolynn bloß nicht immer wie Mycroft Holmes aufführen wollte. Birgit hegte seit längerem den Verdacht, dass Sherlock Holmes' Bruder Carolynns heimliches Vorbild war. Der behauptete immer, er könne jeden Fall bei einem Glas Whisky vor dem Kaminfeuer seines Klubs durch bloßes Nachdenken lösen. So ähnlich hatte es Birgit jedenfalls in Erinnerung. Ob mit oder ohne Whisky – jedenfalls besuchte Mycroft nie einen Tatort, sondern pendelte zwischen seiner Wohnung und seinen Klub. Sherlock suchte ihn dort immer auf, wenn er bei einem Fall nicht mehr weiterwusste.

»Wo steckt eigentlich Wagner?«, wollte Birgit wissen.

»Oh, der hat schon vor einer Stunde angerufen. Hat behauptet, er müsse wegen seiner Blase an der Fußsohle aufhören. Zeugen oder irgendwelche Hinweise hat er bislang keine.« Carolynn drehte die Handflächen nach oben.

Birgit schnitt eine Grimasse. »Alles andere hätte mich auch überrascht. Hat sich Hubert gemeldet?«

»Nein. Ich habe angerufen. Er musste weg und seine Mutter suchen.«

»Er hatte doch jemanden für ihre Pflege eingestellt.«

Hubert hatte ihr vor Wochen bei einem Bier von seiner dementen Mutter erzählt, die zunehmend die Orientierung verlor.

»Ja. Aber sie ist entwischt.«

Birgit seufzte. »Dann machen wir morgen weiter.«

* * *

»Ich bin hundemüde.« Birgit gähnte und streckte sich, als sie aus dem Auto stieg.

Carolynn nickte nur matt und strebte um das Auto herum auf die Haustür zu. »Trinken wir zuerst einen Kaffee und bringen dann den Vorgarten auf Vordermann?«

Trotz ihrer Müdigkeit musste Birgit fast lachen. Jahrelang hatte Carolynn den Anblick eines struppigen Rasens mit einer umlaufenden Rabatte aus Kaiserkronen, kranken Iris und dazwischengesetztem Steinkraut ertragen. Birgit hatte nach ihrem Einzug eine pflegeleichte Bepflanzung vorgeschlagen. Aber Carolynn träumte von einem romantischen Bauerngarten mit Gemüse und Blumen und behauptete, nur dieser Stil würde zu einem ehemaligen Bauernhaus passen. Erst als ihr Birgit vorgerechnet hatte, wie viele Stunden sie pro Woche auf die Pflege verwenden müsste, damit er ihren Ansprüchen gerecht würde, hatte sie nachgegeben. Gemeinsam hatten sie vier Kugelahorne gesetzt und in der quadratischen Fläche dazwischen einen Knotengarten aus niedrigen Buchsbüschen angelegt. Die Reihen von Buchsen wirkten von oben betrachtet wie ein Geflecht aus helleren und dunkleren Bändern.

Birgit besah sich die Wicken, die sich hie und da um die wuscheligen Buchsbäume wanden.

»Da hätte es der Garten hinter dem Haus nötiger.«

»Trinken wir erst mal Kaffee.«

Als Birgit den Hausflur betrat, roch sie eine Mischung von Ingwer, Kardamom und Orangen.

»Wally?«, rief sie in Richtung Küche.

»Nicht reinkommen«, tönte es heraus. »Überraschung.«

Birgit lächelte. »Wir wollen aber Cappuccino.«

»Ich stelle ihn auf die Terrasse«, antwortete Wally.

* * *

Fünf Minuten später saßen Birgit und Carolynn in Arbeitskleidung in der Abendsonne auf der Terrasse und genossen ihren Kaffee. Quer zur Terrasse führte ein Graspfad durch den bunten Dschungel aus Rosen und Ziergehölzen. Rechts und links davon überragten mächtige Bluthaseln, Sanddorne und Apfelbäume das weitläufige Grundstück.

Carolynn und ihr Mann Georg hatten das Haus etwa ein Jahr nach ihrer Hochzeit gekauft. Damals arbeiteten sie beide in Heilbronn, Carolynn bei der Kripo und Georg als Arbeitsrichter. Kurz vor dem Hauskauf war Carolynn befördert und in Birgits Dezernat versetzt worden. Georg wollte pendeln, bis er ans Arbeitsgericht Reutlingen wechseln konnte. Zwei Jahre lang verwandelten Handwerker das Haus Zug um Zug in ein Schmuckkästchen, und Georg begann, für Carolynn einen Rosengarten anzulegen und einen Pavillon zu bauen, der dem Jugendstil nachempfunden war. Beide jubelten, als Georgs Versetzung nach Reutlingen offiziell wurde. Drei Wochen später starb er bei einem Autounfall.

Birgit warf Carolynn einen unternehmungslustigen Blick zu.

Sie nickte nur und stand auf. Im Vorgarten stutzte Birgit unsystematisch die Buchsbüsche, während Carolynn eine Reihe nach der anderen jätete und das Schnittgut penibel einsammelte.

»Essen steht auf dem Tisch!« Strahlend stand Wally in der Tür.

Birgit richtete sich auf. »Sehr gut. Ich verhungere.«

»Wir sind gleich fertig«, meinte Carolynn und sammelte eifrig weiter.

Birgit wechselte einen schnellen Blick mit der grinsenden Wally. Die verschwand wieder im Haus und Birgit beeilte sich, die restlichen Pflanzen zu stutzen.

Carolynn beäugte kritisch Birgits Werk. »Dort verläuft die Oberkante weiter oben als da«, monierte sie.

Birgit beugte den Oberkörper weit vor, peilte über die Büsche.

»Bei Knotengärten ist das okay«, meinte sie und richtete sich wieder auf. »Das wirkt dann natürlicher. Bloß bei Hecken spannt man Schnüre.«

Carolynn sah immer noch kritisch drein. »Du spannst bei keiner Hecke Schnüre.«

»Los, wir essen jetzt.« Ohne sich auf weitere Diskussionen einzulassen, ging Birgit rasch ins Haus.

Brummelnd hob Carolynn die restlichen Zweige auf.

Bald darauf saßen alle drei vor dampfenden Schüsseln. Wally schob eine mit leuchtend gelbem Inhalt näher zu ihrer Mutter.

»Probier mal. Joghurtsuppe mit Kreuzkümmel und Koriander.«

Birgit stutzte für eine Sekunde, dann nahm sie sich eine ordentliche Portion und gab die Schüssel an Carolynn weiter.

»Man wird davon satt«, beruhigte Wally ihre Mutter. »Esst auch die Zwiebelkrapfen.«

»Ist das ein Rezept aus der Schule oder deine Eigenkreation?«, fragte Carolynn.

»Aus meinem neuen Kochbuch. Schmeckt's?«

Birgit verdrehte genießerisch die Augen »Köstlich. Wie immer.«

Carolynn gabelte einen Krapfen auf. »Zwiebel in Teig frittiert?«

Wally lachte. »Nein. Verschiedene Gemüse in Kichererbsenteig mit Zwiebelsamen.«

Birgit leckte den Löffel ab. »So ein Essen kochst du nur, wenn du etwas willst. Also?«

Wally machte ein ertapptes Gesicht, dann platzte sie heraus. »Ich finde, ihr solltet auch Vegetarier werden.«

Birgit und Carolynn sahen sich verblüfft an.

»Hühner hacken sich in Legebatterien tot. Kühe verdursten beim Transport quer durch Europa. Schweine sterben vor Aufregung vor dem Schlachthaus.«

Birgit ließ ihr Besteck sinken, Carolynn blieb der Bissen im Hals stecken. Zufrieden mit der ersten Wirkung fuhr Wally fort: »Ohne Konsum keine Produktion!«

»Aber«, Birgit würgte den letzten Bissen hinunter, »wegen uns stellt niemand seine Produktion um.«

»Mama! Wenn du und viele andere kein Fleisch mehr essen, muss etwas passieren!«

»Wenigstens Fisch?«, fragte Carolynn zaghaft.

»Lachse dümpeln in Zuchtbecken. Krabben schwimmen im eigenen Kot ...«

Carolynn verzog angewidert das Gesicht.

»Gnade«, stöhnte Birgit. »Du hast ja recht. Aber ich mag einfach Fleisch.«

»Vier Wochen auf Probe. Ich koche.« Wally sah drängend von einer zur anderen.

Birgit dachte an ihre angebrannte Kartoffelsuppe, sah auf die knusprigen Zwiebelbällchen mit dem knackigen Gemüse. Dann tauschte sie mit Carolynn einen zweifelnden Blick. Beide nickten ergeben. Wally sprang begeistert auf und holte zwei weitere Schüsseln aus dem Kühlschrank.

»Quarkbällchen und Pistazien-Rahm-Soße.«

Birgit musste grinsen. »Luder.«

* * *

Am nächsten Morgen fuhr Birgit direkt nach dem Frühstück zum Heuberger Tor. Zu Fuß suchte sie im näheren Umkreis des Fundorts der Leiche nach einem Graben oder Rinnsal, wo Blutweiderich und Efeu gedeihen könnten. Aber sie konnte weder diese Pflanzen noch die für sie geeigneten Standorte entdecken. Der Täter oder die Täterin musste die Pflanzen mitgebracht haben, entschied sie.

Vom Waldrand überblickte man die sanft nach Süden abfallenden Hügel und den westlich von ihr hingekuschelten Stadtteil Hagelloch. Die Kirchturmuhr schlug zur halben

Stunde. Birgit musste sich beeilen, um Frau Krause wie geplant in der Gerichtsmedizin zu treffen.

* * *

»Verdammt! Warum haben Sie mich nicht angerufen?«, funkelte Birgit den Helfer in der Gerichtsmedizin an.

Der stemmte eine Hand in die Hüfte. »Hätte ich die Frau vielleicht verhaften sollen, damit sie hier bleibt, bis Sie auftauchen?«

»Wäre nicht schlecht gewesen.«

Der Helfer hielt ihr eine Zigarette unter die Nase. »Frühstück.« Er schlurfte in Richtung Notausgang davon.

»He, kommt Hubert heute?«, rief sie ihm nach.

Ohne sich umzudrehen hielt der Helfer die Handflächen nach oben und schlurfte weiter.

Genervt sah Birgit auf ihre Uhr: Drei Minuten nach neun. Um neun hatte sie Karin Krause zur Identifizierung ihres Bruders herbestellt. Aber sie war eine Stunde früher da gewesen. Dem Helfer gegenüber hatte sie dies mit geschäftlichen Terminen begründet, einen knappen Blick auf den Toten geworfen, genickt und war aus dem Raum gerauscht.

Ärgerlich verließ die Kommissarin das Gebäude.

* * *

Aus der Freisprechanlage des Dienstwagens ertönte Carolynns Stimme. »Unser Assistent hat gerade angerufen. Er hat Krauses Auto gefunden. Die Spusi ist schon unterwegs. Es steht bei der Kunsthalle.«

»Was treibt Wagner ausgerechnet bei der Kunsthalle?«

»Er war unterwegs zum Studentenheim, die Zeugensuche fortsetzen. Dabei hat er die Augen nach Golfs aufgehalten und ist fündig geworden.«

»Sehr gut.«

»Das Auto war offen. Holgers Handy, sein Geldbeutel, Ausweis, Schlüssel, alles im Handschuhfach.«

»Hm.«

»Und du? Hast du Blutweiderich gefunden?«

»Nein.« Knapp fasste Birgit ihre Suche und die weiteren Ereignisse zusammen.

»Ich fahre jetzt in den Verlag und knöpfe mir Karin Krause dort vor«, erzählte sie ihrer Kollegin. »Könntest du dich um die Anruferlisten und so weiter auf Holgers Handy –«

Carolynn schnitt ihr das Wort ab. »Bin schon dabei.«

»Gut. Wagner soll sich mit dem Wohnheim beeilen. Er darf heute nicht aufhören, bevor er nicht alle Zimmer abgeklappert hat. Danach soll er in der Gartenstraße nach Zeugen suchen. Seine wunden Füße sind mir schnuppe.«

»Darf ich ihm das wörtlich übermitteln?«, fragte Carolynn süffisant.

»Ich vertraue deiner Formulierungskunst.«

* * *

In Frau Gallwitz' Büro türmten sich Stapel von Schachteln, Briefumschlägen und Prospekte über Neuerscheinungen des Herbstprogramms. Nur ein schmaler Pfad zu Frau Krauses Büro war frei geblieben.

»Tut mir leid, Frau Krause ist heute den ganzen Tag außer Haus.« Frau Gallwitz' Lächeln verschwand sofort wieder, als sie einen weiteren Umschlag zuklebte und in die Schachtel auf ihrem Schreibtisch steckte.

»Kann ich sie auf dem Handy erreichen?«

Frau Gallwitz nickte und notierte die Nummer. Schweigend gab sie Birgit den Zettel und schob flink eine Broschüre in den nächsten Umschlag.

»Wo ist sie denn?«, Birgit stand wie ein Fels.

In den Augen der Sekretärin erschien ein ärgerliches Blitzen. »Das kann ich Ihnen nicht sagen.«

»Können Sie nicht oder wollen Sie nicht?«

Frau Gallwitz funkelte über ihre Lesebrille hinweg. »Hören Sie, ich weiß es nicht«, sagte sie bestimmt.

»Was steht denn in Frau Krauses Kalender?«

Frau Gallwitz sah nicht von ihrer Arbeit auf. »Alle Termine für heute habe ich abgesagt. Frau Krause hat ihre Entscheidung nicht begründet. Ihre Pläne für heute hat sie mir auch nicht mitgeteilt.«

«Wann hat Frau Krause Sie gebeten, die Termine abzusagen?«

»So gegen ...«, die Sekretärin dachte kurz nach, während sie nach einem weiteren Exemplar der Broschüre griff, »gegen halb neun.«

»Kommt das öfters vor?«

Frau Gallwitz hielt für einen Moment inne. »Was?«

»Dass Sie Termine verschieben müssen und Frau Krause Ihnen nicht sagt, wo sie zu erreichen ist?«

Frau Gallwitz stieß ein ärgerliches Schnauben aus. »Nein, es ist nicht üblich.«

Wieso ärgert sie das so, wunderte sich Birgit.

»Gestern hatte ich das Gefühl, zwischen Ihnen und Ihrer Chefin herrscht ein Vertrauensverhältnis«, provozierte Birgit bewusst.

»Bitte?« Frau Gallwitz rammte den Umschlag in die Schachtel. »Der Senior war immer offen zu mir. Aber seit –« Frau Gallwitz schüttelte den Kopf und schlug energisch den Deckel der Schachtel zu.

» ... der Senior gestorben ist ... ?«, half Birgit nach.

Frau Gallwitz sah Birgit direkt in die Augen. »Seit der Senior nicht mehr in die Firma kommen konnte, weil er zu krank war.«

»Was passierte dann?«

»Seither – wie sagt man jetzt? – änderte sich der Führungsstil.« Frau Gallwitz brachte die volle Schachtel hinaus auf den Flur und stellte eine leere auf ihren Tisch. »Frau Krause ist die Chefin. Ich die Tippse oder das Mädchen für alles oder die graue Eminenz, die auch mal wieder gefragt wird. Wie es ihr gerade passt.«

»Seit wann arbeitet Frau Krause im Verlag mit?«

»Seit es dem Senior schlechter ging. Seit drei, nein, dreieinhalb Jahren. Als Angestellte. Der Senior wollte das Heft so spät wie möglich aus der Hand geben.«

»Und vorher?«

»War sie in der Schmuckbranche tätig. Im Marketing.«

»Dann war sie doch sicher auf Ihre Unterstützung angewiesen.«

»Meine Erfahrung war nur am Anfang gefragt. Bald genug wusste die Juniorchefin alles besser.«

»Und der Junior?«

Ein wehmütiges Lächeln huschte über das Gesicht der Sekretärin. »Ach, der«, meinte sie liebevoll. »Der hatte doch nur seine Geschichten und sein Studium im Kopf. Erzählen konnte der ...«

»Wie verstanden sich die Geschwister?«

Das Lächeln erlosch. »Warum?«

»Wir haben erfahren, der Junior fühlte sich um einen Teil seines Erbes geprellt. Ist da was dran?«

Frau Gallwitz schob bedächtig eine Broschüre in einen Umschlag.

Eindringlich sagte Birgit: »Wenn Sie irgendetwas wissen, was uns helfen könnte, den Tod des Juniors aufzuklären, dann müssen Sie es mir sagen.«

Die Sekretärin presste ihre Lippen zusammen.

»Tun Sie es für den Senior.«

Frau Gallwitz sah Birgit direkt in die Augen. »Prüfen Sie die Bücher.«

* * *

Nachdenklich kehrte Birgit zu ihrem Auto zurück und stieg ein. Sie grübelte über Karin Krauses Verhalten. Die hatte als Erstes nach dem Täter gefragt, als Birgit ihr die Todesnachricht überbrachte. Nach Einschätzung der Sekretärin könnte die Verlegerin ihren Bruder um ein Teil des Erbes betrogen haben. Und gute zehn Minuten nach der Identifizierung ließ sie ihre Termine verlegen und verschwand.

Birgit versuchte, Karin Krause anzurufen, landete aber auf der Mailbox. Eine künstlich wirkende Stimme bot ihr an, eine Nachricht zu hinterlassen.

Sie startete den Motor und steuerte den Wagen stadteinwärts. Die Gallwitz könnte aus Wut über den Verlust ihrer Vertrauensstellung übertrieben oder gelogen haben. Und der Krause könnte der Tod ihres Bruders trotz aller Zwistigkeiten näher gegangen sein, als sie erwartet hatte. So etwas erlebte Birgit bei ihren Fällen immer wieder. Nach dem Verlust eines Menschen überwogen schlagartig Zuneigung und gute Erinnerungen alle Streitereien und Kleinlichkeiten, die zu Lebzeiten so starkes Gewicht gehabt hatten. In diesem Fall wäre es für die Schwester ganz natürlich gewesen, heute nicht arbeiten zu wollen.

* * *

Wieder tönte Carolynns Stimme aus der Freisprechanlage. »Wieso bist du vorher nicht rangegangen?«

Gelassen steuerte Birgit das Auto zwischen Häuserzeilen am westlichen Ende des Schlossbergs. »Weil ich das Ding im Auto vergessen habe. Was gibt's denn?«

»Zwei Dinge. Erstens habe ich auf Krauses Notebook keinen Krimi entdeckt. Auch nicht auf einer CD. Zweitens habe ich mir Krauses Handy angesehen. Er telefonierte vor seinem Tod zuletzt um 20.04 Uhr mit Margret. Sein letzter angenommener Anruf war um 19.38 Uhr. Die Anruferin war Krauses Schwester. Der letzte verpasste Anruf am Sonntag ging um 22.37 Uhr ein. Der Nibelunge wollte mit Krause reden. Es war sein vierter Versuch an diesem Abend. Nur Sonntagvormittag hat er Holger erreicht.«

Birgit pfiff durch die Zähne. »Dann war's wohl dringend. Ich knöpfe mir ihn und Margret nachher noch mal vor. Im Moment bin ich auf dem Weg zur Villa der Krauses. Ich nehme an, dass sie dort ist. Mal sehen, was sie mir zu sagen hat.« Birgit resümierte kurz, was sie von Frau Gallwitz erfahren hatte. »Arbeitet Hubert heute?«

»Hab nichts anderes gehört.«

»Wenn nicht, muss jemand anderes Krause obduzieren.«

»Ich klemme mich dahinter. Noch was. Auf dem Handy war eine Notiz: ›TÜ RP-883, Käufer‹. Kannst du damit was anfangen?«

»Überhaupt nichts.«

»Die Spusi hat sich Krauses Auto angesehen. Halb unter einer Fußmatte lag ein Efeublatt. Das Reifenprofil passt zu dem Abdruck im Wald. Die Analyse der Erde läuft noch.«

»Sehr gut. Oder nicht gut. Jemand hat anscheinend die Leiche mit den Blumen in den Wald gefahren.«

»So sieht's aus.«

Wenige Minuten später parkte Birgit in einer Wohnstraße, die stetig bergan führte. Die Gebäude wiesen die ganze Palette von Baustilen zwischen dem ausgehenden neunzehnten Jahrhundert und der Moderne auf. Dichte Ligusterbüsche und ein schmiedeeiserner Zaun mit pfeilförmigen Spitzen schotteten das Krause'sche Anwesen von der Straße ab. Zu Birgits Überraschung stand die Pforte offen. Ausgetretene Sandsteinstufen führten steil bergan zu einer Villa mit Erkern und Türmchen. Birgit drückte auf den Klingelknopf. Irgendwo im Inneren des Hauses ertönte gedämpft ein melodischer Gong. Birgit wartete etwas, klingelte nochmals. Dann folgte sie kurzentschlossen dem Kiesweg zwischen Rasen und einer Reihe von Kübeln mit weißen

Schmucklilien um die Hausecke. Fasziniert blieb Birgit stehen. Über Gras und zartgelben Tuffs von Frauenmantel erhob sich eine Wolke aus weißen Blüten einer Kletterrose. Sie verdeckte beinahe vollständig einen Sichtschutz, den ein schmaler Durchlass unterbrach. Diese Ansicht könnte man in jeder Gartenzeitschrift abdrucken, dachte Birgit. Wie magisch vom leisen Plätschern aus dem hinteren Teil des Gartens angezogen, schob sie eine Ranke beiseite und schlüpfte durch den Durchlass.

Hohe Bäume und Büsche schirmten neugierige Blicke rundherum ab. In den Rasen war ein rundes Wasserbecken eingelassen, um das sechs Töpfe mit weißen Fleißigen Lieschen in gleichmäßigem Abstand aufgestellt waren. Im Becken wuchsen Pfeilkraut und Iris um einen Springbrunnen aus sich verjüngenden Schalen.

Birgit fragte sich, wie viele gute Geister sich wohl um Haus und Garten kümmern mochten.

Plötzlich deklamierte eine weibliche Stimme über ihr: »Allein, der Frauen Zustand ist beklagenswert.«

Birgit hob den Kopf.

»Zu Haus und in dem Kriege herrscht der Mann, und in der Fremde weiß er sich zu helfen. Ihn ...« Die Stimme brach ab.

Birgit folgte den geschwungenen Steinstufen zur Terrasse. An der Balustrade stand eine Frau Mitte fünfzig in Hauskittel und mit einer Lesebrille auf der Nasenspitze. In der einen Hand hielt sie ein kanariengelbes Reclamheft und las konzentriert darin. Sobald sie eine bestimmte Zeile gefunden hatte, streckte sie dramatisch die andere Hand gegen die halb vom Efeu bewachsene Villa aus und deklamierte weiter. »Ihn freuet der Besitz; ihn krönt der Sieg!« Damit drehte sie sich schwungvoll zur Seite und erstarrte vor Birgit.

Die musste sich das Lachen verbeißen und beugte ihren Kopf tiefer als nötig, solange sie ihren Ausweis aus der Tasche zog. Wieder ganz in ihrer Rolle als Polizistin hielt sie der Frau ihren Ausweis hin und stellte sich vor. »Ich wollte Sie vorhin nicht erschrecken. Aber auf mein Klingeln hat niemand reagiert. Ich muss dringend Frau Krause sprechen.«

Verständnislos sah die Ältere Birgit über ihre Brillengläser hinweg an. »Die ist nicht hier.«

»Wo steckt sie denn?«

»Im Verlag. Wie immer.«

»Leider nicht. Wie heißen Sie?«

»Braunmüller. Was ist denn so wichtig?«

»Holger Krause wurde gestern Morgen ermordet aufgefunden. Ich hätte noch ein paar Fragen.«

Frau Braunmüller war wie vom Donner gerührt und starrte Birgit einige Sekunden an. »Das kann doch nicht sein. Zuerst der Vater und jetzt der Sohn.« Sie setzte sich langsam auf die Balustrade.

»War denn etwas ungewöhnlich am Tod des Vaters?«

»Nein. Nein. Es war eine Erlösung. Er war doch so krank. Lag seit fast zwei Jahren nur noch im Bett. Parkinson. Er konnte sich nicht mehr bewegen, aber im Kopf war er völlig klar. Bis zuletzt wollte er genau wissen, was sich im Verlag abspielte.«

»Haben Sie ihn gepflegt?«

»Nein. Eine Krankenschwester und seine Tochter. Ich bin die Putzfrau.«

Durch die offene Terrassentür erspähte Birgit einen Staubsauger mitten im Zimmer.

Frau Braunmüller war Birgits Blick gefolgt. »In meiner Pause kann ich machen, was ich will. Ich spiele bei einem Laientheater mit. Bald sind die Aufführungen.« Beiläufig ließ sie das Reclamheft in der Schürzentasche verschwinden.

»Klar. Welches Verhältnis hatten Sie zum Sohn?«

»Ich?« Ratlos zog Frau Braunmüller ihr Heftchen wieder aus der Tasche und fingerte daran herum.

Birgit konnte einen Blick auf den Titel erhaschen: »Iphigenie auf Tauris«.

»Ich putze hier seit zehn Jahren. Immer montags, mittwochs und freitags. Morgens. Manchmal backe ich noch einen Kuchen oder Kekse. Seit der Senior nicht mehr essen konnte, wissen Sie, er wurde zum Schluss künstlich ernährt, seither habe ich sie ab und zu für die Kinder gemacht. Für seine Kinder.«

»Wann haben Sie den Junior zuletzt gesehen?«

»Am Samstag.« Sie seufzte.

»Wo?«

»Hier. Am Freitag konnte ich nicht. Meine Schwester und mein Schwager kamen für ein paar Tage zu Besuch. Die leben in Ungarn.«

»Was war jetzt am Samstag?«, fragte Birgit schnell, bevor sich Frau Braunmüller weiter über ihre Verwandtschaft auslassen konnte.

»Plötzlich stand Holger in der Halle. Hände in den Hosentaschen und hat breit gegrinst. Er hat seine Schwester ganz knapp verpasst. Sie geht samstags immer auf den Markt.« Die Putzfrau schob das Heftchen wieder in die Tasche.

»Frau Krause macht das regelmäßig?«

»Sag ich doch.«

»Hat Holger bedauert, dass er seine Schwester verpasst hat?«

»Eigentlich nicht«, antwortete Frau Braunmüller zögernd. »Jetzt, wo Sie danach fragen. Nein. Er ist ziemlich schnell rauf in sein Zimmer.«

»Er wohnte noch hier?«

»Das nicht. Aber viele von seinen Sachen sind noch da.«

»Benahm er sich irgendwie anders als sonst?«

Frau Braunmüller schüttelte den Kopf, stutzte.

»Sagen Sie es mir.«

»Ich hatte zufällig die Kekse gebacken, die er so mag. Ich wollte ihm einen Teller voll auf sein Zimmer bringen. Die Tür war angelehnt. Als er mich oben auf dem Flur gehört hat, hat er die Tür zugeschlagen.«

»Könnte ich sein Zimmer kurz anschauen?«

»Ich zeige es Ihnen.«

Der Weg führte durchs holzgetäfelte Gartenzimmer ins Treppenhaus. Ausgestopfte Wiesel und Auerhähne sowie Geweihe in allen Größen bedeckten die Wände. An den Decken hingen Leuchter aus der Erbauungszeit des Hauses.

Was ist hier nicht getäfelt?, fragte sich Birgit, als sie Frau Braunmüller in den ersten Stock folgte. Bei jedem Schritt quietschten die Holzstufen unter dem Kokosläufer. Auch hier hingen Geweihe, doch diesmal unterbrochen von Ölgemälden mit Schäferszenen.

»Hier.« Frau Braunmüller stieß eine Tür auf.

Birgit nickte der Putzfrau verbindlich zu. Sie verstand und ließ Birgit allein.

Auf dem Eichenparkett stand ein ausladendes Bett im Stile der Zwanzigerjahre. Birgit lehnte sich an dessen Fußteil und sah durch das gegenüberliegende Fenster über das Neckartal zum Albtrauf, musterte dann einen Radioschrank und Sitzmöbel aus den Fünfzigerjahren. An der Täfelung hingen Didgeridoos und ein kobaltblaues Arabergewand mit gestickter Goldborte an Ausschnitt und Ärmeln. Eine Tür zwischen Bett und Seitenwand führte Birgit in ein Ankleidezimmer. Sie sah kurz in den Schrank und öffnete die Schubladen der Kommoden. In der ersten Kommode befand sich Krauses Winterkleidung. In der zweiten herrschte ein Durcheinander von bemalten Holzmasken, Taschen und Mützen aus Südamerika. Die unterste Schublade klemmte etwas und ließ sich nur teilweise herausziehen. Birgit ertastete Socken und Unterwäsche und schob die Lade mit Mühe wieder zurück.

Wobei könnte sich Krause von der Putzfrau gestört gefühlt haben, sinnierte Birgit. Sie ging zurück ins Zimmer, lehnte sich wieder an das Fußteil. Samstags um diese Uhrzeit war normalerweise niemand hier. Karin besuchte den Markt, die Putzfrau arbeitete an anderen Tagen. Holger hatte mit freier Bahn gerechnet, wozu auch immer. Rasch und systematisch durchsuchte Birgit das Zimmer. Nach etwa fünfzehn Minuten setzte sie sich enttäuscht in einen Sessel und dachte nach. Frau Braunmüller hatte keine Tasche oder irgendetwas Sperriges bei Krause bemerkt, als er kam. Also hatte er entweder gar nichts dabei, oder es musste etwas sein, was man leicht in der Hosentasche verstauen konnte. Carolynn hatte keinen Hinweis auf Krauses Schafstory und keinen auf seinen Krimi gefunden. Der Stick, schoss es ihr durch den Kopf. Carolynn hatte bei der Durchsuchung in Krauses Gartenhaus einen Stick vermisst. Auf dem könnte er die Geschichten gesichert und vom Notebook gelöscht haben.

Birgit ging wieder ins Ankleidezimmer und durchsuchte gründlich Schränke und Kommoden. Beinahe eine halbe Stunde später setzte sie sich entnervt wieder in den Sessel. Die Sonne brannte durch die Scheiben. Birgit wischte sich mit dem Handrücken über die Stirn, betrachtete trübe das Fischgratmuster des Parketts.

Plötzlich blieb ihr Blick an einer Stelle unter dem Fußteil des Bettes hängen. Nur dort zeichnete die Sonne feine Schatten. Birgit kniete sich vor die Stelle und tastete das Parkett ab, drückte auf die Stelle, die die Schatten geworfen haben musste. Das Holz wippte leicht. Beim dritten Versuch bekam Birgit ein Ende zu fassen und hob es an. Gespannt äugte sie in den Hohlraum, den sie freigelegt hatte, und holte eine schmale Pappschachtel heraus. Darin lag ein schwerer Gegenstand, eingewickelt in Zeitungspapier. Es war mit einer Schrift bedruckt, die hauptsächlich aus Halb- und Dreiviertelkreisen bestand. Birgit entfernte das Papier und betrachtete ein etwa zehn Zentimeter langes, leicht verwittertes Steinfigürchen. Ein lächelnder Mann kniete auf einem Bein, das andere hatte er aufgestellt und die Arme auf den Oberschenkeln aufgestützt. Er trug ein Tuch um die Hüften und breite Spangen an Fußgelenken und Oberarmen. Tropfenförmige Ohrringe stießen an den Halsschmuck, der Schultern und Brust bedeckte. Seine Kopfbedeckung erinnerte Birgit an die asiatischer Tempeltänzerinnen. Schöne Deko, dachte sie, und stellte das Figürchen auf den Boden. Es fiel um. Wieso hat das Ding keinen Sockel, wunderte sie sich. Birgit besah sich die Unterseite des Figürchens genauer. Die Kanten um die Sohle seines aufgestellten Beines und die Kanten um das angewinkelte Bein waren schärfer als alle anderen. Birgit stellte das Figürchen so auf den Boden, dass die Fläche seines angewinkelten Beines auflag und hielt es fest. Unter der Fußsohle des anderen Beines schimmerte Licht. Nachdenklich packte sie das Figürchen wieder ein und legte es zurück.

* * *

Im Gartenzimmer der Villa brummte der Staubsauger. Frau Braunmüller stellte das Gerät ab, als Birgit hereinkam.

»Woher stammen die Didgeridoos und so?«

»Er hat sie von seiner Weltreise mitgebracht.«

»Wann war das?«

Die Putzfrau wischte sich einen Schweißtropfen ab. »Haben Sie auch Durst?«

Birgit nickte.

Wortlos führte die Ältere sie in die Küche. Bis auf die Elektrogeräte schien die Einrichtung noch im originalen Zustand zur Zeit der Erbauung zu sein.

»Der Senior bestand darauf, dass hier alles blieb, wie es war«, meinte Frau Braunmüller, als sie Mineralwasser in Gläser füllte, die Birgit aus dem Haushalt ihrer Großmutter kannte.

Die Frauen setzten sich auf die Eckbank und tranken.

»Holger reiste direkt nach dem Abitur ab. Nach Südamerika. Australien. Dubai. Weiß der Herrgott wohin sonst noch.«

»Fernost?«, fragte Birgit.

Die Putzfrau dachte kurz nach. »China, glaube ich. Ab und zu kam eine Postkarte.« Frau Braunmüller füllte beide Gläser nach. »Aber selten. Der Senior hat immer so auf eine

Nachricht von seinem Augapfel gewartet. Wenn eine kam, hat er sie mir immer wieder vorgelesen. Dabei stand gar nichts Besonderes drauf. Na, ja. Für den Senior war es schwer. Bis zu seiner Krankheit hat er den Verlag geleitet, den ganzen Tag herrschte Trubel. Und von einem Tag auf den anderen musste er die Leitung abgeben. Aber am schlimmsten hat ihn getroffen, dass sich kaum einer um ihn gekümmert hat. Bloß seine Sekretärin ist ab und zu noch gekommen. Kurz vor seinem Tod gab es Streit zwischen ihnen. Danach ist sie auch nicht mehr gekommen.«

»Wissen Sie, worum es ging?«

»Nein. Aber Karin hatte auch irgendetwas damit zu tun.«

Für einige Momente hingen die Frauen ihren Gedanken nach.

»Was passierte, als Holger von seiner Reise zurückkam?«, fragte Birgit.

»Da habe ich Kekse für ihn gebacken. Zuerst ist er zu seinem Vater. Aber bald kam er wieder runter und hat mir alles erzählt. Ach was sage ich, geschwärmt hat er. Vom Kunsthandwerk in Australien, von den Pyramiden in Südamerika, von Tempeln im Dschungel in Asien. Wie viele es waren und wie gut die Tempel erhalten waren. Das hat ihm gefallen. Dafür hat er sich schwer über Leute aufgeregt, die Verzierungen abschlagen und sie an angebliche Kunstliebhaber verkaufen. Ja, ja, seine Reise hat ihn schwer beeindruckt. Seit er zurück war, wollte er unbedingt Völkerkunde und Archäologie studieren.«

»Und seine Schwester?«

»Ihr wäre lieber gewesen, wenn er Jura oder Betriebswirtschaft studiert hätte.«

»Sollte er den Verlag übernehmen?«

»Der Senior hat sich das gewünscht.«

»Wie war das Verhältnis der Geschwister zueinander?«

Frau Braunmüller sah leicht erschrocken zur Seite. »Ich weiß gar nicht, ob ich Ihnen das erzählen darf.«

»Frau Krause erfährt es nicht. Sie weiß ja auch nichts von Iphigenie.«

Frau Braunmüller presste die Lippen zusammen, dann gab sie sich einen Ruck. »Die beiden haben gestritten. Letzte Woche. Mittwoch. Ich habe nicht verstanden, um was es ging. Aber zwei Sätze hat Holger richtig gebrüllt: ›Ich werde es beweisen. Ich nehme mir einen Anwalt.‹«

»War der Streit eine Ausnahme?«

»Nein. Hier war oft dicke Luft. Noch bevor er abreiste. Und als er wieder hier war.«

»Auch letzten Samstag?«

»Weiß ich nicht. Ich bin vor ihm gegangen.«

Birgit legte ihre Visitenkarte auf den Tisch. »Falls Frau Krause kommt, soll sie mich unbedingt anrufen.«

* * *

Was meinte Krause mit »beweisen«, und wieso versteckte er dieses Figürchen, und wo ist die Schafstory geblieben? Über diese Fragen sinnierte Birgit, seit sie die Villa verlassen hatte. Sie hatte sich entschlossen, ein Stück weiter unten in der Straße einen Parkplatz zu suchen und zu Fuß über die Neckarhalde in die Gartenstraße zu gehen, wo sie um diese Uhrzeit höchstwahrscheinlich keine Parklücke finden würde. Noch immer dachte sie darüber nach, dass irgendwo ein Stick sein könnte. Vielleicht hatte Krause auf ihm etwas gespeichert, das seine Schwester belastete. Aus der Schafstory hatte Krause seinem Redakteur gegenüber ein Geheimnis gemacht. Beim Institutsfest hatte er über die Story geredet. Er könnte sie auch auf dem Stick gespeichert und ähnlich wie das Figürchen versteckt haben. Krause hatte nicht gesagt, dass er die Story abgeschlossen hätte. Mithin brauchte er den Stick in Reichweite und an einem sicheren Platz. Birgit beschloss, sich das Gartenhaus noch einmal sehr gründlich vorzunehmen.

* * *

Mit ihrem Autoschlüssel durchtrennte Birgit das Siegel am Gartenhaus und öffnete die Tür. Stickige Luft schlug ihr entgegen. Einige tote Fliegen lagen auf dem Fußboden. Birgit zog ihre Handschuhe an und begann, das Häuschen systematisch zu durchsuchen. Regal für Regal, Schublade für Schublade, Diele für Diele. Schwitzend holte sie sich ein Glas Wasser aus der Küche und stürzte es hinunter. Mit dem frisch gefüllten Glas setzte sie sich in den Sessel, auf dem das Hethiterbuch gelegen hatte. Birgit strich sich eine Strähne aus dem Gesicht und schlug das Buch auf. Sie hatte im Moment keine Ahnung, wo sie noch suchen sollte. Meistens half es, sich mit etwas anderem zu beschäftigen. Als sie noch am Kriminaltechnischen Institut gearbeitet hatte, war ihr oft die Lösung eines Problems oder eine Methode zur Lösung eingefallen, als sie auf dem Weg nach Hause gewesen war. Birgit hoffte, diesen Effekt jetzt provozieren zu können, indem sie in dem Kapitel über Leberschauen las.

In den ersten Absätzen beschäftigte sich der Autor mit der Bedeutung, die die Orakel für die Hethiter besaßen und mit der Systematik, mit der sie diese an Tagen durchführten, die als günstig angesehen wurden. Dann schlug der Autor den Bogen zu Völkern, von denen die Hethiter die Zeremonien übernommen und dann weiterentwickelt hatten. Birgit klappte das Buch wieder zu. Lebern, Gallenblasen, Mägen, abgehackte Beine, bäh. Das konnte einem schon den Appetit verderben. Außerdem eignete sich ihrer Meinung nach das Kapitel eher für Studenten, die schon eine ganze Menge von dieser Materie verstanden, denn die vielen Fachbegriffe, die der Autor einstreute, machten die Abhandlung für Laien schwer verständlich.

Die Detektei, schoss es ihr durch den Kopf. Carolynn hatte die Visitenkarte einer Tübinger Detektei auf dem Schreibtisch gesehen, als sie den Stick gesucht hatte. Vielleicht konnte der Privatermittler etwas zur Beantwortung der offenen Fragen beitragen. Rasch stand sie auf und verschob die Papierstapel auf dem Schreibtisch, bis sie die Visitenkarte fand. Zufrieden steckte sie sie ein und setzte sich wieder in den Sessel. Ihr Blick schweifte über das ungemachte Bett und den Kleiderhaufen. Fast wie in Wallys Kinderzimmer, dachte sie. Wie oft hatte sie ihr helfen müssen, ein Spielzeug zu finden, ohne das Wally keinesfalls in den Kindergarten gehen wollte. Üblicherweise fand sich das Gesuchte zwischen Matratze und Bettlade oder zwischen den Sesselpolstern. Birgit steckte die Finger ins Polster zwischen Sitzfläche und Lehne und tastete die Ritze ab. Schade, wäre auch zu schön gewesen, dachte sie. Wenn sie selber etwas verstecken wollte, das jederzeit griffbereit sein sollte – was wäre dafür ein geeigneter Platz?

Sie setzte sich an den Schreibtisch und suchte die Umgebung mit den Augen ab, bis ihr Blick an der Kunststoffverblendung über der Ölleitung direkt neben ihr hängen blieb. Sie hob die Verblendung an und schielte darunter. Langsam fuhr sie mit den Fingern unter der Leitung entlang. Sie bekam etwas Kleines zu fassen und zog es heraus. Na bitte, freute sie sich, Mycroft wird staunen. Sticks findet man nicht *vom* Sessel aus, sondern *neben* dem Sessel. Noch leise kichernd über ihren Kalauer steckte sie den Stick in ihre Hosentasche und verließ lächelnd und mit federndem Schritt das Gartenhaus. Sobald sie um die Ecke bog, prallte Birgit entsetzt zurück. »Nehmen Sie sofort das Ding runter!«

Verdattert ließ Herr Fetzer die Heugabel sinken, die er so gehalten hatte, als wollte er Birgit aufspießen. »Was machen Sie hier? Ich habe gedacht …« Fetzer stützte sich auf die Heugabel und rieb sich die Stirn.

»Was soll denn das?«, herrschte ihn Birgit an.

»Entschuldigung. Heute Morgen ist einer hier herumgeschlichen. Er hat durch alle Fenster gesehen, als ob er etwas sucht. Bis ich unten war, hat er eins aufgedrückt.«

»Wer?«

Herr Fetzer hob die Schultern. Wieder trug er Unterhemd und ausgebeulte Jogginghosen. Doch diesmal in einer anderen Farbe.

»Wie hat er ausgesehen?«

»Klobig. So ein Brocken. Bart, glaube ich.« Der Rentner sah Birgit hilflos an.

Oh Gott, gleich so präzise, stöhnte Birgit innerlich.

»Ich habe geglaubt, jetzt ist einer eingebrochen.« Er präsentierte ihr die Heugabel. »Deshalb.«

»Schon gut. Aber für Einbrecher ist die Polizei zuständig.«

»Ja, bis *die* kommt.« Herr Fetzer gewann langsam wieder Oberwasser. Er warf einen liebevollen Blick auf die Heugabel. »Die ist vom Raiffeisenverein. Stabil und günstig.«

Birgit seufzte. »Wenn der Brocken noch mal kommt, rufen Sie mich an. Klar?« Ihr Handy klingelte.

»Ja, ja.« Er sagte es eine Spur zu eifrig.

Birgit wandte sich ab. »Caro?«

»Hallo. Du, ich habe in Krauses Mails gestöbert.« Sie stöhnte. »Es sind Unmengen. Deshalb bin ich noch nicht durch. Aber die eine ist wichtig: Die Detektei Orwell hat ihn am Sonntag benachrichtigt, dass die Nachforschungen abgeschlossen seien.«

»Worüber?«

»Steht nicht drin.«

»Gut. Ich kümmere mich darum.« Als Birgit auflegte, war Herr Fetzer verschwunden.

* * *

Auf dem Weg zur Detektei musste Birgit die Neckargasse entlanggehen. Handyläden, ein Eiscafé, Boutiquen und immer wieder Bäcker lockten mit Angeboten. Bei jedem Laden mit Essbarem wurde sie hungriger. Wally hatte Früchtequark, Käse und Brote auf den Frühstückstisch gestellt. Birgit hatte auch reichlich davon genommen, doch sie konnte das Gefühl nicht loswerden, nichts »Richtiges« gegessen zu haben. Und zum »Richtigen« gehörte eben Wurst. Aber Abmachung war Abmachung. Eine Bäckerei warb mit einem Sonderangebot von Brezeln. Wenn man drei Stück kaufte, bekam man die dritte halb geschenkt. Birgit liebte Brezeln. Aber ihrer Figur zuliebe verzichtete sie schon seit langem auf die Butter dazu, was den Genuss sehr schmälerte. Sie betrat die Bäckerei und sah fasziniert auf einen Korb mit Brötchen, in deren Teig Zwiebeln und Speckstücke eingebacken waren. Leider stand Speck für die nächsten vier Wochen ebenfalls auf dem Index der verbotenen Genüsse.

»Was darf es sein?«, fragte die Verkäuferin energisch.

»Äh.« Birgit wachte aus ihrer Träumerei auf. Hinter ihr hatte eine Gruppe von Leuten den Laden betreten, die mit ungeduldigen Mienen darauf warteten, dass sie endlich ihre Bestellung aufgab.

»Drei Brezeln und eine Schneckennudel, bitte.«

Während die Verkäuferin die Brezeln blitzschnell in eine Tüte schob, fragte sie: »Eine oder zwei Schneckennudeln? Zwei sind heute auch im Angebot.«

Ohne nachzudenken entschied sich Birgit für zwei. Wenige Sekunden später stand sie wieder draußen und fragte sich, wie sie in aller Welt so viel Gebäck essen sollte. Brummelnd bog sie nach links in die Bursagasse, suchte sich ein freies Plätzchen auf der Mauer über dem Neckar und setzte sich auf die warmen Steine. Genüsslich biss Birgit in die erste Brezel.

Die Studenten um sie herum verzehrten ihre Imbisse oder rauchten, während sie über ihre Professoren lästerten. Die Burse war sofort nach der Universitätsgründung Ende des 15. Jahrhunderts erbaut worden. Sie diente damals als Wohnheim für Studenten und Ort für Lehrveranstaltungen. Jetzt waren hier Kunstgeschichtler und Philosophen untergebracht. Durch die niedrigen Geschosshöhen der drei Stockwerke und das Walmdach mit Frontgiebel wirkte der Bau sehr gedrungen, und Birgit rätselte, wie man in so niedrigen Räumen auf neue Ideen kommen sollte. Sie grinste spöttisch in sich hinein und griff zur zweiten Brezel. Vom Neckar her strich kühlere Luft, wiegte sacht die Zweige der Trauerweiden. Birgit sah einem Stocherkahn nach, dessen Fahrer sich mühte, den Kurs zu halten. Wenigstens singt er nicht, dachte sie. Aus irgendwelchen Gründen motivierten Neckar und die Ansicht der verschachtelten Häuser der Altstadt viele Stocherkahnfahrer zum Singen. Bloß schien für die meisten Sänger Lautstärke wichtiger zu sein als die Fähigkeit, die Töne zu treffen.

Birgit schwankte zwischen einer weiteren Brezel und einer Schneckennudel. Sie hatte schon auf die Butter verzichtet, und der Fußmarsch von der Krause'schen Villa in die Gartenstraße und zurück verbrauchte ja auch noch Kalorien. Zuzüglich des Umwegs über die Münzgasse, in die sie nachher musste. Birgit seufzte. Mit dieser schwachen Argumentation konnte sie nicht einmal sich selber überzeugen.

Eine Mutter schob ihr quengelndes Kind im Buggy über das Kopfsteinpflaster in Richtung Neckargasse. Genervt versuchte die junge Frau ihr Kind zu beruhigen. »Ich habe die Kekse vergessen. Aber wir sind bald daheim.«

Entschlossen stand Birgit auf. »Moment!«, rief sie der Frau zu.

Irritiert blieb die junge Mutter stehen.

»Möchten Sie eine Brezel haben?« Birgit hielt sie ihr hin. »Sie ist übrig.«

Verblüfft starrte die Mutter Birgit an. Das Kind streckte die Arme nach der Brezel aus und begann zu schreien.

»Danke«, meinte die Mutter immer noch verblüfft und nahm das Laugengebäck an. Rasch brach sie ein Stück ab und reichte es ihrem Nachwuchs. Das Geschrei verstummte prompt.

Die Frau setzte ihren Weg fort. Birgit grinste und machte sich über die Schneckennudel her.

* * *

Im Treppenhaus des großen Mietshauses in der Münzgasse lehnten Fahrräder unter einer Reihe von Briefkästen. Aus einem der oberen Stockwerke dröhnte Technomusik. Jemand hatte eine Reihe von Fliegenpilzen und knubbeligen Champignons an die Wand gesprüht. Ein Pilzhut bedeckte beinahe die Hälfte des Schildes »Detektei Orwell, Tobias Schneider, 4. Stock«. Wirkt nicht so, als ob das Geschäft boomen würde, mokierte sich Birgit über das Ambiente. Sie stieg die Treppen hinauf. »Bitte läuten«, forderte ein weiteres Schild an der Eingangstür zur Detektei auf. Birgit drückte auf den Knopf. Ein schrilles Klingeln ertönte. Kurz darauf näherten sich hastige Schritte.

Ein Mann, ganz in Schwarz gekleidet, Mitte zwanzig mit dünnem, streng zurückgekämmtem Haar und runden Brillengläsern riss die Tür auf. »Oh, nein!«, entfuhr es ihm, als er Birgit sah.

»Was für eine Begrüßung«, tadelte Birgit. »Ich darf doch?« Ohne eine Antwort abzuwarten, schob sie ihn beiseite und ging hinein. Der Geruch nach Pizza lag in der Luft.

Schneider nickte ergeben und wies auf das der Eingangstür am nächsten gelegene Zimmer.

Birgit trat in ein helles Büro. Grundausstattung von Ikea, vermutete sie.

Schneider folgte seinem Besuch auf dem Fuß und stellte sich hinter seinen Schreibtisch. »Was gibt's?« Er klappte den Deckel der Pappschachtel mit dem Werbeaufdruck eines Pizzaservices zu und beförderte die Schachtel wie ein Frisbee auf einen Rollcontainer hinter sich.

Birgit setzte sich auf den Besucherstuhl vor Schneiders Schreibtisch. »Ihr Klient, Holger Krause, wurde ermordet.«

Schneider sah abwartend drein. »Und was habe ich damit zu tun?«

»Welche Art von Nachforschungen haben Sie für ihn angestellt?«

»Gar keine.« Schneider verschränkte die Arme vor der Brust.

»Weshalb dann die E-Mail, dass die Nachforschungen durch Orwell abgeschlossen seien?«

»Aah«, brummte Schneider. »Nichts Besonderes.«

»Details, bitte.«

Birgits Gegenüber schob die Unterlippe vor.

»Je länger ich nachdenke, desto besser erinnere ich mich an unser erstes Zusammentreffen. Das Delikt Amtsanmaßung ist noch nicht verjährt.« Birgit sah ihn freundlich an.

Schneider stöhnte.

»Dafür können Sie für Jahre ins Gefängnis gehen«, fuhr Birgit im Plauderton fort.

»Schon gut. Immer geschmeidig bleiben.« Schneider nahm eine Mappe aus dem Rollcontainer und zog eine fotokopierte Rechnung heraus. »Damit kam Holger zu mir.« Er zeigte Birgit die Forderung der Firma Andrea Petersen an den Verlag Krause. »Hier: diverse Posten für Herstellungs- und Werbungskosten. Für einen Reiseführer Kasachstan. Die Rechnung ist datiert auf September.« Die letzten drei Silben hatte er einzeln betont.

Birgit sah ihn überrascht an. »Ja und?«

»Dieser Reiseführer hätte im Frühjahr erscheinen müssen. Aber«, Schneider klopfte auf die Rechnung, »›Kasachstan‹ wurde nie produziert. Kein Buchhändler weiß davon.«

»Der Verlag bezahlte für etwas, was es nicht gibt?«

»Ja.« Schneider setzte sich. »Und Karin Krause profitiert davon.«

»Wie?«

»Ihr gehört die Firma Petersen. Sie betreibt sie unter ihrem zweiten Vornamen Andrea und unter dem Nachnamen ihres geschiedenen Mannes Petersen.« Schneider lehnte sich zurück und verschränkte die Arme im Nacken. »Das Spielchen mit der Briefkastenfirma geht seit fast zwei Jahren. Damals hat sie jedenfalls die Firma Petersen gegründet. Karin schreibt als Petersen eine Rechnung, bezahlt als Krause und verschiebt den Erlös auf ihr Nummernkonto oder was weiß ich.«

»Wieso fällt das keinem Wirtschaftsprüfer auf?«

Schneider sah Birgit spöttisch an. »Wie denn? Denen genügt es, wenn sie einen kompletten Vorgang haben.«

»Was soll das heißen?«

»Na eben die Einholung eines Angebots, das Angebot selber, Auftragserteilung, Auftragsbestätigung, Rechnung«, leierte Schneider herunter. »Ob die rechnungsstellende Firma existiert oder nicht, ist denen egal. Total easy.«

»Wie hoch ist die Summe, die so verschoben wurde?«

»Sorry, ich sollte nur herausfinden, was es mit der Rechnung auf sich hat.«

»Okay.« Birgit streckte die Hand nach dem Dossier aus.

Schneider legte die Hand auf die Mappe. »Was bekomme ich dafür?«

»Die Freiheit.«

Schneider schob die Mappe über den Tisch.

* * *

Als Birgit in Frau Gallwitz' Büro kam, waren die Stapel deutlich geschrumpft. Die Sekretärin saß erschöpft an ihrem Schreibtisch und rührte in ihrer Kaffeetasse. Müde sah sie auf. »Noch was?«

»Noch einiges«, antwortete Birgit.

Eine junge Blondine mit frechem Kurzhaarschnitt steckte den Kopf herein. »Frau Gallwitz, ich habe gerade einen Buchhändler am Telefon. Sein Kunde behauptet, wir hätten einen literarischen Reiseführer über Usbekistan.«

Frau Gallwitz schüttelte energisch den Kopf. »Haben wir nie gehabt. In den Neunzigern ist ein Titel über Usbekistan bei uns erschienen, aber das war ein ganz normaler Reiseführer.«

Der Blondschopf verschwand.

»Sie haben ein gutes Gedächtnis«, sagte Birgit.

»Das braucht man in der Branche.« Frau Gallwitz pustete in ihre Tasse, nippte daran und verzog das Gesicht. »Heiß.«

»Wie lange arbeiten Sie schon hier?«

»Seit bald dreißig Jahren.« Frau Gallwitz presste die Lippen zusammen.

»Ich könnte mir gut vorstellen, dass während so einer langen Zeit private Kontakte zu den Krauses entstanden.«

In Frau Gallwitz' Augen blitzte Ärger. »Schon. Aber das ist nicht immer gut. Das können Sie mir glauben.«

»Herr Krause hat es sicher sehr geschätzt, dass Sie ihn während seiner Krankheit besucht haben.«

»Schon. Aber es war immer ziemlich schwierig.«

»Gab es deshalb Streit zwischen Ihnen und dem Senior?«

»Warum fragen Sie, wenn Sie alles schon wissen?«

»Weil ich eben nicht alles weiß.« Birgit räumte eine Schachtel von einem Besucherstuhl und setzte sich. »Was war damals los?«

»Karin will umbauen, alles renovieren. Sehen Sie sich doch um. Seit weiß der Herrgott wie vielen Jahren ist hier nichts mehr passiert. Ich habe sie bei ihren Plänen unterstützt und unser Verhältnis hat sich wieder gebessert. Karin hatte mich gebeten, dem Senior nichts davon zu sagen. Sie hatte ihm schon vor vier Jahren vorgeschlagen zu renovieren, als er noch gearbeitet hat. Mit neuen Computern und Telefonen konnte er noch leben, aber alles andere hat er abgelehnt. Blöderweise ist mir beim letzten Besuch was rausgerutscht. Er hat sich fürchterlich aufgeregt. Wir würden das eine erzählen und das andere tun.« Sie trank ihren Kaffee aus.

»Wann war das?«

»Vielleicht zehn Tage vor seinem Tod.«

»Wie wirkte sich das auf Ihr Verhältnis zu Karin aus?«

»Fragen Sie mich das im Ernst? Sie hat mich angeschrieen, wie ich das einem Schwerkranken erzählen könnte. Wissen Sie, zuletzt litt er zusätzlich zum Parkinson an einer Lungenentzündung. Es war vorher schon nicht leicht mit ihm. Und nach dem Zwischenfall – Herrgott, es war doch keine Absicht! Und jetzt ...« Frau Gallwitz biss sich auf die Lippen.

»Seit wann wissen Sie von Karins Scheinfirma?«

Die Sekretärin konzentrierte sich auf ihre Tasse. Eine Fliege summte vom Flur herein, flog mit voller Wucht gegen das Fenster. Sie prallte von der Scheibe ab und fiel auf den Sims. Sekunden später flog sie wieder zur Tür hinaus.

»In Ihrem Fall kann man über Beihilfe zur Untreue nachdenken.« Birgit setzte sich bequemer hin. »Das kann im günstigeren Fall eine Geldstrafe und im ungünstigeren Fall Gefängnis bedeuten.«

»Was wissen Sie denn«, stieß Frau Gallwitz hervor. Sie stand auf und schloss die Tür zum Flur. Als sie zu ihrem Platz zurückgekehrt war, fuhr sie fort. »Vor etwa einem halben Jahr habe ich Verdacht geschöpft. Dann bin ich der Sache nachgegangen. Aber was hätte ich denn tun sollen? Ihr sagen, dass ich ihr System durchschaut habe? Ich bin kein Erpresser und unser Verhältnis ist ohne diese Geschichte kompliziert genug. Bestimmt hätte mich Karin rausgeschmissen. Wenn ich meine Stelle verliere, bekomme ich bis zur Rente keine Arbeit mehr! Und sie hat es so gemacht, dass der Verlag gut überlebt. Außerdem hatte sich unser Verhältnis wieder gebessert.«

»Wieso haben Sie dann Holger die fingierte Rechnung gegeben?«

»Nach dem Streit wegen des Umbaus hat mir Karin mit Kündigung gedroht. Bald nach dem Tod des Seniors hat sie ihre Drohung wahr gemacht.«

* * *

Birgit stürmte im Präsidium in ihr Büro.

»Gut, dass du –«, setzte Carolynn an.

»Hör mal zu«, unterbrach Birgit die Kollegin. »Karin Krause hat vielleicht ein Motiv. Am Mittwoch wollte Holger im Verlag mit seiner Schwester reden, aber sie war schon nach Hause gegangen. Frau Gallwitz gab Holger diese Fotokopie einer fingierten Rechnung.« Birgit nahm die Kopie aus dem Dossier und erklärte ihr deren Bedeutung. »Karins Putzfrau weiß, dass die Geschwister oft gestritten haben. Zuletzt am Mittwoch in der Villa. Dort hätte Holger Karin angeschrieen: ›Ich beweise es dir.‹ Karin wusste nichts von Orwell und wollte eventuell ihren Bruder zum Schweigen bringen, bevor er sie anzeigen konnte.«

»Sofern es sich um entsprechende Summen dreht«, warf Carolynn ein. Sie wählte eine Telefonnummer.

»Genau. Könntest du das feststellen?«

»Mach ich gerade.« Zwei Minuten später legte sie wieder auf. »Laut Finanzamt Gesamtumsatz der Firma Petersen letztes Jahr etwa fünfzigtausend.«

»Nicht schlecht. Bisher hatte die Gallwitz die Hoffnung, dass sie ihre alte Stellung wieder einnimmt. Aber ihre Tage im Verlag sind vorbei und nun liefert sie Karin ans Messer.«

»Hat eigentlich Wagner irgendwelche Alibis überprüft?«

Schnaufend betrat Wagner das Büro. »Ist das eine Hitze«, stöhnte er.

Birgit sah ihn erfreut an. »Sie kommen exakt aufs Stichwort!«

Wagner zuckte leicht zusammen. »Wieso?« Er ließ sich auf seinen Stuhl fallen.

»Welche Alibis haben Sie überprüft? Wie viele Zeugen aufgetrieben?«

Carolynn unterdrückte ein Lachen, weil Wagners Miene immer ablehnender geworden war.

»Bei der Befragung im Wohnheim ist nichts herausgekommen. Dann habe ich alle Nachbarn von Holger Krause befragt.« Er sank erschöpft tiefer in seinen Stuhl. »Keiner hat was gesehen oder gehört.«

»Die waren alle daheim?«, fragte Birgit honigsüß.

»Ja, äh, also, die meisten.«

Birgit zog die Augenbraue hoch.

Eilig setzte Wagner hinzu: »Morgen gehe ich noch mal hin.«

»Wunderbar. Und nachher gehen Sie zur Kunsthalle.«

Wagner sah auf die Uhr.

»Vergessen Sie's«, meinte Birgit streng.

Er überging dies und kratzte sich geräuschvoll am Bauch. »Was haben Sie herausgefunden?«, fragte er zurück.

Birgit setzte ihn ins Bild.

»Wenn der Fundort nicht der Tatort ist, muss der Täter die Leiche ins Auto rein- und wieder rausgehievt haben. Das schafft eine Frau doch gar nicht. Nicht einmal, wenn das Auto praktisch am Tatort steht.«

»Schafft sie schon«, widersprach Birgit. »Frau Krause wäre sicher ins Schwitzen gekommen, so wie manch anderer bei deutlich geringerer Anstrengung«, Birgit bedachte Wagners Schweißperlen mit einem süffisanten Blick, »aber es wäre möglich. Der Tote wurde vom Waldweg etwa drei Meter zum Fundort geschleift. Karin könnte ihren Bruder dabei immer wieder abgesetzt haben. Dauert ein bisschen länger, aber es geht.«

Missbilligend schaltete Wagner seinen Bildschirm ein. »Ich glaube immer noch, dass es der Schafschlächter war. Ein Verrückter. Eine Leiche im Wald mit Blumen. Wo gibt's denn so was.«

»Bloß«, begann Carolynn, »haben entsprechende Anfragen in den umliegenden Psychiatrien nichts gebracht. Es müsste jemand sein, der bislang nicht auffällig geworden ist.«

Birgit sah Carolynn verblüfft an. »Du hast nach dem Schafschlächter gesucht?«

Carolynn zuckte mit der Schulter. »Die Chance war nicht groß, aber wie es der Teufel will ...«

Wagner brummte etwas und begann, mit zwei Fingern auf seiner Tastatur herumzuhacken.

»Was machen Sie denn jetzt?«, fragte ihn Birgit. Wagner stand mit Computern auf Kriegsfuß und benutzte sie nur, wenn es sich nicht vermeiden ließ. Außerdem betrachtete er Tippen als Frauenarbeit.

»Ich schreibe meinen Bericht«, antwortete er und hackte weiter.

Birgit konnte sich einen herausfordernden Unterton nicht verkneifen. »Sehr schön, dann sind Sie ja fertig, bevor wir Sie bei der Kunsthalle absetzen.«

Ohne aufzusehen hackte Wagner weiter.

Birgit zog den Stick aus ihrer Hosentasche und reichte ihn Carolynn. »Hab ich gefunden.«

Verständnislos blickte Carolynn auf den Stick.

»In Krauses Gartenhaus.« Birgit grinste. »Unter der Verblendung der Ölleitung.«

»Respekt, Frau Kommissarin! Du entwickelst dich direkt zum Trüffelschwein.« Carolynn steckte den Stick in einen USB-Anschluss ihres Computers. Auf dem Bildschirm klappte ein Fenster auf. Gespannt sah sie auf die Anzeige. »Alle zuletzt geändert am Sonntag. Krause scheint sprechende Namen zu lieben. ›TSWD‹ und ›LO‹. Herrgottnochmal. Und wieder mal verschlüsselt.« Carolynn murmelte einige Zahlen. »Der Größe nach könnte ›TSWD‹ der vermisste Krimi sein.«

»Wieso?«

»Weil es eine Word-Datei ist und eine Schreibmaschinenseite etwa 24 Kilobyte Speicherplatz braucht. Damit hätte das Ding rund 320 Seiten.« Sie klapperte mit der Tastatur.

Birgit beugte sich über Carolynns Schulter. »TSWD. Kamen nicht die Buchstaben in dem Ort vor, in dem Professor Hahn buddelt?« Sie ging an ihren eigenen Arbeitsplatz und rief im Internet Seiten über Hahns Ausstellung auf. »Passt. Tell Aswad heißt der Ort. Ich glaube, Hahn hat gesagt, dass der Roman dort spielt.«

Wagner unterbrach seine Hackerei. »Roman!« Er spuckte das Wort geradezu aus.

Die Kommissarinnen sahen ihn erstaunt an.

»Was soll ein Roman mit einem Mord zu tun haben? Auf so einen Blödsinn kommen doch nur Akademiker.« Er hackte weiter.

»Was soll das jetzt?«, fragte Birgit streng. »Aus Krauses Umgebung kamen Hinweise auf seinen Roman und seine Schafstory. Wenn der Roman existiert, stimmen die Aussagen der Leute in diesem Punkt. Damit wird es glaubhafter, dass es die Schafstory ebenfalls gibt. Und wenn der Roman auf dem Stick ist, könnte die Schafstory genauso drauf sein.«

Wagner brummte etwas, das man als widerwillige Zustimmung interpretieren könnte.

Birgit ließ nicht locker. »Was bedeutet Ihrer Meinung nach LO?«

Wagner blies die Backen auf. »Hören Sie mal. Das kann alles heißen.«

Carolynn sah ihn kalt an. »Ach ja? Das könnte der Grund dafür sein, dass wir uns zuerst mit dem vermutlichen Roman beschäftigt haben. Wenn TSWD der Roman ist, kann es nicht die Schafstory sein. So etwas heißt Ausschlussverfahren.«

»Vorhin haben Sie selber für den Schlächter als Mörder plädiert«, meinte Birgit kühl »Hätten Sie eventuell irgendeinen sachdienlichen Hinweis, wie wir den Schlächter finden sollen, anstatt alles mies zu machen?«

»Jetzt regen Sie sich doch nicht so auf«, begann Wagner. »Mir hat bloß nicht eingeleuchtet, wieso dieser Roman so wichtig sein soll.« Um ihren bohrenden Blicken auszuweichen, zog er sich etwas hinter seinen Bildschirm zurück und hackte weiter seinen Bericht.

»Ich habe mal mit den Kollegen von ›Gewerbe und Umweltschutz‹ wegen den Schlachtungen telefoniert. Viel mehr als in der Zeitung steht, wissen die auch nicht. Trotz Zeugenaufrufen und Nachbarschaftsbefragungen. Zudem haben sie sich bei den üblichen Verdächtigen umgehört. Fehlanzeige.«

Der Arbeitsbereich »Gewerbe und Umweltschutz« musste sich immer wieder mit Kadavern beschäftigen, die im Wald gefunden wurden. Üblicherweise geschah dies um die Zeit des Opferfestes herum, das die im Landkreis lebenden Moslems begingen.

»Nach meiner Meinung«, fuhr Carolynn fort, »will der Schafschlächter auf keinen Fall erwischt werden. Die Aussicht, in die Zeitung zu kommen, dürfte ihm kaum gefallen haben.«

»Schon.« Birgit spielte mit ihrer Maus. »Bloß bringt man deshalb keinen um. Kann ich mir jedenfalls nicht vorstellen. Gehen wir davon aus, dass Krause zuviel wusste. Ob über den Schlächter oder jemanden anderen können wir noch nicht sagen. Aber ein Stilett deutet auf einen geplanten Mord. Also wusste oder besaß Krause vermutlich etwas, womit der Täter erpressbar war.«

Carolynn verschränkte die Arme. »Oder dem Täter prinzipiell schaden konnte. In diesem Fall musste es Krause nicht mal bewusst gewesen sein.«

Birgit dachte nach. »In Krauses Zimmer war ein Figürchen versteckt.«

Als Birgit von ihrer Suche erzählte, unterbrach Wagner seine Tipperei. Es herrschte gespannte Aufmerksamkeit.

»Wenn du so weitermachst, wirst du zum Trüffelschwein des Monats«, sagte Carolynn. »Eine putzende Iphigenie, Geheimfächer – beim nächsten Mal komme ich mit.« Sie nickte nachdenklich. »So gut wie das Figürchen versteckt war, kommt es als Druckmittel für eine Erpressung in Frage.«

Ärgerlich klopfte Birgit mit ihrem Kugelschreiber auf die Tischplatte. »Ach Scheiße, wir wissen nichts. Wir haben immer noch keinen Tatort und keine Tatwaffe.«

Wagner duckte sich eine Nuance zu spät hinter seinem Bildschirm, um seinen hämischen Gesichtsausdruck zu verbergen.

Birgit warf ihrem Assistenten einen vernichtenden Blick zu. »Was ist denn jetzt mit Hubert?«, fragte sie Carolynn.

»Der hat seine Mutter gefunden. Er sucht einen Pflegeplatz. Er kommt morgen wieder.«

Birgit wandte sich an Wagner. »Jemand muss Krauses Auto geparkt haben. Hat die Spusi irgendwelche Hinweise auf den Täter?«

»Nein. Wieso soll unbedingt der Mörder das Auto abgestellt haben?«

»Weil Krause sicher seine Schlüssel nicht ins Handschuhfach gelegt hätte. Und der Täter dürfte kaum Interesse daran haben, dass die Schlüssel bei ihm gefunden werden. Er wirft die Schlüssel weg oder legt sie ins Auto.«

»Stimmt auch wieder«, sagte Wagner. »Also suchen wir einen Täter, der Auto fahren kann und eine Vorliebe für Blumen besitzt.«

»Super Täterprofil. Dann hätte ich es auch gewesen sein können«, meinte Birgit.

Carolynn grinste. »Was passt dir an deinem Profil nicht?«

Birgit zog unwillkürlich den Bauch etwas ein. »Im Prinzip alles.« Für einen Moment herrschte Stille im Büro. Dann fuhr sie fort: »Das gibt es einfach nicht, dass niemand etwas sieht oder hört. Herr Wagner, Sie versuchen jemanden aufzutreiben, der beobachtet hat, wer Holgers Auto bei der Kunsthalle abgestellt hat. Danach gehen Sie noch mal in die Gartenstraße.« Sie wandte sich an Carolynn. »Und wir sehen nach, ob Frau Krause wieder aufgetaucht ist.«

* * *

Frau Braunmüller öffnete ihnen die Tür. Birgit stellte ihre Kollegin vor, dann fuhr sie fort: »Sie sind noch hier? Ich dachte, Sie arbeiten nur vormittags.«

»Bis zur Beerdigung muss doch alles tipptopp sein. Frau Krause ist vor zehn Minuten gekommen.« Ohne abzuwarten führte sie die beiden durchs Gartenzimmer auf die Terrasse und wies in den Garten. Die Hausherrin kniete beim Bassin und kämmte mit den Fingern Algen aus dem Wasser.

»Frau Krause, die Damen von der Polizei.« Damit zog sich Frau Braunmüller wieder ins Innere des Hauses zurück.

»Sie?«, begrüßte Karin die beiden unfreundlich.

»Wir waren um neun verabredet. Warum haben Sie sich nicht an die Uhrzeit gehalten?«, wollte Birgit wissen.

»Ich wollte es hinter mich bringen.«

»Wo waren Sie heute?«, fragte Carolynn.

»Es geht Sie zwar nichts an, aber ich war in unserem Ferienhaus am Bodensee.«

»Wozu?«, hakte Carolynn nach.

»Herrgottnochmal! Ich musste nachdenken. Mein Bruder ist ermordet worden! Soll ich mich da über Bildbände unterhalten?«

Birgit fragte freundlich: »Als Karin Krause oder als Andrea Petersen?«

Frau Krauses Augen weiteten sich für eine Sekunde. »Wie kommen Sie darauf?«

»Ihr Bruder hatte eine Detektei beauftragt. Ein paar Abfragen und schon weiß man Bescheid. Im Computerzeitalter ist das kein Thema«, meinte Birgit lässig und erntete von Carolynn einen amüsierten Blick.

»Was unterstellen Sie mir eigentlich?«

»Untreue und ...«, Carolynn breitete die Hände aus. »Kommt darauf an, was die Kollegen vom Wirtschaftsdezernat noch so alles finden.«

»Ah so? Ihre Räuberpistole beeindruckt mich gewaltig.« Karin fischte wieder nach Algen.

Birgit sah Karin eindringlich an. »Jetzt hören Sie doch auf mit dem Theater. Jahrelang haben Sie mit Ihrem Bruder gestritten. Um seinen Anteil an der Firma zu schmälern, haben Sie mit der Scheinfirma Gelder beiseitegeschafft. Und Sie wussten, dass er in letzter Zeit Verdacht geschöpft hatte. Er drohte, Ihre Machenschaften zu beweisen und zu einem Anwalt zu gehen.«

»Interessant«, höhnte Karin. »Und deshalb habe ich ihn schnell umgebracht?«

»Haben Sie?«

»Nein!«, schrie Karin. Sie knallte die Algen in den Eimer neben sich, dass es spritzte.

»Für die Untreue gehen Sie ins Gefängnis«, behauptete Carolynn. »Motiv genug für einen Mord.«

»Das ist doch lächerlich!«

Birgit verdrehte die Augen. »Wieso haben Sie mich gestern angelogen?«

»Was meinen Sie?« Karin war irritiert.

»Ich hatte Sie gefragt, wann Sie Ihren Bruder zuletzt gesehen haben. Sie behaupteten, Sie hätten ihn etwa eine Woche nicht mehr gesehen. Dabei haben Sie am Mittwoch mit ihm gestritten. Und am Sonntagabend haben Sie mit ihm telefoniert. Sie haben ihn angerufen. Die Anruferliste auf seinem Handy beweist das. Am Sonntagabend! Kurz vor seinem Tod!«

»Ohne meinen Anwalt sage ich gar nichts mehr. Raus jetzt!«

* * *

»Karin hat ganz schön Angst«, meinte Carolynn, als sie in Richtung Präsidium fuhren.

»Sieht ja auch nicht gut aus für sie.« Birgit strich sich eine Strähne aus dem Gesicht. »Dabei finde ich es nachvollziehbar, was sie gemacht hat. Von einem Tag zum anderen muss sie ihre Arbeit aufgeben, sich um Verlag und Vater kümmern. Und der behandelt sie wie einen Handlanger. Da kann die finanzielle Entschädigung ruhig ein bisschen höher ausfallen. Zumal der kleine Bruder, Papas Liebling, lieber auf Weltreise geht, als Karin zu unterstützen.«

»Depp!« Carolynn bremste scharf am Eingang zum Fußgängertunnel, der unter dem Schlossberg in die Altstadt führte. Ein Radfahrer schoss daraus quer zu ihrer Fahrtrichtung auf die Straße. »Das Motiv allein genügt nicht. Wir haben keinerlei Beweise, dass Karin ihn umgebracht hat. Und dann noch die Art, wie die Leiche abgelegt war.« Carolynn schüttelte sacht den Kopf. »Ich weiß nicht. Vielleicht doch der Schafschlächter?«

Birgit zog die Augenbraue in die Höhe und sah ihre Partnerin an. »Mit großen Unbekannten habe ich meine Probleme. Jedenfalls scheint Holger ein echter Sympathieträger gewesen zu sein. Zoff mit der Schwester, Zoff mit Sven. Und mit Tristan. Sven hörte was von Diebstahl und Beweisen. Kümmern wir uns mal darum.«

* * *

»Laut Staatsanwaltschaft ist unser Nibelunge ein alter Bekannter. Er hat wegen Hehlerei gesessen.« Carolynn lehnte sich in ihrem Stuhl zurück.

»Sieh mal an. Vielleicht ist er wieder aktiv?«

»Du meinst, Holger könnte dafür Beweise gehabt haben?«

»Möglich.« Birgit stutzte. »Sag mal, in welchem Zusammenhang hast du mir was von Krause und einem Käufer erzählt?«

»Ich?«, Carolynn war völlig überrascht. Plötzlich schlug sie sich an den Kopf. »Oh Mann. Das habe ich verbummelt.« Hektisch tippte sie auf Krauses Handy herum.

Innerlich begann Birgit zu jubeln. Dass die perfekte Carolynn, der Inbegriff der Gewissenhaftigkeit, auch einmal etwas vergaß oder übersah!

»Kann ja mal passieren«, meinte Birgit generös.

In Carolynns Tonfall schwang eine Frage mit. »Dass Tristan am Sonntag vier Mal versucht hat anzurufen, habe ich dir aber gesagt.«

«Ja.«

»Käufer, TÜ RP-883.« Sie machte ein Gesicht, als ob sie bei schwerem Diebstahl ertappt worden wäre. Mit fliegenden Fingern machte sie die Halterabfrage. »Schrade, Anton. Wohnhaft in Mössingen.«

* * *

Die Kommissarinnen stiegen wieder ins Auto und gelangten rasch auf die B27 in Richtung Süden. Bald nach dem Ortsausgang verengte sich das immer steiler ansteigende Steinlachtal zu einem Einschnitt, in dem Bahnlinie, Fluss und Straße dicht beieinander verliefen, und endete nach etwa drei Kilometern am Rande eines Plateaus. Dieses prägten landwirtschaftlich genutzte Flächen, und hie und da fanden sich kleinere Industriegebiete und Ansiedlungen. Am südöstlichen Ende des Plateaus lag die Stadt Mössingen. Sie umgab ein breiter Gürtel aus Streuobstwiesen und diese ein Dreiviertelkreis bewaldeter Tafelberge.

»Die Damen wünschen?«

»Anton Schrade?«

Der etwa sechzigjährige Herr im Tropenanzug und mit Nickelbrille nickte.

Birgit hielt ihm ihren Ausweis unter die Nase. »Wahl und Baumann, Kripo Tübingen.«

Schrade erschrak. »Ich habe das Ding zurückgegeben. Ich habe mit der Sache nichts mehr zu tun!«

»Sollen wir das auf der Straße besprechen?«, fragte Carolynn.

»Oh.« Schrade erinnerte sich an seine Manieren. Er führte die Frauen ins Wohnzimmer.

Hinter seinem Rücken tauschten die Kommissarinnen verständnislose Blicke.

»Bitte.« Schrade wies auf eine Sitzgruppe aus Wasserhyazinthengeflecht mit dicken Polstern. »Etwas zu trinken?«

»Wasser, bitte«, antwortete Carolynn.

An der Decke summte ein Ventilator. Afrikanische Masken und Speere zierten die Wände, auf Opiumtischen und Sideboards standen Buddhas. Am Fenster breiteten Zierbananen ihre Blätter über eine Chaiselongue, deren Polster mit Stoff im Gepardenmuster überzogen war.

Wahrscheinlich beschäftigt er einen Sikh als Butler und Leibwächter, fantasierte Birgit, einen, der üblicherweise Turban und in der Schärpe einen Krummdolch trägt.

Schrade kehrte mit einem voll beladenen Tablett zurück. Seine Hand zitterte, als er das Mineralwasser aus einer geschliffenen Karaffe in die Gläser goss. Mit einer Zange gab er Zitronenscheiben dazu und reichte die Getränke mit einem angestrengten Lächeln. Er setzte sich auf das Sofa und stützte die Arme auf die Oberschenkel.

»Erzählen Sie mal«, forderte ihn Birgit auf.

»Wie gesagt, ich habe das Ding zurückgegeben. Schon am Freitag. Ich sammle Kunst. Aber mit Kunstraub will ich nichts zu tun haben. Ich habe mein Wort gehalten, und er hetzt mir die Polizei auf den Hals.«

Beim Stichwort »Kunstraub« hatten die Kommissarinnen einen schnellen Blick getauscht.

»Wer hat genau was getan?«, fragte Carolynn.

Schrade sah die beiden misstrauisch an. »Was wird hier eigentlich gespielt?«

»Kunstraub ist eine ernste Sache und Sie hängen mit drin«, pokerte Carolynn. »Also?«

Schrade fuhr sich durch die Haare. »Verdammt, mir gegenüber hat Krause steif und fest behauptet, dass ich aus dem Spiel sei, wenn ich die Figur zurückgebe.«

Birgit sah ihn über ihr Glas hinweg an. »Krause ist tot.«

Schrade erbleichte. »Nein – also Mord, das können Sie mir nicht anhängen!«

»Woher wissen Sie, dass er ermordet wurde?«, fragte Carolynn harmlos.

»Weil –« Schrade sah perplex von einer zur anderen. »Sie haben das gesagt.«

»Nein. Ich habe gesagt, er ist tot.«

»Von mir aus.« Schrade sank etwas in sich zusammen.

»Wie kommen Sie auf Mord?«, hakte Birgit nach.

»Wenn er an Herzinfarkt gestorben wäre, hätten Sie kaum davon angefangen.«

Carolynn beugte sich vor. »Was war jetzt mit Krause?«
»Er hat uns erwischt.«
»Wen meinen Sie mit ›uns‹?«
»Mich und Held.«
Wieder tauschten Birgit und Carolynn einen schnellen Blick.
»Der Besitzer der Sargschreinerei am Neckar«, setzte Schrade hinzu. »Ich hatte Held gerade Geld für das Figürchen gegeben. Die anderen Plastiken standen noch herum oder lagen offen in der Kiste, in der Held die Dinger aufbewahrte. Dann kam Krause herein und fing ein Riesentamtam an. Er würde uns anzeigen. Wir seien mit schuldig, wenn in Angkor Wat die Figuren von den Tempeln abgeschlagen würden, nur damit Leute wie ich sie in die Vitrine stellen könnten.« Schrade legte seine Hand auf die Brust. »Ich wollte nie, dass etwas zerstört wird. Ehrlich!«
Birgit winkte ab.
»Wie hat Held reagiert?«, fragte Carolynn.
Schrade breitete die Hände aus. »Mein Gott, er war sauer. Richtig sauer. Er hat Krause gesagt, er solle die Klappe halten und verschwinden.«
»Ist er verschwunden?«, hakte Carolynn nach.
»Nein. Krause war nicht zu bremsen. Hat einen ewigen Vortrag gehalten. Wir würden uns aufführen wie Kolonialherren. Tempel, die tausend Jahre überdauert haben, würden jetzt wegen uns zerstört. In Vorderasien könnte man vom Zustand der Tempel im Fernen Osten bloß träumen. Auf dem Kunstmarkt seien so viele Objekte, die für die Wissenschaft jetzt wertlos seien, weil man die genauen Fundumstände nicht kenne. Alles wegen Leuten wie mir.« Schrade ließ den Kopf sinken. Leiser fuhr er fort. »Krause hat nicht locker gelassen, bis das Figürchen wieder in der Kiste lag und Held mir mein Geld wiedergab.«
»Was ist dann passiert?«, fragte Birgit.
»Krause hat genau das Figürchen, das ich kaufen wollte, genommen. Er hat verlangt, dass Held die Sachen bald dem

Lindenmuseum schenkt, damit wenigstens die Allgemeinheit etwas davon hätte. Wenn die Sachen nicht bald dort einträfen, würde er Held anzeigen. Das Figürchen, das Krause genommen hat, wäre der Beweis für die Hehlerei.«

»Und wie sah die Figur aus?«, wollte Carolynn wissen.

»Sie war vielleicht«, Schrade deutete mit seinen Zeigefinger einen Abstand von etwa fünfzehn Zentimetern an, »so lang. Ein Mann.«

»Können Sie ihn genauer beschreiben?«, bat Birgit.

»Warten Sie, ich habe ein ähnliches Foto.« Schrade stand auf. Aus einem Sideboard nahm er einen Bildband über südostasiatische Kunst und blätterte ihn rasch durch. »So.« Damit präsentierte er den Polizistinnen die aufgeschlagene Seite.

Birgit nickte. Die abgebildete Figur ähnelte sehr stark derjenigen, die Krause versteckt hatte. Ein lächelnder Mann, nur mit einem Hüfttuch bekleidet, Ohrringe, Spangen um Oberarme und Fußgelenke. Die Bildunterschrift wies die Figur als Tänzer an einer Tempelfassade in Angkor Wat, Kambodscha, aus. Angkor, dachte Birgit, nicht Anker. Sven hatte das missverstanden. Tristan und Holger hatten wegen Diebstählen in Kambodscha gestritten.

»Woher wusste Krause von Helds Geschäften?«, wollte Carolynn wissen.

»Ein anderer ...«, Schrade zögerte kurz, »... Kunde hat seine Figur zu den Völkerkundlern gebracht. Er wollte wissen, ob das Ding echt war. Krause hat ihn so lange ausgequetscht, bis ihm der Verkäufer klar war. Dass er mich und Held erwischt hat, war einfach Pech.« Leise fragte er: »Was wird jetzt?«

»Formal haben Sie sich der Hehlerei schuldig gemacht. Sie wussten beim Kauf ganz genau, dass die Figur gestohlen war«, antwortete Birgit. »Ein Kenner wie Sie begutachtet die Stücke gründlich. Sie sahen, dass die Sägespuren am Fuß der Figur vor Kurzem entstanden sind.«

Schrade knetete seine Hände. Er sah zu Boden.

»Woher wussten Sie, dass er Plastiken verkauft?«, bohrte Birgit.

»Das erste Mal ging ich hin, weil ich von seinen Särgen gelesen habe. Ich wollte mir eine Skulptur machen lassen. Dann sind wir so ins Reden gekommen, über meine Reisen, Afrika, Asien, dass ich sammle. Ich habe ihm erzählt, was ich gerne hätte. Und er hat gemeint, er könnte es mir vielleicht beschaffen.«

»Was ist nach den Rückgaben passiert?«, fragte Carolynn.

»Ich habe gemacht, dass ich fortkomme. Ich wollte nichts mit der Polizei zu tun haben.«

Die Kommissarinnen standen auf.

»Wenn Sie sich nichts mehr zuschulden kommen lassen, sehen wir von einer Anzeige ab«, meinte Carolynn. »Kommen Sie morgen ins Präsidium und geben Sie Ihre Aussage zu Protokoll.«

* * *

Carolynn lenkte das Auto auf die Bundesstraße Richtung Tübingen. »Hat Held ein Alibi?«

Birgit überprüfte rasch die Eintragungen in ihrem Notizbuch. »Nein.«

Carolynns Augenbraue wanderte in die Höhe. »An seiner Werkstatt wächst Efeu, hast du erzählt.«

»Schon«, räumte Birgit widerwillig ein. Sie sah aus dem Fenster. Der Feierabendverkehr hatte eingesetzt und viele Pendler fuhren in der Gegenrichtung an ihnen vorbei. Ohne sie richtig wahrzunehmen, fuhr Birgit nachdenklich fort: »Hinter seinem Haus fangen die Wiesen an. Ein Strauß mit Wiesenblumen stand auf einem Tisch zwischen den Särgen.«

Carolynn sah erfreut zu ihr herüber. »Na bitte!«

»Das beweist gar nichts«, wiegelte Birgit ab.

»Also hör mal!« Carolynn gab Gas. »Wer predigt hier immer, man müsste die Fakten nüchtern betrachten?«

»Ja, ja«, brummelte Birgit und steckte ihr Notizbuch wieder ein. Du hast ja recht, Mycroft, dachte sie. Trotzdem schade. Ein potenzieller Lover weniger. Also null Lover in der Warteschlange. Aber dass ausgerechnet Carolynn, die immer noch ihren verstorbenen Mann glorifizierte, auf nüchterne Betrachtung im Zusammenhang mit Männern pochte, ärgerte sie.

Potenzieller Lover weg und noch mit Seidelbast reden müssen, dachte Birgit. Sie nannte Staatsanwalt Sebastian Seidel so, weil er sich zu parfümieren pflegte und so giftig war wie das duftende Gehölz Seidelbast. Aber bei begründetem Verdacht auf Hehlerei würde sie Seidelbast über die jüngsten Entwicklungen informieren müssen. Und Seidelbast würde die Gelegenheit mit Wonne nutzen, ihr unter die Nase zu reiben, dass sie im Mordfall nicht weiterkam. Birgit stöhnte und beschloss, den Anruf zu verschieben.

* * *

Im Präsidium setzte sich Carolynn sofort ans Telefon und versuchte, im Stuttgarter Lindenmuseum jemanden zu erreichen, der Auskunft über eine Schenkung asiatischer Figurinen geben konnte.

Währenddessen holte Birgit für sich und Carolynn Kaffee aus der Kaffeeküche. Bis sie zurück ins Büro kam, war Wagner ebenfalls eingetroffen.

Begierig streckte Carolynn ihre Hände nach dem Kaffeebecher aus und sog den Duft ein. »Frisch?«, fragte sie erfreut.

Birgit nickte bestätigend. »Hauser hat ihn gerade gekocht. Glück muss man haben.« Oft genug verzichteten Birgit und Carolynn auf den Filterkaffee, da er üblicherweise in eine Thermoskanne umgefüllt wurde und schnell das Aroma verlor. Birgit drehte sich zu Wagner um. »Möchten Sie auch einen?«

»Nein, danke.«

Wagner trank üblicherweise Beuteltees aus mit schreienden Farben bedruckten Packungen, die »Karibikzauber« oder »Kaminfeuer« betitelte Mischungen enthielten. In seltenen Ausnahmen trank Wagner Kaffee. Birgit war es nicht gelungen, eine Systematik darin zu erkennen. Und heute schien kein Tag für die Ausnahme zu sein. Zwischen genießerischen Schlucken brachte Birgit ihren Assistenten auf den neuesten Stand der Ermittlungen.

»Das Lindenmuseum weiß nichts von einer Schenkung und will auch keine gestohlene Stücke haben«, sagte Carolynn.

»Das passt«, sagte Wagner mehr zu sich selbst.

Zwei fragende Augenpaare sahen ihn an.

»Ich war doch bei der Kunsthalle. Völlig sinnlos, da einen Zeugen für irgendwas zu finden. Da oben hat keiner was gesehen. Wie auch? Immer, wenn dort eine Ausstellung ist, geht's zu wie auf dem Jahrmarkt. Kein Mensch merkt sich dort irgendein Gesicht.« Wagner seufzte und schüttelte den Kopf. »Jedenfalls dachte ich, wenn ich sowieso schon hier bin, rede ich mit den Kleingärtnern. Die Joggerin, die Krause gefunden hat, hat von denen erzählt. Und das Areal ist praktisch bei der Kunsthalle um die Ecke. Kleingärtner halten sich pausenlos in ihren Schrebergärten auf. Wenn jemand etwas beobachtet hat, dann die. Also, wenn ich da an meinen Schwager Heinz denke – ist jetzt auch egal, jedenfalls sind die dauernd auf dem Posten, stehen dauernd auf irgendwelchen Leitern, von denen aus sie alles überblicken. Und die kennen auch die Hundebesitzer, die ihre Runden bei ihnen drehen. Die Joggerin hat doch gesagt, dass abends viele mit ihrem Fifi unterwegs sind.«

Carolynn und Birgit wechselten einen Blick über ihre Kaffeetassen hinweg. Beide schätzten Wagners weitschweifige Ausführungen gleichermaßen.

»Ziemlich schnell habe ich einen Gärtner aufgetrieben. Scheuerle heißt der. Mit dem habe ich mich über die viele Arbeit und über Hunde unterhalten. Scheuerle hat erzählt, dass die Gärten hauptsächlich wegen der Köter eingezäunt sind. Seit Samstag ist auch der Zaun repariert, der als einziger Löcher hatte. Scheuerle hat sich ziemlich aufgeregt. Ein ganz verwildertes Stück sei das, eine Schande für die ganze Kolonie. Aber jetzt kommt's.« Wagner machte eine Pause, bis ihn seine Kolleginnen ermunternd ansahen. »Die Beschreibung von dem Mann, der auf dem Schandfleck gearbeitet hat, passt haarscharf auf unseren Schreiner.«

»Ist er auch der Pächter?«, fragte Birgit.

»Das wusste Scheuerle nicht. Er hat es angenommen.«

Rasch suchte Birgit die Nummer des Vereins, der die Parzellen an seine Mitglieder verteilte. Bald hatte sie herausgefunden, dass Tristan tatsächlich eine Parzelle bewirtschaften durfte.

* * *

Das Tor zu Helds Parzelle, einer Obstbaumwiese mit hüfthohem Gras, war mit Kette und Vorhängeschloss gesichert. Neben dem Tor umgaukelten Schmetterlinge Sommerflieder und Jasmin. Etwa dreißig Meter vom Tor entfernt lag auf der rechten Seite eine schiefe Hütte, die wirkte, als hätte man sie aus Strandgut und Sperrmüll zusammengenagelt. Durch einen Filz aus Gras und Brombeeren schien ein wenig begangener Pfad über das sanft abfallende Gelände bis zur Hütte zu führen.

»Schaun mer mal.« Birgit drängte sich durch einen kleinen Durchschlupf in der Hecke.

»Da komme ich nicht durch.« Unglücklich suchte Carolynn die Hecke nach einer Stelle ab, an der sie ihren Chiffonrock nicht ruinieren würde.

»Macht nichts. Ich sehe mal nach, ob es sich lohnt, dass du reinkommst.« Wie ein Storch stakste sie den Pfad entlang, blieb mit den Hosenbeinen an den Dornen hängen, riss sich los, verlor beinahe das Gleichgewicht, stakste weiter bis zur Hütte. Stockrosen in voller Blüte reichten bis zur Dachrinne. An die Stockrosen schlossen sich weiße Madonnenlilien und rosa blühende Astilben an, daneben welkten Malven. Um den Apfelbaum zwischen Hütte und der Grenze zum Nachbargrundstück wand sich Efeu. Irgendetwas passte nicht ins Bild. Birgit sah sich langsam und argwöhnisch um. Dann entdeckte sie es. Nachdenklich ging sie ein Stück hangabwärts. Das untere Ende der Parzelle nahm eine Wiese ein. Birgit entdeckte dort Margeriten, Hahnenfuß und Blutweiderich. Sie ging zurück zu Carolynn..

»Neben der Hütte ist etwas vergraben.«

»Woher willst du das wissen?«

»Malven vertragen viel Hitze. Aber die neben der Hütte welken, obwohl es die Astilben nicht tun. Normalerweise hätten die zuerst gelitten. Deshalb müssen die Malven ausgerissen und nach dem Einsetzen schlecht oder gar nicht angegossen worden sein. So festgebacken wie die Erde um die Malven ist, muss die Buddelei vor zwei oder drei Tagen stattgefunden haben. Außerdem wachsen ein Stück hinter der Hütte alle Blumensorten, die um Holgers Leiche lagen.«

Birgit griff zu ihrem Handy. Ihren Anruf beantwortete Seidels Urlaubsvertretung Staatsanwalt Dr. Weinhart, ein höflicher Herr, der sich weniger von juristischer Dogmatik als von praktischer Vernunft leiten ließ. Birgit informierte ihn über ihre Gründe, Tristans Parzelle wegen Verdachts auf Hehlerei durchsuchen zu wollen. Außerdem käme die Parzelle als Tatort infrage. Dr. Weinhart sicherte zu, den Beschluss zu unterschreiben und ihr die Kollegen zu schicken.

Während Birgit telefonierte, hatte Carolynn gründlich das Gras vor dem Tor inspiziert und mit den Händen ein Stück des Bodens abgetastet. Erst als sie sicher war, dass ihr empfindlicher Rock keine Flecken abbekommen würde, hatte sie sich im Gras niedergelassen.

Mit einem Stadtplan von Tübingen setzte sich Birgit neben Carolynn und faltete ihn auf.

»Von hier«, Birgit legte den Finger auf die Stelle, an der die Kleingärten eingezeichnet waren, »bis zum Heuberger-Tor-Weg ist es ein Katzensprung.«

Carolynn klemmte sich eine Strähne hinters Ohr. »Und von dort durch den Wald über den Wanderparkplatz zum Millionensträßchen. Mit dem Auto keine fünf Minuten. Angenommen, Holger kommt in Tristans Garten. Holger besteht wieder darauf, dass Tristan die Schenkung macht. Die Sache eskaliert. Tristan verfrachtet die Leiche in Holgers Auto und bringt sie zum Millionensträßchen. Er fährt zurück, stellt das Auto bei der Kunsthalle ab, geht den halben Kilometer zu Fuß hierher zurück und fährt mit seinem eigenen Auto nach Hause.«

»Könnte passen«, meinte Birgit. »Bis unsere Kollegen kommen, sehen wir mal nach, ob am Sonntag jemand was beobachtet hat.«

* * *

Beinahe eine halbe Stunde lang klapperten sie gemeinsam die Gärten ab. Nach Lehrbuch gestutzte Hecken trennten die Parzellen, deren jede über ein schmuckes Häuschen, üppige Blumenrabatten und einen Rasen, der eines Wimbledon-Finales würdig gewesen wäre, verfügte. Ein Pächter wollte schon immer gewusst haben, dass mit Tristan etwas nicht stimmte, sonst hätte er wenigstens am jährlichen Radieschenfest teilgenommen, wenn er schon nicht beim Gartenzwergwettbewerb teilnehmen wollte. Zwei Parzellen weiter speiste ein Hobbygärtner Birgit und Carolynn ab, von einem Anlieger in der Fußgängerzone erwarte auch keiner, dass er sich an wildfremde Leute erinnere. Er habe sich am Sonntag um seine Peperonisetzlinge gekümmert, die einzige Sorte, die den Namen Peperoni verdiente. Der dritte Pächter interessierte sich nur für Passanten, wenn sie von ihm Honig kaufen wollten.

* * *

Schwarze Haufenwolken dräuten über dem Neckartal. So sehr sich die Beamten nach einer Abkühlung sehnten, so sehr hofften sie, ihre Arbeit im Trockenen beenden zu können. Durch den Gras-Brombeer-Filz führte nun ein Pfad aus Bohlen zur Hütte, die Malven lagen neben einem frisch aufgeworfenen Erdhügel. Die Polizisten packten ihre Sachen zusammen und verschlossen die Hütte. Zwei Polizisten schleppten die Kiste weg, in der Tristan seine Hehlerware deponiert hatte, allesamt Buddhaköpfe oder Figürchen, wie Herr Schrade eines gekauft hatte.

»Sonst haben wir nichts gefunden«, beschied ein Beamter die Kommissarinnen. Sie hatten die Ausgrabung und die Suche nach der Tatwaffe sowie nach Blutspuren im Schatten eines Kirschbaumes beobachtet. »Wenn der Mord außerhalb der Hütte passiert ist, haben wir keine Chance. Im Gras finden wir nichts.« Er grüßte und folgte seinen Kollegen.

* * *

Carolynn stellte den Motor im Hof des Schreiners ab. Die Frauen beobachteten, wie Tristan mit einer so fließenden Bewegung einen neuen Sarg zur Ausstellungsgruppe unter der Kastanie stellte, als ob er kein Gewicht hätte.

»Wow«, meinte Carolynn. »Nicht schlecht.«

»Sag ich doch.«

Beide sahen sich an und seufzten. Sie stiegen aus. Tristan sah nur halb über die Schulter, als die Frauen näherkamen.

»Kommen Sie jetzt jeden Tag?«, fragte er spöttisch.

»Kommt darauf an«, meinte Birgit.

Tristan drehte sich um, taxierte blitzschnell Carolynn. »Wenn Sie jetzt immer ein Model mitbringen ...« Er sah Caro anerkennend an und zog eine Zigarette aus einer noch fast vollen Schachtel.

Birgit empfand einen Anflug von Gekränktheit darüber, dass er sie selbst offenbar nicht als hübsch einstufte. Dieses Gefühl wich sofort der Schadenfreude darüber, dass er bei Carolynn mit seiner Äußerung ins Schwarze getroffen hatte. Seit der Pubertät hatte sie sich oft in die Schublade »hübsch aber blöd« gesteckt gefühlt. Carolynn liebte diese Schublade.

»Kriminalhauptkommissarin Baumann«, stellte sie sich kühl vor.

Mit ironischem Lächeln verbeugte sich Tristan leicht vor ihr. »Wow.«

Carolynn sah ihn kalt an.

Er zog an seiner Zigarette. Der Geruch nach Nelken und Karamell stieg in die Nasen.

»Wir wissen«, sagte Carolynn, »dass Sie am Freitag gestohlene Antiquitäten verkauft haben, und dass Sie wegen Hehlerei bereits im Gefängnis waren.«

Tristan verschränkte die Arme. »Ohne Anwalt sage ich gar nichts.«

»Also stimmt es«, provozierte Carolynn.

»Blödsinn.«

»Herr Held«, sagte Birgit, »wir haben mit einem ehemaligen Kunden von Ihnen gesprochen und wir haben die beschriebenen Sachen auf Ihrer Parzelle gefunden.«

In Tristans Augen erschien eine Spur von Unsicherheit.

»Holger wusste von Ihren Geschäften und wollte Sie zwingen, die Sachen dem Lindenmuseum zu übergeben.«

Tristan trat seine Zigarette aus. »Scheiße.« Er fuhr sich durch die Haare.

Carolynn fixierte ihn. »Genau da sitzen Sie drin. Und das ziemlich tief.«

Er sah finster drein.

»Wir haben sogar das Figürchen gefunden, das Holger mitgenommen hatte. Genau das, das Sie am Freitag verkauft hatten.«

Tristan sah zur Seite.

»Holger wusste zu viel«, setzte Carolynn nach. »Er konnte Sie jederzeit anzeigen. Sie würden für Jahre ins Gefängnis gehen. Also musste er zum Schweigen gebracht werden.«

»Tolle Theorie, Puppe!«, schnaubte Tristan.

Carolynn fauchte: »Sie haben ein Motiv und kein Alibi! So sieht's aus!«

»Ihr könnt mir gar nichts nachweisen«, blaffte Tristan.

»Also Sie haben Holger umgebracht?«, bohrte Birgit.

»Lasst mich in Ruhe!«

»Wieso haben Sie am Sonntagnachmittag und -abend Holger vier Mal angerufen?«, wollte Carolynn von Tristan wissen.

Er nahm einen tiefen Zug. »Einfach so.«

»Deshalb versucht man es nicht vier Mal. Was war so dringend?«

»Das geht dich nichts an!« Er trottete zu seinen Särgen unter der Kastanie.

»Könnte der Mord nicht auch hier passiert sein?«, fragte Carolynn Birgit leise. »Wenn keiner der Gärtner was beobachtet hat, kann das heißen, unser Held hat seine Sachen am Samstag verbuddelt und am Sonntag hier Holger erstochen. Ob der Held mit dem Auto einen Kilometer oder fünf fährt, ist egal.«

»Stimmt. Sehen wir uns um, bevor er uns rauswirft.«

Sie gingen um die Werkstatt herum zur Neckarseite des Wohnhauses, staksten durch hohes Gras zwischen Haus und Ufer. Durch ein Lücke im Gebüsch entdeckten die beiden ein Ruderboot, das mit einer Kette an einem provisorischen Holzsteg festgemacht war.

»Wegen der Margeriten und so würde die Parzelle besser passen«, meinte Birgit. »Aber hier auf gut Glück alles umzudrehen, bringt auch nichts.« Sie strich sich durch die Haare.

»Fahren wir nochmal zum Präsidium. Vielleicht hat Hubert endlich was rausgefunden. Und möglicherweise hat unser Herr Assistent noch was zu sagen.«

* * *

»Oh, Heiland.« Spöttisch sah Wagner über den Bildschirm hinweg seine Vorgesetzten an. »Wen Sie so alles verdächtigen.«

In Birgit stieg Wut auf. »Einen anderen Ton, bitte.«

»Entschuldigung. Der Schreiner wäre wenigstens stark genug. Der könnte die Leiche in den Wald schleppen. Aber jetzt überlegen Sie doch mal! Würde der Holger ausziehen und eine Leber einritzen? Oder noch besser: die Frau Krause? Ihrem eigenen Bruder?« Wagner machte eine wegwerfende Handbewegung. »Das glauben Sie doch selber nicht.« Ihm fiel seine erneute Unverschämtheit auf und schob schnell nach: »Das ist doch total unwahrscheinlich, wollte ich sagen.«

»Wenn man das Unmögliche ausschließt, bleibt das Unwahrscheinliche übrig«, dozierte Carolynn.

Oh nein, Mycroft, nicht wieder diese Leier, bat Birgit stumm.

Wagner sah ärgerlich drein. »Aber doch nicht der Schreiner! Ich sag Ihnen, das war der Schafschlächter.«

»So?«, warf ihm Carolynn spitz entgegen. »Haben Sie das bei der Kunsthalle ermittelt?«

Wagner antwortete nicht sofort. »Immerhin haben Sie durch mich das Diebesgut gefunden.« Er schaltete seinen Bildschirm aus und stand auf. »Ich muss jetzt gehen.«

Carolynn wies auf seinen Arbeitsplatz. »Haben Sie Ihren Bericht schon getippt?«

»Fast.« Eilig schob sich Wagner zur Tür. »Schönen Abend noch.« Er verschwand blitzschnell.

Durch die offene Tür hörten sie eine erfreute Stimme. »Hallo, Herr Wagner! Geht's mit den Proben voran?« Unverkennbar die Stimme von Frau Hinrichs, einer der Schreibkräfte des Dezernats.

»Ja, doch. Schon. Muss ja.«

»Das wird bestimmt wieder schön. Wir haben unsere Karten letzte Woche gekauft.«

»Prima. Ich muss jetzt. Tschüss.«

Birgit und Carolynn sahen sich verblüfft an.

* * *

Auf der Terrasse hinter dem Haus deckte Birgit den Tisch. Durch die französischen Fenster zogen Düfte von frischem Brot und Fenchel und Koriander.

Carolynn kam aus der Küche und brachte einen Glaskrug mit.

Birgit beäugte die milchige Flüssigkeit darin. »Was ist das?«

»Lassi.« Carolynn hielt ihr den Krug unter die Nase. »Gut gegen den Durst und fast ohne Kalorien.«

Birgit grinste. »Riecht auch gut.«

»Das ist das Rosenwasser.« Carolynn setzte den Krug ab. »Joghurt mit etwas Sahne und Zucker, Eiswürfeln und Rosenwasser. So hat es Wally mir erklärt.«

»Stimmt.« Wally kam zu ihnen und stellte einen Korb mit warmem Fladenbrot und eine Schüssel auf den Tisch. »Die Vorspeise«, verkündete sie. »Gurken-Tomaten-Salat mit Joghurt und Kichererbsenbrot.«

Sie setzten sich und griffen herzhaft zu. Die Unterhaltung wurde im Laufe der Mahlzeit immer munterer, sie versorgten sich gegenseitig mit gebratenen Okras und Gewürzreis. Als Birgit den Rest Lassi verteilte, sah Wally auf die Uhr.

»Ich muss los.« Wally stand auf.

Birgit strich sich wohlig über den Bauch. »Wo gehst du hin?«

»Zu den Tierschützern«, antwortete Wally mit unschuldigem Blick und begann, die leeren Teller zusammenzuräumen.

»Lass, ich mache das nachher«, winkte Birgit ab. »Was besprecht ihr heute?«

»Äh«, Wallys Augen flackerten kurz. »Weiß ich nicht. Bis später.« Sie wollte auf dem Absatz kehrtmachen.

Wally wird nie lügen können, dachte Birgit fast amüsiert. Ruhig sagte sie: »Bleib da.«

»Mama, ich komme zu spät!«

»Du sagst mir, was ihr vorhabt, oder du gehst nirgends hin.«

»Ich bin sechzehn!«

»Was ihr vorhabt, will ich wissen.«

Wally wich Birgits Blick aus, fuhr mit dem Finger auf der Stuhllehne entlang. »Wir bereiten eine Aktion vor.«

»Welche Aktion?«

Wally wusste genau, dass ihre Mutter nicht lockerlassen würde, bis sie alles erzählt hatte. »Sprühen«, sagte sie widerwillig. »Bei Cosy-Cosmetics.«

Birgit war entsetzt. »Spinnt ihr?!«

Trotzig schob Wally die Unterlippe vor. »Irgendjemand muss doch was unternehmen. Die machen dort Tierversuche!«

Birgit beugte sich vor. »Du sprühst nichts! Hast du mich verstanden?«

»Lass sie doch«, mischte sich plötzlich Carolynn ein. »Das ist doch nicht so schlimm.«

»Fall du mir ruhig in den Rücken!«, schnappte Birgit.

Wally gewann wieder Oberwasser. »Siehst du! Caro sagt's auch! Den Tieren Cremes in die Augen schmieren ist viel schlimmer.«

»Cremes hin oder her, du machst da nicht mit.«

Genervt fragte Wally: »Und warum nicht?«

»Weil ich nicht will, dass meine Tochter wegen Sachbeschädigung belangt wird«, fauchte Birgit.

Wally bellte sofort zurück. »Ein bisschen Farbe beschädigt nichts! Wenn du schon den Schafschlächter nicht stoppst, unternehme wenigstens ich etwas.« Damit rannte sie durch die Küche davon.

Birgit sprang auf. »Wally!« Zornig hörte sie die Schritte ihrer Tochter und das Zuschlagen der Haustür.

Carolynn meinte: »Sprühen ist doch wirklich nicht so schlimm.«

Birgit fuhr herum. »So? Mit Sprühen fängt's an und womit geht's weiter? Ist plötzlich alles legal, bloß weil es der guten Sache dient?«

Caro räumte das Geschirr zusammen. »Mein Gott, reg dich ab.«

»Ich will dich mal sehen, wenn dein Haus besprüht wird.«

Irritiert hielt Carolynn in ihrer Bewegung inne. »Ach Unsinn.«

Mit einem Anflug von Häme setzte Birgit nach. »So? Du benutzt Make-up von Cosy-Cosmetics. Wally weiß das.« Erhobenen Hauptes ging Birgit ins Haus.

* * *

Am nächsten Morgen legte Birgit die Unterarme auf die Kante des Dachfensters und beobachtete verträumt, wie eine Mähmaschine in langgezogenen Bahnen über die Wiese tuckerte. In den Duft nach frisch geschnittenem Gras und kühler Feuchtigkeit mischten sich Schwaden von Rapsöl. Irgendwo schepperte ein Eimer.

Mit einem Seufzer des Bedauerns, nicht länger trödeln zu können, drehte sie sich um und schaltete das Radio ein. Bei Schlagergedudel schlüpfte sie in eine helle Jeans und ein T-Shirt mit aufgedruckten Pfingstrosen. Birgit hörte dem Radiosprecher erst richtig zu, als sie die Worte »siebter Schafkadaver gefunden« und »beginnende Verwesung« aufschnappte.

Na super, dachte sie. Noch mehr Kanonenfutter für Wally. Hitzige Diskussionen beim Frühstück, Caro als Wallys Sekundantin. Super. Missmutig schaltete Birgit das Radio aus und ging in die Küche.

* * *

»Ich habe hier draußen gedeckt«, tönte Wallys Stimme von der Terrasse.

Birgit ging hinaus.

Wally goss Kaffee in Birgits Lieblingstasse. Sie war mit kleinen roten Blumen auf gelbem Untergrund bemalt und passte nicht zum übrigen Geschirr. Carolynn sah die Tasse immer abschätzig an, wenn Birgit sie statt der zum Service gehörigen beim Frühstück benutzte.

Wally sprudelte los. »Es tut mir leid, dass ich gestern einfach abgehauen bin.«

Birgit setzte sich und kippte etwas Milch in ihren Kaffee. »Entschuldigung angenommen. Und was ist mit eurer Aktion?«

Sie lehnte sich zurück, stellte einen Fuß auf die Sitzfläche und nippte an ihrem Kaffee.

Wally druckste etwas herum. »Die findet statt.«

Carolynn brachte eine Vase mit einem Strauß blauer Rittersporne aus dem Garten und stellte sie auf den Tisch.

»Aber ohne dich«, sagte sie sachlich zu Wally. Munter setzte sie hinzu: »Guten Morgen.«

Irritiert sahen Mutter und Tochter zu Carolynn. Deren Augenbraue wanderte beim Anblick der gelb-roten Tasse ein kleines Stück nach oben und wanderte wieder zurück.

»Woher der Sinneswandel?«, fragte Birgit.

Carolynn griff nach der Müslischüssel. »Ich habe wohl gestern nicht alle Aspekte bedacht.«

Beinahe hätte Birgit laut gelacht.

Dafür war Wally beleidigt. »Danke Caro. Auf dich kann man sich echt verlassen.«

»Ich hätte mich nicht einmischen sollen. Das ist eine Sache zwischen euch«, erklärte Carolynn und konzentrierte sich auf ihr Müsli.

Birgit nickte und schenkte sich Kaffee nach. »Stimmt auffallend.«

Wally wurde wütend. »Jetzt bin ich wieder die Dumme!«, blaffte sie ihre Mutter an. »Mir verbietest du die Aktion, aber selber tust du nichts für die Tiere! Man hat schon wieder ein Schaf im Wald gefunden. Das siebte!«

»Jetzt mal langsam«, versuchte Birgit zu beschwichtigen. »Ich habe mich sehr wohl um die Angelegenheit gekümmert.«

Birgit fing Carolynns Seitenblick auf und hoffte, dass Wally diesen nicht bemerkt hatte.

»Aber nebenbei habe ich einen Mord aufzuklären. Kapiert?«

Wally verdrehte die Augen. »Und der ist wichtiger. Wie immer.«

»Stimmt. Davon leben wir nämlich, meine Süße.«

Sie beendeten das Frühstück in gedrückter Stimmung.

* * *

Auf der Fahrt ins Präsidium hatten sie die nächsten Ermittlungsschritte besprochen. Wenn auch ungern, hatten sich beide eingestanden, dass sie Wagners Ansicht im Grunde teilten. Sein Einwand, weder zu Karin Krause noch zu Tristan passten Leberritzungen, war nicht leicht von der Hand zu weisen.

Als Carolynn auf den Parkplatz einbiegen wollte, bat Birgit: »Stell das Auto auf der Straße ab. Ich hole Fotos vom Fundort, dann fahre ich sofort weiter zum Kriminologischen Institut. Vielleicht können die was mit Blumenarrangements bei Leichen anfangen.«

* * *

Im Flur der Kriminologie sah sich Birgit suchend um. Kartons stapelten sich neben einem Tapeziertisch und Farbkübeln. Eine Tür wurde aufgerissen. Eine sportlich gekleidete Frau mittleren Alters strebte energisch zum Nachbarzimmer. Ohne anzuklopfen machte sie auf und blieb im Türrahmen stehen. »Bist du auch aus dem Internet geflogen?«, fragte sie die Person im Zimmer.

Die Antwort schien bejahend zu sein.

»Dann mach ich den EDV-Fritzen mal Dampf!«, schnaubte die Sportliche und wandte sich wieder in Richtung des Büros, aus dem sie gekommen war.

Bevor sie verschwinden konnte, rief Birgit ihr nach: »Entschuldigen Sie, ich suche Frau Maurer.«

»Das bin ich. Haben wir miteinander telefoniert?«

»Ja.«

»Kommen Sie. Ich sitze im Büro meines Kollegen. Er hat Urlaub und meines wird gerade gestrichen.«

Als sie sich gegenübersaßen, reichte ihr Birgit Bilder vom Fundort der Leiche.

Frau Maurer betrachtete sie gründlich. »Arrangierte Leiche«, murmelte sie.

»Wer tut so etwas?«, fragte Birgit.

»Nahe Verwandte oder sehr enge Freunde schmücken ihre Opfer. Damit entschuldigen sie sich für die Tat. Beides ist spontan. Ich meine der Mord und das Schmücken.«

Nachdenklich zeigte Birgit ihr ein Foto, auf dem die eingeritzte Leber deutlich zu sehen war.

»Und das?«

Fasziniert betrachtete die Wissenschaftlerin die Detailaufnahme. »Ungewöhnlich.«

Sie hielt das Foto dichter vor die Augen. »Sehr ungewöhnlich. Bei arrangierten Leichen habe ich Ritzungen noch nie gesehen.«

»Sondern?«

»Bloß bei völlig Verstümmelten. Erinnern Sie sich an den Serienmörder Bartsch? Der ritzte in den Rumpf seiner Leichen die Worte ›Rache Bartsch‹.« Frau Maurer gab Birgit die Bilder zurück. »Mal was Neues.« Sie lächelte. »Hätten Sie mir das während des Symposiums vor drei Monaten gezeigt, hätten Sie Analysen von der Crème de la Crème der Kriminalisten bekommen können. Dabei sprachen wir auch über arrangierte Leichen.«

»Waren die Vorträge öffentlich?«

»Nein, nein«, wehrte Frau Maurer ab. »Sie glauben, dass sich jemand vom Symposium gewissermaßen inspirieren ließ?«

»Genau.«

»Wir sind ein recht illustrer Zirkel. Mir sind keine Fremden aufgefallen. Und außer mir wohnen alle weit weg von Tübingen oder im Ausland.«

»Verstehe. Kommen auch Frauen als Täterin für unsere Leiche in Betracht?«

»Natürlich.«

»Könnte die Ritzung im Zusammenhang mit einem Ritual stehen?«

Frau Maurer war überrascht. »Wie meinen Sie das?«

Birgit zögerte kurz, dann gab sie sich einen Ruck. »Angenommen, jemand hat einen Lebertick entwickelt. Er führt ein Ritual mit einem Schaf nach dem anderen aus. Zuletzt mit einem Menschen.«

Die Kriminologin sah skeptisch drein. »Sie denken an die Schafkadaver, die laufend im Wald gefunden werden?«

Birgit nickte.

»Mir ist so ein Fall bisher noch nicht untergekommen. Trotzdem ist es denkbar. Leute mit solchen Persönlichkeitsstrukturen sind – vorsichtig ausgedrückt – nicht allzu häufig anzutreffen, aber grundsätzlich kann es eine solche Person geben.« Frau Maurer lehnte sich zurück. »Erwarten Sie von mir kein detailliertes Täterprofil. Wir sind nicht beim Film. Der oder die Gesuchte kann ein Mensch sein, der ganz normal seiner Arbeit nachgeht. Der freundlich grüßende Nachbar. Aber es kann genauso gut jemand sein, der praktisch keinen Kontakt zu seiner Umwelt besitzt.«

»Angenommen, der Mord hat überhaupt nichts mit den Schafkadavern zu tun. Wer zieht sein Opfer aus und ritzt eine Leber in die Haut?«

»Das kann ich nicht beantworten. Die menschliche Seele ist unergründlich. Selbst bei ganz normalen Leuten weiß man nie, wie sie in extremen Situationen reagieren.«

Birgit bedankte sich und machte sich auf den Weg ins Präsidium.

* * *

»Beruhigen Sie sich und erzählen Sie mir alles der Reihe nach.« Birgit fuhr auf der Höhe des Alten Botanischen Gartens in eine Haltebucht für Omnibusse und konzentrierte sich auf Fetzers Anruf.

»Ich habe ihn erkannt. Heute ist ein Bild von ihm in der Zeitung. Verstehen Sie denn nicht, der Klotz!«

»Welcher Klotz?«

»Der ins Gartenhaus einbrechen wollte. Vorgestern, als ich Sie fast aufgespießt hätte.«

Birgit erinnerte sich mit leisem Schauder an Fetzers gute Heugabel vom Raiffeisenverein. »Wer ist es?«

»Neumair.«

»Woran haben Sie ihn erkannt?«

»An seiner Figur. Und an seinem Bart.«

Nachdenklich sah Birgit hinüber in den Park, der Altstadt und Campus, wie die Reihe von Universitätsgebäuden neuerdings genannt wurde, verband. Wie gewöhnlich bei diesem Wetter übten einige junge Leute, mit Keulen oder Bällen zu jonglieren, Mütter plauderten auf Bänken, solange ihre Kinder um die Bäume tobten. Eine Hupe schreckte Birgit auf. Im Rückspiegel sah sie einen Omnibus dicht hinter ihrem Auto stehen. Der Fahrer gab ihr Hand- und Lichtzeichen, damit sie ihm Platz machte.

Birgit hob entschuldigend die Hände und fuhr an. »Von Neumair ist ein Bild in der Zeitung?«

»Ja, mit Namen«, antwortete Fetzer. »Er hat doch Leute organisiert, die im Kinderkrankenhaus vorlesen. Darüber bringen sie einen langen Artikel.«

»Wo sind Sie jetzt?«

»In meinem Wohnzimmer.«

»Und Neumair?«

»Weiß ich nicht. Ich lese gerade Zeitung, wissen Sie, ich bin nicht früher dazu gekommen, weil meine Kaninchen –«

»Schon gut«, unterbrach sie Fetzers Redeschwall. »Heißt das, Neumair steht im Moment nicht vor dem Gartenhaus?«

»Ja.«

Birgit bedankte und verabschiedete sich. Dann lenkte sie den Wagen über die Ammerbrücke, fuhr auf der anderen Seite des Botanischen Gartens die Altstadt entlang, um schließlich nach links Richtung Österberg abzubiegen. Vor dem imposanten Gerichtsgebäude in der Doblerstraße fand sie einen Parkplatz und ließ ihr Auto stehen.

Und jetzt durchs Nadelöhr, dachte Birgit missmutig, als sie zu Fuß die Mühlstraße hinunterging. An dieser Stelle rückten der Österberg und der Ausläufer des Schlossberges so nah zusammen, dass die Mühlstraße wie ein Kanal wirkte. Birgit hastete an den von Abgasen geschwärzten, mehrstöckigen Gebäuden und haushohen Hangbefestigungen entlang, um dem dröhnenden Verkehr in dieser Einbahnstraße möglichst schnell zu entkommen. An der Einmündung der Gartenstraße atmete sie auf und kaufte sich ein Brötchen mit Kürbiskernen. Dann wechselte sie die Straßenseite und lehnte sich mit den Unterarmen in einer Lücke zwischen üppigen Blumenkästen aufs Geländer der Neckarbrücke. Hastig biss sie in ihr Brötchen, um ihren knurrenden Magen zu beruhigen. Einige der Kürbiskerne fielen ins Wasser. Schnatternd schwammen Enten um die Wette herbei, paddelten gemächlich zur Neckarinsel, auf deren Längsachse die mächtige Platanenallee entlanglief und deren Ufer Wäldchen und Büsche säumten. Am Fuß der Treppe zur Insel fütterten Kinder Tauben, Spaziergänger promenierten auf der Allee Richtung Silcherdenkmal.

Birgit fuhr herum, als jemand mit ausgestrecktem Arm neben ihrem Kopf fuchtelte.

»Die Häuser direkt am Ufer wurden schon im Mittelalter auf die ehemalige Stadtmauer gebaut«, sagte eine junge Frau in knappen Jeans und Miniröckchen zu einem älteren Ehepaar neben sich.

Birgit drehte sich wieder zur Insel. Aha, das Töchterchen zeigt den Eltern, wo es studiert, dachte sie.

»Das gelbe Gebäude neben der Trauerweide ist der Hölderlinturm«, fuhr der Minirock fort.

»Hermann, ist das nicht schön?«, fragte die vermutliche Mutter des Minirocks. »Fahren wir nachher mit dem Boot?« Sie meinte einen der Stocherkähne, die bei der Trauerweide angebunden waren. Man konnte sie samt Stocherer mieten.

Hermann warf sich in die Brust und rezitierte: »Mit gelben Birnen hänget und voll mit wilden Rosen das Land in den See.«

Lehrer, dachte Birgit. Sie schob den letzten Bissen ihres Brötchens in den Mund und ging weiter.

»Ihr holden Schwäne und trunken vor Küssen …«

Den Rest übertönte der Verkehrslärm.

* * *

Am Ende der Brücke ging sie an den Schaukästen des Schwäbischen Tagblatts vorbei, in denen die aktuelle Zeitung ausgehängt war. Im Lokalteil fand sie den groß aufgemachten Artikel mit Foto. Fetzers Beschreibung des Redakteurs ließ keinen Zweifel zu.

* * *

»Man hat Sie am Montag bei Holgers Gartenhaus beobachtet und eindeutig identifiziert«, sagte Birgit. Um ungestört und unbeobachtet mit dem Redakteur reden zu können, hatten sie sich in einen Besprechungsraum des Tagblatts gesetzt.

»Ja und?«

»Was wollten Sie da?« Birgit wanderte langsam auf und ab.

»Nichts.«

»Wegen nichts versuchen Sie, in fremde Wohnungen einzusteigen?«

»Belangen Sie mich wegen Hausfriedensbruch, wenn es Sie glücklich macht.« Neumair schenkte sich Orangensaft ein.

»Das Gartenhaus war versiegelt. Trotzdem haben Sie versucht reinzukommen. Ihnen brauche ich wohl nicht zu sagen, dass das sehr viel strenger bestraft wird als Hausfriedensbruch.« Birgit sah ihn freundlich an.

»Es ist doch gar nichts passiert«, versuchte Neumair abzuwiegeln.

»Sie dürfen mich gerne aufs Präsidium begleiten. Erkennungsdienstliche Behandlung und so. Wenn die Fingerabdrücke zu denen am Fenster passen, sind Sie dran.«

Neumair spielte mit seinem Glas. »Ich wollte Holgers Story. Oder zumindest das, was er bisher geschrieben hat. Jetzt, wo er tot ist, kann sonst niemand was damit anfangen. Ich habe aber nichts gestohlen. Ich war nicht mal drin. Bevor ich mich durchs Fenster schwingen konnte, hat jemand gerufen, dass ich verschwinden sollte. Das habe ich gemacht.«

Birgit blieb vor Neumair stehen. »Wenn Sie mir die kleinste Kleinigkeit verschwiegen haben, sind Sie dran.«

* * *

Als Birgit ins Büro kam, glitzerten Carolynns Augen. Das passierte nur, wenn sie etwas Entscheidendes herausgefunden hatte.

»Schieß los«, forderte Birgit sie auf.

»Erstens: In Holgers Mailwust habe ich eine von seinem Verleger gefunden. Er bittet ihn, den ganzen Text zu schicken. Der Aswad-Krimi hatte gute Chancen, gedruckt zu werden.«

»Schön für Holger. Und zweitens?«

»Ich habe ein Passwort geknackt.«

»Welches?«

»›Schönbuch‹. Tja, so einfach kann es sein.« Carolynn tippte etwas. »Krause hatte jede Menge Dateien mit Passwörtern geschützt. Die geknackte Datei ist eine Tabelle mit drei Spalten. Immer ein Datum und ein Ort und manchmal eine Anmerkung. Komm mal rüber.«

Sekunden später sah Birgit ebenfalls auf den Bildschirm. Carolynn deutete auf die Zeilen in der Spalte »Anmerkungen«. »›Mit Gallenblase‹, ›Kopf abgetrennt‹, ›Kopf und Beine abgetrennt‹.«

Birgit runzelte die Stirn. An irgendetwas erinnerten sie diese Stichworte.

In den Zeilen der mittleren Spalte stand »Karlseiche«, »Kniesteige«, »Wellingtonien«, »Grabhügel Kirnbachsträßle«, »Otto-Schäffer-Linde«.

Carolynn fuhr fort. »Laut unseren Kollegen wurden bei den angegebenen Stellen die Schafkadaver gefunden. Und die Datumsangaben dazu entsprechen entweder den Tagen, an denen die Schafe gefunden wurden, oder liegen maximal zwei Tage davor.«

»Nicht schlecht.«

»Welch überschwängliches Lob.« Carolynn zog eine Grimasse.

Birgit klopfte ihr auf die Schulter: »Gut.« Sie ging zurück an ihren Platz.

Zufrieden fuhr Carolynn fort. »Es sind insgesamt sieben Schafe. Das siebte wurde heute morgen gefunden, das sechste am Sonntagmorgen. Da war Krause bereits tot. In der Datei fehlt also keines, das vor dem Mord gefunden wurde.«

»Hm.« Birgit prüfte mit dem Finger, ob die Passiflora Wasser brauchte.

»Okay«, räumte Carolynn ein, »die Datei ist nicht die Lösung aller unserer Probleme, schon klar. Ihr Anlagedatum liegt nach dem dritten Kadaverfund. Entweder hat Krause die Schlachtungen eines anderen aufgrund der Meldungen in Zeitung oder Radio erst ab dann protokolliert, oder er hat seine eigenen Schlachtungen aufgeschrieben, weil er die Daten nicht vergessen wollte.«

Birgits Gesicht verfinsterte sich. »Herrgott, so ein Mist. Bei allem, was wir herausfinden, gibt es ein ›Aber‹. Dass die letzten beiden Schafe nicht in der Datei stehen, könnte daran liegen, dass Krause bereits tot war, als die Kadaver gefunden wurden.«

»Oder er hat die Viecher selber geschlachtet, aber noch nicht in seine Tabelle aufgenommen.«

»Konnte Krause schlachten?«

Carolynn zuckte die Schulter. »Es wurde nie erwähnt, dass besonders fachmännisch geschlachtet wurde. Zum Durchschneiden einer Kehle und einer Bauchwand gehört weniger Sachverstand als Kraft. Und ein scharfes Messer.«

»Stimmt auch wieder. Krause war mal auf Weltreise. Nach dem Abitur. Vielleicht hat er es in der Zeit gelernt.«

»Sehr gut möglich.« In Carolynns Augen endete die Zivilisation auf allen Kontinenten außerhalb von Großstädten sehr schnell. Mit Engelszungen versuchte Birgit immer wieder, ihr diesen Irrglauben auszureden, und führte als Beweise Erfahrungen an, die sie selber auf ihren Reisen gesammelt hatte. Beispielsweise, als sie ihr Biologiestudium abgebrochen hatte und allein kreuz und quer durch Marokko gereist war. Immerhin fruchtete Birgits Werbung für Sitten und Gebräuche anderer Länder so weit, dass Carolynn zusammen mit ihrem Mann Marokkos Königsstädte hatte besichtigen wollen, sobald sie die Sprache hinreichend beherrscht hätte. Birgit behauptete immer, dass man sich das nötige Umgangsarabisch auf der Reise aneignen könnte und bis dahin mit Französisch oder Englisch durchkäme. Aber Carolynn belegte stur ihre Kurse. Bevor sie das Sprachniveau erreicht hatte, das ihr vorschwebte, verunglückte ihr Mann. Erst zwei Jahre später und nach langem Zureden durch Birgit und Wally hatte Carolynn eine einwöchige Pauschalreise durch Marokko gebucht.

Birgit erinnerte sich an ihre Schneckennudel von gestern und nahm sie aus der Tüte. »Zum Zeichen meiner Anerkennung deiner Enthüllungen teile ich mit dir.«

Carolynn musste lachen.

Birgit brach das Gebäck in Hälften und reichte ihrem Gegenüber eine. Während sie aßen, resümierte Birgit Frau Maurers Einschätzungen.

Das Telefon klingelte, auf dem Display erschien Huberts Nummer.

Hastig leckte Birgit den Zucker von ihrer rechten Hand und nahm den Hörer ab. »Hallo Hubert.« Sie hörte konzentriert zu. »Wir kommen.«

* * *

Kurze Zeit später betraten die beiden die Kellerräume der Gerichtsmedizin.

Hubert strahlte Birgit über den Seziertisch an, auf dem Krause lag.

»Hallo Mädels. Die Tatwaffe war eine Heugabel.« Er machte eine wirkungsvolle Pause.

»Heugabel«, wiederholte Birgit konsterniert. »So.«

Carolynn sah skeptisch drein. »Die klassische Tatwaffe in einer Universitätsstadt.«

Hubert ließ sich nicht irritieren. »Passt auf.« Er zog das Tuch von der Leiche. »Die gebogenen Stichkanäle«, er deutete deren sanfte Biegung mit der Hand an, »lassen keinen anderen Schluss zu. In den Wunden waren keine Fäkalspuren. Damit scheidet eine Mistgabel aus.«

Birgit wiegte den Kopf. »Höchstens, der Täter oder die Täterin hat ein fabrikneues Exemplar verwendet. Gibt's eigentlich einen echten Unterschied zwischen Heu- und Mistgabeln? Ich meine, hat die eine drei, die andere vier Zinken oder so was?«

Carolynn ignorierte Birgits Einwurf. »Zwei Zinken im Leib – dann ist er langsam verblutet?«

Hubert richtete sich entgegen seiner Gewohnheit zur ganzen Größe auf. »Sobald ich hier mal zu Wort komme, beantworte ich eine Frage nach der anderen. Erstens: Eine Mistgabel besitzt vier oder fünf Zinken, eine Heugabel zwei oder drei. Nach dem Abstand der Einstiche zu urteilen ist die Tatwaffe eine dreizinkige Heugabel. Zweitens: Eine Zinke hat das Herzleitungssystem in der Herzwand getroffen. Damit bekam das Herz keinen Impuls mehr zu schlagen. Als der Täter die Heugabel herausgezogen hat, ist das Blut durch das Loch in der Herzwand in den Herzbeutel gelaufen und hat ihn gefüllt. Der Tod ist spätestens nach einer Minute eingetreten.« Hubert ließ seinen Brustkorb wieder sinken und sah die beiden lobheischend an.

»Du bist der Größte«, meinte Birgit. »Und in welchem Heuhaufen sollen wir diese ominöse Gabel suchen?«

Hubert lächelte. »An der rechten Zinke ist ein ganz kleines Stück abgebrochen. Der Stichkanal ins Herz ist ein kleines bisschen größer und nicht so glatt wie der andere.«

»Ja dann.« Birgit machte eine wegwerfende Geste, als ob die Gabel damit schon gefunden wäre. Dann wurde sie ernst. »Wie geht's deiner Mutter?«

Hubert zuckte mit der Schulter. »Gestern wollte sie auf keinen Fall im Heim bleiben. Heute habe ich noch nicht mit ihr telefoniert.«

»In welchem ist sie denn?«, fragte Carolynn.

»Im Christophorus.«

»Über das Christophorus hört man viel Gutes.« Birgit lächelte ihm zu und beeilte sich, zurück in die wärmende Sonne zu kommen.

Vor der Gerichtsmedizin sagte Birgit gut gelaunt: »Harry, hol den Wagen. Ich scheuche solange die Spusi auf.«

Carolynn lachte. »Du spinnst. Aber ich mach's trotzdem.«

* * *

Gekonnt fädelte Carolynn in den fließenden Verkehr ein. »Die Tatwaffe passt nicht zu unseren Hauptverdächtigen. Karin oder der Held wollten Holger bestimmt nicht mit einer Heugabel am Ausplaudern von Geheimnissen hindern. Kann ich mir jedenfalls nicht vorstellen.«

»Sie hätten mit dem Ding einen Affektmord begehen können. Meinem Gefühl nach gehört eine Heugabel zu Ställen und Tieren. So ungern ich das zugebe, aber ich fürchte, Wagner hat recht. Wir suchen den Schafschlächter.«

* * *

Aufgeregt stand Herr Fetzer am Fuß der Treppe von der Straße in den Garten. Offenbar hatten ihn die Kollegen von der Spurensicherung hierher verbannt, um ihrer Arbeit im Anbau des Gartenhauses, wo die Kaninchen untergebracht waren, und im Garten selbst ungestört nachgehen zu können.

Bevor die Frauen bei Fetzer angelangt waren, fuhr er die beiden an. »Sie! Gut, dass Sie kommen. Diese ...«, er fuchtelte mit den Armen, bis er den passenden Ausdruck gefunden hatte, »*Herren,* lassen mich nicht in meinen eigenen Garten. Und was soll das mit meiner Heugabel?«

Carolynn versuchte ihn zu besänftigen. »Es muss leider sein.«

»Die machen meine Kaninchen ganz nervös!«, empörte er sich. »Mein B.397.2.5.57 soll am Wochenende einen Pokal gewinnen.«

»Ihr was?«, fragte Carolynn irritiert.

»Zuchtkaninchen haben Nummern. Keine Namen.«

Birgit stellte sich aufrecht vor Fetzer hin. »Die Aufregung können wir Ihnen und Ihren Tieren leider nicht ersparen. Möglicherweise wurde Herr Krause in Ihrem Stall oder im Garten ermordet.«

Fetzer staunte.

»Vielleicht sogar mit Ihrer Heugabel.« Birgit lehnte sich etwas vor. »Mit der guten vom Raiffeisenverein.«

»Sapperlot!« Fetzer bekam den Mund nicht mehr zu.

Einige von Fetzers übrigen Mietern und einige Nachbarn lugten entweder durch die Gardinen oder beobachteten das Gewimmel im Garten ganz ungeniert durch die offenen Fenster. Im ersten Stock des Nachbarhauses hatte ein Rentnerehepaar Kissen auf den Fensterrahmen gelegt und lehnte bequem darauf, um nichts zu verpassen.

»Schülzles«, raunte Fetzer den Kommissarinnen zu. »Immer da, wo was los ist.«

Carolynn hob den Kopf. »Guten Tag. Möglicherweise wurde am Sonntagabend hier ein Verbrechen begangen. Haben Sie zu der Zeit verdächtige Personen beobachtet?«

Schülzles sahen sich pikiert an.

Frau Schülzle ergriff das Wort. »Wir haben im Fernsehen den ›Tatort‹ angeschaut.«

»Genau«, nickte Herr Schülzle. »Außerdem sind wir nicht neugierig.«

Nun nickten beide. Sie klopften ihre Kissen auf und machten es sich wieder bequem.

Die Polizistinnen vergewisserten sich kurz bei einem Kollegen, dass sie zum Gartenhaus gehen durften. Auf dem Neckar tummelten sich vor Fetzers Grundstück auffällig viele Stocherkähne und Ruderboote. Der Bootsverleih auf dem gegenüberliegenden Ufer verzeichnete glänzende Geschäfte. Jenseits des Zauns spähte ein Nachbar durch die Hartriegelbüsche. Als sich seine und Birgits Augen trafen, schnitt er betont beiläufig an den akkurat gestutzten Gehölzen herum.

Fetzer strebte auf den Nachbarn zu. »*Mein* Student ist in *meinem* Garten ermordet worden.«

Der Nachbar staunte gebührend.

Fetzer warf sich in die Brust. »Mit *meiner* Heugabel.«

Birgit und Carolynn unterdrückten ein Lachen und schlossen das Gartenhaus auf.

»Frau Wahl!« Herr Stähle, ein Mitarbeiter der Spurensicherung, kam rasch zu ihnen herüber. »Gehen wir rein.«

Im Gartenhaus fuhr er leise fort. »Wir haben im Anbau menschliches Blut gefunden. Bloß ein paar Tropfen, aber relativ frisch. Krauses Blutgruppe. Ob es sein Blut ist, können wir noch nicht sagen.«

»Sehr gut«, freute sich Birgit. »Danke.«

Stähle nickte ihnen zu und ging hinaus.

»Na, bitte«, meinte Carolynn zufrieden. »Es geht voran.«

Birgit griff nach dem Orakelbuch, das immer noch im Sessel lag, und setzte sich. Konzentriert suchte sie eine bestimmte Stelle im Inhaltsverzeichnis des Buches und schlug die betreffende Seite auf. »Hier, siehst du. Das Stichwort ›Gallenblase‹ in Krauses Datei hat mich an etwas erinnert. Als Hubert die Heugabel ins Spiel brachte, lag die Vermutung nahe, die Tatwaffe gehörte ins Umfeld des Stalls und des Gartenhauses. Dann fiel der Groschen.«

»Bei mir nicht.« Carolynn setzte sich auf das Bett. »Ich verstehe kein Wort.«

»Krause beschäftigte sich mit Orakeln. Die Klebezettel beweisen das. Er legte die Datei mit den Kadaverfunden an. Er wollte eine sensationelle Story schreiben. Er hat Neumair gegenüber Andeutungen gemacht. Für Neumair war das so plausibel, dass er versucht hat, hier einzusteigen und sich die

Story oder das, was Holger bislang zusammengetragen hat, anzueignen.«

»Du glaubst, dass sich der Schlächter mit den Orakeln auskennt?«

»Scheint so. Ob er der Mörder ist, wird sich weisen. Sofern wir ihn überhaupt finden. Fragen wir doch einfach den Spezialisten, wer dafür alles in Betracht kommt.«

Carolynn fächelte sich mit der Hand Luft zu. »Ich ersticke hier drin.« Sie stand auf. »Es könnte noch eine Erklärung für Krauses Interesse an Orakeln geben.«

»Ah?«

»Er hat die Hethiter studiert. Vielleicht schrieb er ein Referat darüber oder plante seine Magisterarbeit oder sonst irgendetwas. Und nebenbei fiel ihm auf, dass man die Schafschlächterei inszenieren konnte. Er hat doch selber beim Institutsfest gesagt, dass so eine Story ideal fürs Sommerloch wäre.«

Birgit seufzte. »Ach Caro. Manchmal kann es so einfach sein.«

Carolynn lächelte zufrieden. »Dafür hast du mich.«

Ja, Mycroft, setzte Birgit in Gedanken hinzu. »Phantasie hatte Krause. Wie sein Roman beweist.«

»Stimmt.« Carolynn gähnte. »Aber weißt du, was gegen Krause als Schlächter spricht?«, fragte sie unvermittelt.

»Was?«

»Wie hätte er die Viecher transportieren sollen?«

»Weiß ich auch nicht.« Birgit dachte nach. »Ein Schaf ist doch nicht so groß. Es müsste in den Kofferraum passen. Die Biester müssen ja nicht lebend transportiert worden sein. Zumindest gibt es keine Hinweise darauf.« Sie gähnte. »Ich bitte Stähle, mal einen Blick darauf zu werfen.«

Während Carolynn mit dem Sekretariat des Altorientalischen Instituts telefonierte, wurde Birgit durch die Hitze im Gartenhaus immer schläfriger.

»Aufwachen, wir fahren nach Bebenhausen«, verkündete Carolynn. »Kelding unterrichtet heute nicht.«

* * *

Das kleine Klosterdorf Bebenhausen lag etwa fünf Kilometer nördlich von Tübingen in den waldigen Hügeln des Schönbuchs. Wie üblich entströmten auch heute Touristen den Reisebussen und äußerten sich enttäuscht, wenn die Postkartenansicht des filigranen Dachreiters des ehemaligen Klosters nicht von der Straße aus zu sehen war. Danach pilgerten sie zum Kreuzgang, lugten in den Kapitelsaal und ins Refektorium, bemitleideten oder romantisierten die Mönche und die angehenden württembergischen Pfarrer, die dort gelebt hatten. Ganz eifrige Touristen schlossen noch eine Führung durch das ehemalige Jagdschloss gegenüber an, weniger eifrige besuchten ein Lokal im Ort, stießen auf dem Weg dorthin entzückte Laute über die Häuschen aus und beäugten die Einwohner, als ob sie sie zusammen mit den Gebäuden unter Ensembleschutz stellen wollten. Als Birgit die ersten Male hierhergekommen war, hatte sie sich ebenso wie die nun bespöttelten Touristen am Anblick des malerischen Dorfes erfreut und an einigen Führungen durch Kloster und Schloss teilgenommen. Mittlerweile besuchte sie Bebenhausen wegen des Trubels nur noch selten, etwa als Zwischenstation bei einer Radtour oder zu einem Klosterkonzert.

Langsam fuhr Carolynn eine Nebenstraße entlang. »Dass man die Hausnummern nie vernünftig lesen kann«, schimpfte sie.

Birgit deutete auf eine Querstraße vor ihnen. »Fahr mal da rein.«

An vielen Einfahrten lag Schrott zur Abholung bereit. Fahrräder und Elektroherde, Bettgestelle und Grills, ausrangierte Gartenmöbel, gelegentlich ein landwirtschaftliches Gerät, dessen Funktion Birgit nicht kannte.

Am Rande des Dorfes fanden sie Keldings Grundstück. An der Einfahrt bildeten zerbrochene Rankgestelle, Rohre und Roste ein wildes Durcheinander. Ein Schotterweg führte an bäuerlichen Nebengebäuden vorbei zum Wohnhaus. Das

Ensemble zeigte genau den Grad der Vernachlässigung, für den romantische Naturen schwärmen. An der Straßenseite des Wohnhauses breitete Spalierobst seine Zweige aus, davor strotzte eine Reihe stattlicher Büsche vor reifen Johannisbeeren. Links und rechts des Hauseingangs bildeten Stockrosen in allen Rot- und Gelbtönen steile Pyramiden.

Birgit und Carolynn stiegen aus dem Auto. Aus den offenen Fenstern des Erdgeschosses drang Bratenduft. Genießerisch sogen die beiden den Geruch ein.

«Lamm«, sagte Birgit sehnsüchtig.

»Rosmarin«, hauchte Carolynn.

»Göttlich.«

»Disziplin«, mahnte Carolynn und klopfte Birgit ermunternd auf die Schulter.

»Grüß Gott.« Wie aus dem Boden gewachsen stand eine rundliche alte Frau in der Einfahrt. Wache Augen blickten aus einem runzligen Gesicht. Die Haare versteckte ein Kopftuch, das wirkte, als ob es seit Jahrzehnten in Gebrauch wäre. Über der ausgeblichenen Bluse und den ausgebeulten Arbeitshosen trug sie eine Schürze, an der sie sich nun die Erde von den Händen wischte.

»Grüß Gott«, antwortete Birgit. »Wir möchten Herrn Rainer Kelding sprechen.«

»Mein Sohn ist im Keller. Er kommt gleich wieder. Gehen Sie ruhig schon in die Küche. Die Tür ist offen.«

»Ein schönes Haus haben Sie«, begann Carolynn.

»Es gehört meinem Sohn. Es müsste eben mal wieder hergerichtet werden. Haben Sie auch eins?«

»In Derendingen. Auch ein altes Bauernhaus.«

»Soooo?« Frau Kelding sprach das Wort mit einem Glissando von den hohen zu den tiefen Tönen über mindestens drei Oktaven aus. »Von wem haben Sie es gekauft?«

»Von Nägeles.«

Frau Kelding lächelte. »Mit denen sind wir verwandt.« Sie kam etwas näher. »Dann haben Sie viel Arbeit mit dem Garten.«

Birgit und Carolynn wechselten einen schnellen Blick.

»Geht schon«, meinte Birgit. »Vor dem Haus haben wir einen Knotengarten angelegt.«

»Sooo.« Diesmal verwendete Frau Kelding eine Oktave weniger als vorher, dafür mischte sie einen Ton der Missbilligung darunter. »Früher war das anders. So wie drüben. Ich zeige es Ihnen.« Im gleichmäßigen Schritt eines Menschen, der sein Leben draußen verbracht hat, führte Frau Kelding die Kommissarinnen um die Hausecke. Birgit hielt die Luft an, Carolynn riss die Augen auf.

Vor dem satten Grün einer Ligusterhecke schimmerten weiße Königskerzen durch das Gefieder des Bronze-Fenchels. Purpurne Blütenbälle des Zierlauchs überragten rosarot gestreifte Essig-Rosen, daneben kontrastierten dunkelblaue Ochsenzungen mit gefüllten Glockenblumen und weißen, fransigen Federnelken. Inmitten der Blumenfülle war ein Sitzplatz mit Pergola angelegt, über der eine cremefarbige Rambler-Rose ihre Zweige mit sternförmigen Blüten einer weißen Clematis verflocht.

Die alte Frau schien zufrieden mit der Reaktion der Gäste. »Es muss sich eben eine Frau drum kümmern.«

»Machen Sie das?«, fragte Birgit.

»So lange ich noch kann. Den Gemüsegarten habe ich schon aufgegeben. Ich hoffe ja immer, dass Rainer einmal heiratet.« Sie rieb sich die Stirn mit dem Handrücken. »Aber er hat ja nicht einmal eine richtige Stelle. Er verdient nicht viel. Das ist doch kein Zustand!« Sie schnalzte missbilligend mit der Zunge. »Haben Sie Kinder?«

Carolynn verneinte, Birgit nickte.

»Dann wissen Sie ja, wie das ist. Dickköpfig bis dorthinaus. Seine Brüder sind Zimmermann und Dachdecker. Beide haben ihr eigenes Geschäft. Die verdienen schon lange anständig. Aber der Rainer musste unbedingt diese Schriften studieren. Na, ja. Ich glaube, aus dem wird nie was.«

»Er hat's zum Dozenten gebracht«, wandte Carolynn ein.

Frau Kelding zuckte leicht zusammen. »Sind Sie auch von der Uni?«

Die beiden verneinten.

Frau Kelding gewann ihre Sicherheit zurück. »Dozent. Ja und? Sitzt den ganzen Tag herum und liest ein Buch! Über eine Sprache, die kein Mensch versteht! Seinem Vater wäre es lieber, wenn er etwas Richtiges arbeiten würde. Und mir auch.« Sie bückte sich und riss mit energischem Ruck bodendeckenden Efeu aus, der zwischen den Stauden einen dichten Filz gebildet hatte.

»Mama!«

Alle Köpfe fuhren herum.

»Bitte!« Kelding funkelte seine Mutter an.

Wie Wally, dachte Birgit. Denselben Ausdruck reservierte ihre Tochter für Gelegenheiten, zu denen Birgit ihr wieder endlos peinlich war.

»Ja, ja.« Die Alte griff nach der Rosenschere auf dem Gartentisch und verschwand im hinteren Teil des Gartens.

»Entschuldigen Sie bitte, meine Mutter sollte Sie nicht mit Familiengeschichten langweilen.«

»Vergessen Sie's«, beeilte sich Birgit zu sagen. »Mütter scheinen nie mit ihren Kindern zufrieden zu sein. Jedenfalls nach Ansicht meiner Tochter.«

»Ah.« Er sah die beiden forschend an. »Was führt Sie zu mir?«

* * *

Zwei Minuten später saßen sie in Keldings Küche auf der Eckbank und tranken in langen Zügen Mostbowle. Der Dozent schnitt derweilen gekonnt Zucchini in Scheibchen. Im Ofen brutzelte der Lammbraten, auf dem Herd köchelte Tomatensoße. Auf der Arbeitsfläche daneben standen diverse Schüsselchen, die aus der Provence zu stammen schienen.

»Schenken Sie sich nach«, forderte Kelding freundlich auf.

Carolynn füllte die Gläser. »Wie lief ein Leberorakel genau ab?«

»Das würde ich Ihnen sehr gerne ausführlich erklären. Aber meine Gäste kommen bald.«

Birgit warf einen sehnsüchtigen Blick auf den Braten.

»Nicht alle Details«, bat Carolynn.

»Leberorakel fanden nur bei Sonnenaufgang statt. Bei wolkenlosem Himmel. Vermutlich hat man die Tage um Neumond vermieden.«

Carolynn notierte etwas, dann blätterte sie in ihrem Kalender. Kelding presste Knoblauch in die Tomatensoße. Birgit trank ihr zweites Glas aus. Sie begann die Wirkung des süffigen Getränks zu spüren.

»Der Priester rezitierte eine Reihe von Gebeten. Bei manchen Gebeten opferte er Brote und Wein.«

Er öffnete einen Hängeschrank und nahm eine weiße Schüssel heraus. Dabei bemerkte Birgit flüchtig eine darunter befindliche weiße Schüssel mit dunkelblauem Rankendekor, bevor Kelding den Schrank wieder schloss.

»Er flüsterte dem Lamm die Frage ins Ohr, die die Götter mit Ja oder Nein beantworten sollten. Diese Fragen konnten sich auf die Vergangenheit oder auf die Zukunft beziehen. Zum Beispiel nach den Gründen einer Seuche oder den Ausgang eines geplanten Kriegszugs. Unmittelbar danach schnitten sie dem Tier die Kehle durch und schlitzten den Bauch auf.« Die Messerklinge sauste auf und ab, als er Auberginen würfelte. »Der Kopf wurde abgetrennt, dann die Beine.«

Auf die Gesichter der Polizistinnen schlich sich ein angewiderter Ausdruck.

Kelding erzählte immer eifriger. »Der Priester untersuchte gründlich Leber und Gallenblase. Er zählte diejenigen anatomischen Merkmale daran zusammen, die Zustimmung und diejenigen, die Ablehnung bedeuteten. Verstehen Sie, wie bei einer Liste mit Soll und Haben. Je nachdem sagten die Götter Ja oder Nein. Die Fragen und Antworten haben die Hethiter aufgeschrieben. Wir besitzen sogar eine ganze Reihe von Lebermodellen aus Ton, auf denen die Hethiter Merkmale modelliert und näher bezeichnet haben.«

Birgit schluckte. »Die Kadaver waren also so zugerichtet wie die, von denen man dauernd im Radio hört?«

»Das habe ich nicht verfolgt.« Kelding öffnete den Backofen und drehte den Braten um.

Mit mechanischen Bewegungen wickelte Birgit ein Bonbon aus und schob es in den Mund.

»Wo fanden die Rituale statt?«, fragte Carolynn.

»An Waldrändern. An Bachläufen.«

»Passt alles«, sagte Birgit zu sich.

Carolynn sah sehnsüchtig zum Herd. »Wir haben in Holgers Sachen eine Liste gefunden. Sie enthält beinahe alle Details, die Sie uns geschildert haben. Sollte er ein Referat darüber schreiben?«

Kelding stutzte. »Nein.«

»Könnte er die Schafe geschlachtet haben?«, hakte Carolynn nach. »Als Inszenierung einer Story, die er an die Zeitung verkaufen könnte?«

Kelding schüttete die Auberginenwürfel und die Zucchini in die Tomatensoße. »Prinzipiell würde mich das nicht wundern. Aber wenn es um Präzision bei der Ausführung der Rituale geht, ist Holger der falsche Mann.«

Birgit stellte ihr Glas auf den Tisch. »Was ist mit Ihnen?«

Kelding schmunzelte. »Ich bin Wissenschaftler.« Er griff nach dem Krug. »Most?«

Birgit nickte, sah zu Carolynn. »Du fährst.« Sie nahm das volle Glas in Empfang. »Wer käme Ihrer Meinung nach in Frage?«

»Margret. Sie hat am Seminar über Leberorakel teilgenommen«, meinte Kelding leichthin und rührte die Soße um. »Sven auch.« Er salzte mit lockerem Handgelenk nach. »Oder irgendeiner meiner Hörer. Manchmal kommt halb Tübingen zu meinen Vorlesungen. Auch viele klassische Archäologen. Über die Assyrer gelangte diese Art der Wahrsagekunst zu den Etruskern.«

Er drehte sich zu den Frauen um. »Kann ich Sie zum Essen einladen?«

Birgit holte Luft für eine zustimmende Antwort. Rasch, aber schweren Herzens sah Carolynn zum Backofen. »Danke. Wir sind auf Diät.«

* * *

»Den Braten vor der Nase – und wir dürfen davon nichts essen«, beschwerte sich Birgit, als sie Keldings Grundstück verließen. »*Das* ist Tierquälerei.«

»Stimmt«, meinte Carolynn düster. »Aber Abmachung ist Abmachung.« Sie steuerte den Wagen zurück in die Stadt, um von dort durch das Ammertal nach Entringen zu gelangen. Kelding hatte ihnen gesagt, dass sie Margret vermutlich in ihrer WG antreffen würden. Denn an diesem Tag der Woche arbeitete sie immer daheim.

»Mist.« Birgits Magen knurrte deutlich hörbar. Wie sollte sie von Wally verlangen, sich an Regeln zu halten, wenn sie sich selber nicht daran halten wollte? Birgit seufzte schwer. Dieses Vegetarierdasein entpuppte sich zusehends als Vegetieren. Ihr Magen meldete sich wieder. Reiß dich zusammen, ermahnte sie sich selbst. Die vegetarischen Gerichte, die Wally gekocht hatte, hatten ausgezeichnet geschmeckt.

»Ich will in der Stadt was essen«, begann Carolynn.

Birgit sah ihre Kollegin trübe an. »Ich *muss* etwas essen.«

Bald parkten sie am Rande der Altstadt und gelangten vorbei an der ehemaligen Fruchtschranne in die Gassen der Unterstadt. Ursprünglich von Weinbauern und Handwerkern bewohnt, hatte dieses Viertel mit verschachtelten Häusern, kleinen Plätzen und schmalen Kanälen viel von seinem Charme behalten. Mit Dachgärten hie und da, Schlinggewächsen an den Hauswänden oder in Töpfen gezogenen Blumen holten die Bewohner die Natur in die Stadt. Auf winzigen Plätzen sorgten die Leute mit einem Bistrotischchen und einem Lorbeerhochstamm für südländisches Flair, schufen mit einem Stuhl und einem Rosenbusch einen Leseplatz. Restaurants und Cafés offerierten Mittagstische, Bäckereien und Metzgereien boten ihre Ware neben indischen und libanesischen Imbissbuden feil.

»Lust auf Falafel?«, fragte Carolynn.

»Hauptsache, es geht schnell.«

Rasch strebten sie durch die Gassen. Aus der offenen Tür einer Metzgerei strömte der Duft von Krustenbraten. Magisch davon angezogen betrachteten sie die Auslagen in den Kühltheken. Zarte Lammfilets, Rouladen, tiefrote Rumpsteaks stapelten sich neben Kaninchen und Wachteln. Entschlossen drehte sich Birgit weg. Ihr Blick fiel auf saftige Honigschinken, daneben türmten sich Wildschweinsalamis mit Rosmarin oder Oliven, feingewürzte Mortadella reihte sich an französische Pasteten.

»Mortadella«, sagte Birgit träumerisch.

»Abmachungen«, wandte Carolynn lahm ein.

»Höhere Gewalt«, entschied Birgit.

Bald darauf kauten sie mit vollen Backen an zwei Panini mit Mortadella und Rosmarinschinken. Danach setzten sie sich behaglich in ein Straßencafé, reckten die Gesichter in die Sonne und genossen Latte Macchiato.

* * *

»Holger hat was?«, fragte Margret entgeistert.

Die Kommissarinnen hatten die Studentin mit einem Notebook und einem Wust von Papieren in einer Laube im Zentrum eines Bauerngartens angetroffen, den die einschlägigen Magazine sofort als Paradebeispiel abgedruckt hätten.

»Was erstaunt Sie daran so sehr?«, fragte Carolynn.

»Weil er im letzten, nein, vorletzten Semester, drücken wir es mal vorsichtig aus, etwas weniger engagiert war, als es um die Orakel ging. Es lag zu einem Gutteil an ihm, dass wir nur den Anfang geschafft haben.« Sie schüttelte ungläubig den Kopf. »Sind Sie sicher, dass er sich jetzt wieder mit den Orakeln beschäftigt hat?«

Birgit hatte heimlich nach Gutem Heinrich gespäht, der spinatartigen Pflanze, von der Sven auf dem Schloss gesprochen hatte. Nun konzentrierte sie sich wieder auf das Berufliche. »Die Schrift auf den Klebezetteln in dem Buch wäre sonst verblasst gewesen. Auch das Anlage- und Änderungsdatum der Orakeldatei deutet darauf hin.«

Carolynn sah Birgit kurz anerkennend an. Dann wandte sie sich an die Studentin. »Wieso haben Sie nur den Anfang geschafft?«

»Weil die Dinger verdammt lang und kompliziert sind. Warten Sie.« Margret sprang auf und verschwand im Inneren des Backsteinhauses, dessen halbe Fassade Efeu einnahm. Carolynn schielte auf den Bildschirm des Notebooks, las zunehmend fasziniert, rückte dabei näher an den Computer.

»Caro«, mahnte Birgit.

»Wo waren Sie am Mittwoch zwischen neun und elf Uhr?«, las Carolynn vor.

»Was?«

Carolynn rückte wieder an ihren Platz zurück. »Margret schreibt einen Krimi.«

Birgit pfiff durch die Zähne. »Sieh an.«

Margret kehrte mit einem Packen DIN-A4-Blätter zurück, die zu diversen Bündeln geheftet waren. Die Studentin zeigte ihren Besucherinnen ein dickes Bündel. »Das ist etwa die erste Hälfte der Kopien einer kompletten Orakelserie. Als Kopien bezeichnen wir die Abschriften der Keilschrifttexte. Ritualserie heißt es deshalb, weil die ganze Prozedur von der Festsetzung eines günstigen Tages für die Opferungen und so weiter bis zur Unterschrift des Schreibers ganz am Ende den Platz auf sagen wir etwa acht Tontafeln in Anspruch nimmt. Dasselbe gilt plus minus für Leberorakel. Im Seminar muss reihum jeder einige Zeilen des Originaltextes vorlesen und dann übersetzen. Für das ganze Ding braucht man locker zwei Semester.«

Ungläubig sah Carolynn die Studentin an. »Jetzt ist aber gut. Cicero bekommt man doch auch in jeder beliebigen

Ausgabe.« Mit leisem Schauder erinnerte sich Birgit an ihre Lateinstunden.

Margret lachte höhnisch. »Cicero? Das können Sie doch nicht vergleichen! Cicero-Ausgaben gibt's wie Sand am Meer. Mit vollständiger Übersetzung, kritischem Apparat und allem Drum und Dran. Aber für Orakel? Was glauben Sie, was ich seit Monaten treibe? Für die finden Sie nur wenige Bearbeitungen. Unvollständig und mit unterschiedlichem Übersetzungsniveau verteilt in mehreren Zeitschriften. Man muss sich alles selber zusammensuchen. Für Orakel interessieren sich die wenigsten. Und wer davon weiß, beherrscht noch lange nicht die nötigen Sprachen.«

»Plural?«

»Hethitisch, assyrisch, babylonisch, hurritisch«, meinte Margret lässig. »In Keilschrift natürlich.«

»Und Sie können das?«, staunte Birgit.

»Klar.« Margret strich sich eine Strähne aus dem Gesicht. »Außerdem wird dafür ein spezielles Vokabular verwendet. Die Einarbeitung ist ziemlich aufwendig. Trotzdem verstehen wir immer wieder ganze Passagen nur schlecht. Zum einen haben die Hethiter nicht jedes Detail aufgeschrieben. Ihnen waren die Zusammenhänge ja völlig klar. Zum anderen haben sie den Sinn teilweise bewusst verschleiert. Orakel gehörten zur Geheimlehre. Oft genug stehen am Ende der Serie Ermahnungen, Unbefugten die Anweisungen nicht zu zeigen, und Verwünschungen für denjenigen, der es doch tut.«

Die Kommissarinnen hatten fasziniert zugehört.

»So interessant das alles ist«, begann Birgit, »Fazit für uns ist, Sie und Ihr Freund sind Spezialisten für solche Texte.«

Margret schüttelte den Kopf. »Das ist zu viel gesagt. Wir haben nur das Seminar darüber besucht. Für meinen Magister befasse ich mich mit einer Reihe von Ritualen, mit denen man Schädlinge aus den Feldern vertrieben hat.«

»Und nebenbei arbeiten Sie an einem Krimi?«, sagte Carolynn.

Margret zog die Augenbrauen zusammen.

»Entschuldigen Sie bitte vielmals meine Neugier. Ich habe nur einige Zeilen gelesen.«

Margret überlegte kurz. »Was ich Ihnen jetzt sage, bleibt unter uns, okay?«

Die Kommissarinnen nickten ernst und gespannt.

»Ich will Autorin werden. Ich mache noch meinen Magister, dann war's das für mich.«

»Und warum?«, fragte Birgit.

Frustriert packte Margret ihre Papiere zusammen. »Weil die Wahrscheinlichkeit, eine Professur zu bekommen, gegen null strebt. Ich brauche einen Beruf, der mich ernährt. Ganz einfach.«

Im Stillen bezweifelte Birgit, dass Margrets Alternative wirklich so einfach funktionieren würde.

Carolynn beschattete ihre Augen mit der Hand. »Warum so geheimnisvoll?«

Margret ließ den Kopf sinken. »Wegen Sven. Er hat sowieso keine Ahnung.«

»Wie meinen Sie das?«, setzte Carolynn nach.

»Er lebt im Wahn, eine vernünftige Stelle an der Uni zu bekommen.« Sie stieß einen verächtlichen Laut aus. »Der würde auch eine lausige Stelle annehmen, nur um forschen zu dürfen. Sein Garten ernährt ihn ja. Aber für mich ist das auf Dauer nichts. Die ganze Öko-Chose ist recht und gut. Aber verdammt aufwändig.«

Birgit nickte zustimmend. »Schon. Aber was hat das mit Krimis zu tun?«

»Vor meinem Krimi habe ich Kurzgeschichten geschrieben. Sven hat sich oft darüber lustig gemacht. Mein Gott, die ersten Versuche sind eben nicht nobelpreisverdächtig. Meinen Krimi wollte ich mir nicht vermiesen lassen.«

»Kann ich verstehen«, meinte Birgit.

Margret sah die beiden unsicher an. »Kann ich Sie um einen Gefallen bitten?«

»Kommt drauf an«, sagte Carolynn.

»Würden Sie den Text mal durchlesen? Ob grobe ermittlungstechnische Fehler drin sind?«

Carolynn lächelte. »Klar. Wenn's nicht morgen früh fertig sein muss.«

Margret erhob sich. »Ich hole einen Ausdruck.« Sie rannte ins Haus. Blitzschnell war sie wieder zurück und gab Carolynn einen Stapel Papier.

»Wusste Holger vom Krimi?«, fragte Birgit.

»Ja.«

»Seit wann?«

Margret zuckte mit den Achseln. »Schon lange. Ist das wichtig?«

Jetzt zuckte Birgit mit den Achseln. »Wurden bei Leberschauen Menschen geopfert?«

Die Studentin brach spontan in Gelächter aus. Als sie die pikierten Mienen der anderen sah, beherrschte sie sich. »Tut mir leid. Aber die Vorstellung ist total absurd. Im Alten Orient gab es keinerlei Menschenopfer. Die Leute verlangten nicht mal von den Göttern, die Schädlinge in den Feldern umzubringen. Die Götter sollten die Schädlinge lediglich vertreiben.« Sie kicherte wieder etwas. »Für Leberschauen brauchte man nur Schafe.«

Carolynn stand auf. »Wir möchten noch mit Sven reden. Wo finden wir ihn?«

»In der Ausstellung, glaube ich. Er macht Führungen.« Sie stutzte. »Vielleicht arbeitet er heute aber auch in der Sonnenblume. Wieso?«

Ohne die Frage zu beantworten, verabschiedeten sie sich.

* * *

Im Vorraum zur Ausstellung tummelte sich eine Gruppe von Menschen. Mit gedämpfter Stimme unterhielten sie sich, blätterten im Ansichtsexemplar des Ausstellungskatalogs oder wählten einen der Kunstdrucke aus. Da weder Carolynn noch Birgit Sven im Raum sahen, wollten sie die Tür zum Ausstellungsraum öffnen.

»Moment«, tönte es freundlich, aber bestimmt herüber. Eine Frau Anfang zwanzig kam hinter dem Tresen vor. »Sie können nur mit einer Führung rein. Die beginnt in 15 Minuten.«

»Wir dürfen hinein«, versicherte Birgit ebenso freundlich-bestimmt und hielt kurz ihren Ausweis hoch.

Die junge Frau stutzte und ließ sie unbehelligt gehen. Eine Stimme lockte die beiden weiter in den Ausstellungsraum. »Die Kommission hat bereits angedeutet, dass ich die Professur ...«

»Mein Lieber. Ihre Verdienste sind ja unbenommen. Aber glauben Sie wirklich, dass Sie mit Ihrer, äh, traditionsverhafteten Haltung in Marburg reüssieren könnten?« Den Stimmen nach mussten dies Hahn und Kelding sein.

Leise gingen die Kommissarinnen um Vitrinen herum näher zu den Streitenden.

»Das würde mich doch sehr überraschen.« Hahns Stimme troff vor Herablassung. »Und wie viele Studenten konnten Sie damit begeistern?«

»Sie werden schon noch sehen!«, knurrte Kelding und drehte sich brüsk weg. Er verließ die Ausstellung, ohne die Frauen zu bemerken.

»Altmodischer Bauer, schwäbischer«, murmelte Hahn verächtlich.

Birgit räusperte sich.

Hahn fuhr herum. »Was machen Sie denn hier?«

»Wir suchen Sven«, antwortete Carolynn.

Hahn rieb sich mit dem Handrücken die Stirn. »Entschuldigen Sie bitte. Aber ich bin heute etwas gereizt. So weit ich weiß, kommt er heute nicht.«

Mit einer Kopfbewegung in die Richtung, in die Kelding verschwunden war, fragte Birgit: »Bauer?«

Hahn sah etwas verlegen drein. »Er stammt von einem Bauernhof. Er kann manchmal sehr provozieren. Ein guter Wissenschaftler, keine Frage, aber ein – sagen wir –«, Hahn schob die Hände in die Hosentaschen, »schwieriger Mensch.«

»Trotzdem wollen Sie mit ihm weiter zusammenarbeiten?«

»Seine Übersetzungen sind sehr präzise, wie ich höre. Wer bei einer schwierigen Textstelle nicht weiterkommt, fragt ihn.«

Birgit schoss ein Gedanke durch den Kopf. »Hat die Ausstellung irgendetwas mit Leberorakeln zu tun?«

Hahn stutzte. »Nein. Wie kommen Sie darauf?«

»Weil sich Krause kurz vor seinem Tod damit beschäftigt hat.«

»Ah ja?« Hahn lächelte den Frauen verbindlich zu. »Meine Damen, es tut mir leid, aber ich muss jetzt die Führung durch die Ausstellung machen.«

»Moment«, hielt ihn Birgit zurück. »Sie hatten letztes Mal erwähnt, dass Krause und Sven Jansson beim Aufbau der Ausstellung eine Auseinandersetzung hatten. Worum ging es dabei genau?«

»Oh!« Hahn strich über sein Musketierbärtchen, als er nachdachte. »Ich kann mich gar nicht mehr recht daran erinnern, in den letzten Tagen ist so viel passiert.« Er zuckte mit den Achseln. »Ist das wichtig?«

Gockel, dachte Birgit. Und ein miserabler Schauspieler.

Carolynn sah Hahn gerade in die Augen. »Beantworten Sie einfach die Frage.«

»Du liebe Güte«, sagte er leise zu sich und führte sie zum rückwärtigen Teil des Ausstellungsraumes. Einen Teil der Wand verdeckte eine große Leinwand, deren Bemalung klobige Steinblöcke darstellte. In der Mitte der Leinwand stand eine Kopie der jüngst entdeckten Götterstatue. Diese Göttin und der Hocker, auf dem sie saß, waren aus einem Steinblock herausgearbeitet. Sie trug ein knöchellanges Kleid aus steifem Stoff, das ähnlich einer Toga die rechte Schulter unbedeckt ließ. Mit locker vor dem Bauch verschränkten Armen sah sie ihre Besucher aus weit geöffneten Augen gütig an. Vor der Göttin stand auf einem schlanken Holzgestell eine Schale mit Weihrauchbröckchen. Daneben brachte eine lebensgroße Puppe eine Schale mit Fladenbroten, Weintrauben und Datteln dar.

»Darum ging's. Krause bestand darauf, diese Szene auszuschmücken. Er hatte übrigens die Schaufensterpuppe organisiert. Krause wollte den Besuchern einen möglichst lebendigen Eindruck vom Geschehen in einem Tempel geben. Jansson lehnte Krauses Ideen als spekulativ ab. Außerdem hätte Jansson die Räucherschale lieber zusammen mit der Vase da drüben«, Hahn wies auf eine der Vitrinen, »gezeigt, weil beide jünger sind als die Götterstatue.«

Spekulativ hin oder her, Birgit bevorzugte spontan Krauses Variante. Wenn es darum ging, einen ersten Eindruck zu vermitteln, eignete sich nach ihrem Geschmack das Ensemble aus Funden und der Puppe entschieden besser als die Aufreihung in Glaskästen. Wer es ganz genau wissen wollte, konnte sich immer noch kundig machen.

Carolynn fragte: »Sie ergriffen für Krause Partei?«

Hahn wedelte abwehrend mit den Händen. »Partei – das ist zu viel gesagt. Es war ein Kompromiss. Wir wollten eine breite Masse von Besuchern ansprechen und das Fernsehen hatte sich angesagt. Für die Kamera macht sich die Puppe sehr gut. Sicher, die Präsentation ist nicht wissenschaftlich exakt, aber bei jeder Führung weisen wir darauf hin, dass sie nicht exakt ist, und vermutlich wurden der Göttin Rauchopfer ...«

»Schon gut«, unterbrach ihn Birgit. »Fazit ist, Krause setzte sich durch. Wer erlebte den Streit mit?«

Carolynn sah Birgit verständnislos an.

»Wer?«, Hahn fuhr sich durch die Haare. »Was weiß ich.«

»Denken Sie nach«, bohrte Birgit.

»Margret. Ob vorher Inge«, er wiegte den Kopf, »kann ich wirklich nicht sagen.«

»Wer ist Inge?«, fragte Carolynn.

»Die Studentin, die heute draußen an der Kasse sitzt.«

Carolynn strich sich die Haare aus dem Gesicht. »Sie haben also den Streit nicht von Anfang an mitbekommen?«

»Nein – also, was soll das? Verdächtigen Sie etwa Jansson?« Hahn schnaubte. »Das ist doch lächerlich!«

»Die beiden waren sich nicht grün. Das wissen Sie ganz genau. Also?«, bestand Carolynn auf einer Antwort.

»Ich bin erst später dazugekommen.«

»Schildern Sie uns ganz genau, wer was gesagt hat«, bohrte Birgit.

»Jetzt hören Sie aber auf«, wehrte Hahn schneidend ab.

»Nein«, sagte Birgit.

Hahn stöhnte und machte einen Schritt nach links. »Die beiden standen genau hier. Sie hatten sich wie Ringer am Oberkörper gepackt und versuchten, den anderen umzuwerfen.«

Die Kommissarinnen wechselten einen verblüfften Blick.

Hahn fuhr fort: »Sie beschimpften sich als Prinzipienreiter, Schaumschläger und Feigling. So was in dem Sinn. Ich habe ihnen befohlen aufzuhören und mir zu erzählen, worum es eigentlich ging.«

Streng fragte Birgit: »Wieso haben Sie uns das nicht schon längst gesagt?«

»Mein Gott, weil Jansson mit Krauses Tod nichts zu tun hat.« Genervt schüttelte er den Kopf.

»Was macht Sie so sicher?«, hakte sie nach.

»Weil ich ihn kenne.«

»Das hat schon mancher gedacht«, widersprach Carolynn.

Ungeduldig machte Hahn einige Schritte durch den Raum. »Kann ich jetzt gehen?«

»Okay«, sagte Birgit.

Er nickte ihnen beiden knapp zu und entfernte sich eilig. Seine Schritte wurden leiser, Stimmengewirr drang kurz herein, dann herrschte wieder Stille.

»Wie bist du eigentlich auf den Streit gekommen?«, fragte Carolynn, als sie gemächlich die Vitrinen passierten.

»Die Tempelszene mit den Opfern hat mich an die Orakel erinnert. Und Hahn hatte vorgestern eine Auseinandersetzung zwischen den beiden erwähnt. Laut Kelding kennt sich Sven gut mit den Orakeln aus. Möglicherweise ist er sogar der Schafschlächter.«

»Hm«, sinnierte Carolynn. »Jedenfalls steckt hinter der Rauferei mehr als ein Streit um eine Räucherschale.«

»Aber hallo«, bekräftigte Birgit. »Margret und Holger verstanden sich nach Hahns Auffassung gut, Holger und Sven nicht besonders. Eine Niederlage in Margrets Anwesenheit könnte Sven noch schlechter ertragen.«

* * *

Sie verließen das Schloss und gelangten über den bewaldeten Kapitänsweg in die Altstadt. Die Hitze des Tages ließ langsam nach. In den Gassen bummelten die Leute von Schaufenster zu Schaufenster, Bekannte tauschten rasch die neuesten Nachrichten, Straßenmusikanten bezogen wieder ihre Plätze.

Als die Kommissarinnen um eine Straßenecke bogen, sahen sie in einiger Entfernung Kelding vor einem der Antiquitätengeschäfte stehen.

»Sieh mal«, begann Carolynn. »Unser Spezialist.«

Kurz darauf kam Frau Maurer mit einer Tüte in der Hand aus dem Laden. Die beiden küssten sich und gingen Arm in Arm weiter.

»Er hat eine Freundin?«, staunte Carolynn.

»Frau Maurer«, stellte Birgit fest. »Habe ich auch nicht gewusst. Das ist die Kriminologin, mit der ich über arrangierte Leichen gesprochen habe.«

»Na, sie dürfte kaum der Traum von Keldings Mutter sein«, grinste Carolynn. »Oder kennt sie sich mit Gärten aus?«

»Darüber haben wir nicht geredet.«

Zielstrebig steuerten sie auf die »Sonnenblume« zu. Der Laden bestand seit einigen Jahren und schien mit ökologisch erzeugtem Obst und Gemüse ausreichende Umsätze zu erzielen. Eine Markise beschattete ein reiches Angebot von Tomaten, Auberginen, Basilikum in Töpfen, Kirschen und Aprikosen.

Birgit deutete auf das Gemüse. »Wenn ich die sehe, fällt mir Keldings Lammbraten wieder ein.«

»Hör bloß auf«, stöhnte Carolynn. »Wenn er mich das nächste Mal einlädt, nehme ich sofort an.«

»Kann ich Ihnen helfen?«, fragte Sven, der gerade aus dem Laden trat, mit geschäftsmäßiger Freundlichkeit.

»Und wie«, bestätigte Birgit. »Können wir uns irgendwo unter sechs Augen unterhalten?«

»Ich muss arbeiten.«

Die Frauen rührten sich nicht von der Stelle.

»Kommen Sie mit.« Im Laden sagte er seiner Kollegin, die mit gehetztem Blick Kunden bediente, er komme sofort wieder, und führte die Polizistinnen durch eine Hintertür hinaus in einen winzigen Hinterhof, in dem leere Gemüsekisten und Spankörbe neben einem Müllcontainer gestapelt waren.

»Reden wir nicht lange drum herum«, begann Carolynn. »Wir wollen wissen, warum Sie am Samstag mit Holger gerauft haben.«

Sven zuckte zusammen und sah verstört auf den Boden. »Ich habe ihn nicht umgebracht.«

»Das haben wir nicht behauptet«, sagte Birgit. »Aber je länger Sie Informationen zurückhalten, umso unglaubwürdiger werden Sie.«

Sacht stieß Sven mit der Schuhspitze gegen eine Spanschachtel. »Wochenlang haben wir mit Hahn diskutiert, wie die Exponate präsentiert werden sollen. Ich habe einen Plan gemacht, was in welche Vitrine kommt. Wir haben angefangen aufzubauen. Als ich am Samstag gekommen bin, hatte Holger die Puppe und alles schon hingestellt. Ich dachte, ich pack's nicht! Heimlich! Absprachen gelten doch nicht für ihn. Er hat eine ganz tolle Idee, also machen alle, was er will.« Sven stieß etwas heftiger gegen die Spanschachtel.

»Und dann?«, fragte Carolynn.

»Hab ich ihn gefragt, was das soll. Er wurde gleich überheblich. Die Leute wollten etwas Anschauliches, ich würde an Plänen und Prinzipien kleben und so weiter.«

»Deshalb fängt man keine Schlägerei an«, wandte Birgit ein.

Die Spanschachtel zerbarst unter Svens Schuh. »Verdammt noch mal! Ich habe viel für die Grabung und für die Ausstellung geschuftet. Dann kommt dieser Sack, der nichts kann außer schlampig zu arbeiten, und verhöhnt mich als feigen Beamtengeist! Als Archäologe sei man auch immer Pionier und kein Pauschaltourist. Ich sei schon zu feige, um nach Italien zu fahren.« Wutentbrannt sah Sven die beiden an. »Vor den anderen hat er das gesagt!«

Beim Stichwort »Pauschaltourist« hatte Carolynn kurz die Luft angehalten. »Das mit Feigheit habe ich nicht verstanden. Was sollte das?«

Svens Kollegin brauste in den Hinterhof. Schweißringe lagen um die Achselhöhlen, ihre Haare hingen wirr um den Kopf. »Mach hinne!«, verlangte sie. »Der ganze Laden ist voll!«

Bevor er antworten konnte, sagte Carolynn: »Wir sind gleich fertig.«

Mit entnervtem Gesichtsausdruck verschwand die Kollegin wieder.

Mit gesenktem Kopf stand Sven da. »Auf der Grabung in Tell Aswad hatte ich einige Bücher dabei über die Situation der Archäologen im 19. Jahrhundert. Zum Beispiel erreichten sie die Ruinen erst nach Wochen oder Tagen mit Kamel oder Pferd. Die Arbeiter konnten im günstigeren Fall streiken, im ungünstigeren Fall bedrohten sie das Leben der Ausgräber. So oder so ging es um Geld.« Sven strich mit dem Handrücken über die Stirn. »Weil ich *nur* darüber gelesen habe, aber der Herr Verlegersohn die Welt schon auf eigene Faust bereist hat, ist er ja sooo überlegen. In Tell Aswad plusterte er sich mit seinen Anekdötchen aus Südamerika und dem Iran auf und die Frauen schmachteten ihn an.« Er schnob verächtlich durch die Nase.

Sanft fragte Birgit: »Wie hat sich Margret verhalten?«

»Am Samstag?«

»Ja.«

»Sie hat mir nicht geholfen.«

»Inwiefern?«, mischte sich Carolynn wieder ein.

»Sie hat einfach gar nichts gemacht.«

»Und auf der Grabung?«, hakte Birgit nach.

Sven fixierte eine andere Spanschachtel. »Hat sie auch geschmachtet. Ein bisschen dezenter als die anderen. Aber trotzdem.« Sven fing den Blickwechsel zwischen Birgit und Carolynn auf. »Ich habe Holger nicht umgebracht. Aber traurig bin ich bestimmt nicht, dass er tot ist.«

»Sven!«, bellte die Kollegin, die Hände in die Hüften gestemmt.

Seinen fragenden Blick beantworteten die Kommissarinnen mit einem Nicken. Blitzschnell folgte er ihr in den Laden.

* * *

Gewitterwolken ballten sich zusammen. Langsam zockelten sie durch den Feierabendverkehr zum Präsidium. Die Ampeln schienen grundsätzlich auf Rot zu stehen. Wenn sie auf Grün sprangen, behinderten Fußgänger den Verkehr. Die Kleider klebten an verschwitzten Körpern, Hupen und Fahrradklingeln zeugten von der Aggressivität der Leute. Keiner schien bereit, dem anderen den Vortritt zu lassen oder noch eine Sekunde länger zu warten, bis er seinen Weg fortsetzen konnte.

»Zisch ab«, adressierte Carolynn mit unterdrückter Wut einen Radfahrer, der sich millimetergenau zwischen den Autokolonnen durchschlängelte.

Birgit sah kurz zu ihr hinüber. Seit sie den Hinterhof der »Sonnenblume« verlassen hatten, registrierte Birgit diesen verkniffenen Ausdruck auf Carolynns Zügen. Birgit ahnte einen Zusammenhang mit Holgers Verachtung von Pauschalreisen und beschloss, den Mund zu halten. Die Schwüle drückte ihr ebenfalls aufs Gemüt, und sie wollte nur noch kurz im Präsidium vorbeischauen und dann nach Hause fahren.

* * *

Als sie ins Büro kamen, warf Wagner hektisch etwas in eine Schublade seines Schreibtisches und knallte sie zu, als ob sie ihn beim Lesen von Pornos überrascht hätten.

Irritiert sahen sie ihn an, versorgten sich wortlos mit Wasser und sanken matt auf ihre Stühle.

»Geschlagene Truppe, eh?«, begann er betont jovial. »Ich hätte da was, was Sie aufmuntert.«

In Birgit stieg Ärger auf. »Herr Wagner, was möchten Sie uns mitteilen?«

»Sie haben ja anscheinend nicht viel ermittelt.« Er sah die beiden herausfordernd an. »Ich habe einen Zeugen aufgetrieben.«

Birgit setzte ihr Glas ab. »Wofür?«

»Dass diese Margret mit dem Opfer ein Verhältnis gehabt hat.« Gespannt wartete er auf Reaktionen.

»Was?« Ungläubig sah Birgit von Wagner zu Carolynn.

Die empörte sich: »Das Luder führt uns an der Nase herum, wie es ihm passt.«

Wagner quittierte dies mit einer spöttischen Miene. »Ein Student, Andreas Klein, hat sie am Tatabend bei Holger im Gartenhaus gesehen.«

»Und wieso erfahren wir das erst jetzt?«, fragte Birgit ärgerlich.

»Weil der auf Exkursion war. Ich habe ihn erst vorhin erwischt. Er wohnt bei Fetzer in einem Dachzimmer. Am

Sonntag, als Fetzer verreist war, sollte er die Blumen gießen. Das hat Klein gemacht. Und zwar«, Wagner schlug sein Notizbuch auf, »von 18.30 bis 19.30 Uhr. Zirka. Weil er die Rabatten direkt am Gartenhaus auch gießen musste, hat er durch die Fenster beobachtet, dass Margret –«, Wagner vergewisserte sich, dass die beiden noch zuhörten, »*nackig* etwas in Holgers Sachen gesucht hat.« Lobheischend sah er sich um.

Verdattert fragte Carolynn: »Was hat sie gesucht? Wo?«

»Irgendetwas. In seinem Schrank. In seinem Schreibtisch. Unter seinem Bett. Das war übrigens zerwühlt.« Mit einem anzüglichen Grinsen klappte er das Notizbuch wieder zu. »Sie hat eine CD eingesteckt.«

»Na warte«, zischte Birgit und bediente die Tastatur ihres Telefons. Sekunden später bestellte sie freundlich, aber bestimmt Margret sofort ins Präsidium ein.

»Schade«, begann Wagner und stand auf. »Das hätte mich jetzt auch interessiert, was ihr dazu einfällt. Aber ich muss weg. Schönen Abend.«

»Wir sind noch nicht fertig«, wandte Birgit ein. »Was ist mit Fetzers Heugabeln? Hat die KTU was ergeben?«

»Gar nichts. Keine passt.«

Birgit war nicht gewillt, ihn einfach gehen zu lassen. »Eventuell gibt es noch mehr Zeugen. Haben Sie mal mit den Leuten vom Bootsverleih an der Neckarbrücke geredet? Vielleicht hat von denen einer was beobachtet.«

Wagner schüttelte energisch den Kopf. »Viel zu weit weg.«

Carolynn schnipste mit den Fingern. »Der Ruderverein! Die Ruderer fahren ganz nah am Gartenhaus vorbei. Fragen Sie dort nach.«

»Genau. Und bei allen, die Stocherkähne besitzen«, ergänzte Birgit.

»Jetzt?« Wagner sah ungläubig von einer zur anderen.

»Am besten«, bestätigte Birgit.

Mürrisch ging Wagner zur Tür. »Ich muss gehen.«

Ärgerlich trommelte Birgit auf die Tischplatte.

Carolynn hielt Wagner mit einer Handbewegung zurück. »Was ich Sie noch fragen wollte: Von welchen Proben hat eigentlich Frau Hinrichs gesprochen?«

»Keine Ahnung«, wehrte Wagner ab.

»Sie hätte schon Karten für die Aufführung.« Carolynn ließ nicht locker.

»Och, Aufführung kann man das nicht nennen. Sie meint das Sommerfest vom Gesangsverein.« Er wollte sich verdrücken.

»Wow«, meinte Birgit. »Sie singen?«

»Ach, nur im Bass. Nichts Besonderes.«

Carolynn blätterte in ihrem Kalender. »Wann ist denn die Aufführung?«

Unruhig trat Wagner von einem Bein auf das andere. »Am Samstag. Lauter alte Männer. Nichts für Sie. Volkslieder und so. Tschüss.« Er rannte beinahe aus dem Zimmer.

Als er die Tür zugeschlagen hatte, sahen sich die beiden überrascht an.

»Was war das denn?« Amüsiert setzte Carolynn ein Kreuz in die Spalte für Samstag.

Birgit fischte nach ihrem Kalender. »Alte Männer und Volkslieder. So, so. Am besten, wir fragen die Hinrichs.«

»Unbedingt.«

* * *

»Warum haben Sie gelogen?«, Birgit sah Margret mit funkelnden Augen an. Die beiden saßen sich im Büro gegenüber. Carolynn lehnte sich ans Fensterbrett neben ihrem Schreibtisch. Die Lamellen der Jalousien warfen ein Streifenmuster auf ihre Bluse.

»Ich ...«, Margret sank ein bisschen in sich zusammen. »Ich konnte doch an der Uni nichts sagen. Ein Ton und Sven erfährt es. Und jetzt ist es sowieso vorbei.«

In Birgits Augen blitzte Ärger. Sie holte Luft für eine Erwiderung. Doch sie fing rechtzeitig Carolynns warnenden Blick auf. Er ließ Birgit wieder ausatmen und kurz innehalten, um Berufliches und Privates nicht zu vermischen. Ihr Ex-Mann Thomas hatte nach gelegentlichen Affären lange Zeit eine feste Freundin gehabt. Zunächst hatte Birgit nichts davon bemerkt, doch irgendwann fielen ihr gewisse Zyklen auf, in denen sich Thomas sorgfältiger anzog und sich beschwingter bewegte, bevor er sich angeblich mit seinen Joggingfreunden oder sonst jemandem traf. Nach Birgits Ansicht konnte man Seitensprünge nicht übersehen, wenn man die Augen nicht fest schloss. Das galt für Frauen wie für Männer.

Im dienstlichen Tonfall fragte Birgit: »Sie glauben wirklich, dass Sven die ganze Zeit nichts mitbekommen hat?«

»Ja klar«, antwortete Margret etwas patzig.

»Heute Nachmittag war Sven nicht da. Also warum die Heimlichkeiten?«, fragte Carolynn.

»Ist doch meine Sache. Außerdem ist es jetzt sowieso vorbei.«

»Hier geht es um Mord!« In Birgits Augen blitzte Ärger.

»Hatten Sie noch nie einen Lover nebenbei?«

»Mein Privatleben spielt hier keine Rolle.«

»Ich verlasse Sven. Spätestens, wenn er mit seiner Doktorarbeit fertig ist.«

»Wieso?«

Margret fuhr sich durch die Haare.

Birgit schlug mit der flachen Hand auf den Tisch. »Sie packen jetzt aus! Und zwar alles, klar?«

»Das ist nicht so einfach mit ihm. Sven ist eher ein Kumpel als ein Lebenspartner, wenn Sie verstehen, was ich meine. Bisher hatte er nur meine Vorgängerin und mich als Freundin. Die erste hat ihn noch in der Schule wegen einem anderen sitzen lassen. Das war der Handballstar der Schule. Daran hat er ziemlich geknabbert. Jahre später hat er lange um mich geworben. Ganz zurückhaltend. Zuerst habe ich das nicht ernst genommen. Zwei Jahre und drei Beziehungen später schon.«

»Und dann kam Holger.«

»Ja.«

»Wieso haben Sie am Sonntag Holger eine CD geklaut?«

Margrets Körper versteifte sich. »Wer behauptet das?«

»Sie wurden beobachtet. Also?«

»Sie gehörte mir.«

»Was ist drauf?«

»Bilder. Von mir. Von uns.«

»Das soll ich glauben?« Birgit sah sie spöttisch an.

»Dann eben nicht«, gab Margret zurück.

»Wie lange waren Sie im Gartenhaus?«

»Vielleicht bis halb acht. Dann bin ich direkt in meine WG.«

Carolynn stieß sich vom Fensterbrett ab. »Zeugen?« Sie schlug eine Akte auf.

»Arno. Unser WG-Genosse. Und Sven.«

»Laut den Telefonverbindungen«, Carolynns Zeigefinger wanderte zu einer bestimmten Stelle auf der Liste, »rief Holger Sie um fünf nach acht an. Das Gespräch dauerte fünf Minuten. Worum ging's dabei?«

»Was man sich so sagt, wenn man gerade miteinander im Bett war. War's das?«

Birgit nickte. Margret beeilte sich, aus dem Zimmer zu kommen.

* * *

Die Gewitterwolken hatten sich verzogen, ein sachter Wind ließ die Menschen durchatmen. Daheim hatte Wally chinesische Leckereien aus Bambus und Morcheln gezaubert. Unausgesprochen herrschte zwischen allen ein Einverständnis, heute nicht streiten zu wollen. So plauderten sie auf der Terrasse, ließen sich das Essen schmecken und beobachteten die untergehende Sonne, die die dunkelroten Blätter des Perückenstrauches in funkelnde Rubine verwandelte.

Nach dem Essen verabschiedete sich Carolynn, um zu ihrem Boule-Abend zu gehen. Eine Gruppe von Frankophilen zwischen dreißig und fünfundvierzig Jahren traf sich im Sommerhalbjahr einmal pro Woche im Garten eines der Mitglieder. Sie parlierten ausschließlich auf Französisch, spielten in wechselnden Mannschaften, naschten zwischendurch von den mitgebrachten Knabbereien oder genehmigten sich einen Schluck Rotwein.

Nach dem Abitur hatte Carolynn Geschichte und Französisch studiert, zwei Semester davon in Aix-en-Provence. Da sie nicht als Lehrerin arbeiten wollte und außerhalb des Schuldienstes mit ihrer Fächerkombination wenig Chancen sah, sich selbst ernähren zu können, wechselte sie zu Jura und interessierte sich zunehmend für Kriminologie. Daraus entstand der Wunsch nach praktischerer Tätigkeit und sie schrieb sich an der Polizeiakademie in Villingen-Schwenningen ein.

Den Boule-Abend versäumte Carolynn nur, wenn dringende Ermittlungen ihre Zeit beanspruchten. Die unbeschwerten Stunden in fröhlicher Gesellschaft erinnerten sie an ihre Studentenzeit und das Fach, das sie immer noch liebte.

Bei Kerzenschein spielten Birgit und Wally zuerst Poker, wobei Wally zu gewinnen pflegte, danach »Das verrückte Labyrinth«.

Birgit legte sich in Gedanken einen Weg durch die Labyrinthgänge zurecht. Wenn ich diese Reihe nach links schiebe, verbindet die Biegung des Ganges eine Kreuzung und ich komme im Zickzack an die Schatzkarte. Schmunzelnd und siegessicher setzte Birgit zum Verschieben der Pappplättchen an.

»Mama, das ist angeklebt.« Wally schüttelte den Kopf. »Das versuchst du heute schon zum dritten Mal.«

»Oh!« Konsterniert sah Birgit auf die Schatzkarte.

Wally folgte den Augen ihrer Mutter. »Jetzt weiß ich auch, wo du hin willst.« Sie grinste. »Und kann verhindern, dass du dort ankommst, bevor ich gewonnen habe.«

Birgit seufzte und griff nach ihrem Weinglas. »Genau das Gefühl werde ich die letzten Tage nicht los. Vordergründig lässt man mich im Glauben voranzukommen, aber in Wahrheit tut jeder, was er kann, um das zu verhindern.«

»Wovon redest du?«

»Von dem Mordfall.«

»Ach, Mama. Du bist bloß vernagelt.« Wally deutete auf das Spielbrett. »Es gibt einen Weg. Du kannst die Schatzkarte mit einem Zug erreichen.«

Trübe musterte Birgit das Labyrinth. Sie hatte keine Ahnung, wie das gehen sollte.

»Wir lassen das Spiel bis morgen liegen, okay?«

»Okay.«

Sie stießen an. Birgit fühlte den Impuls, Wally zu sagen, wie glücklich sie war, dass ihre Tochter auf der Welt war. Aber sie zwang sich, diesen Impuls zu unterdrücken. Wally hätte sonst nur die Augen verdreht und ihr vorgeworfen, zu viele amerikanische Filme anzuschauen.

* * *

Noch im Nachthemd zog es Birgit am nächsten Morgen auf die Terrasse zum »Labyrinth«. Systematisch ging sie in Gedanken die Auswirkungen der Spielzüge durch. Wally hatte recht gehabt. Birgit verschob eine Reihe und setzte ihren Spielstein auf die Schatzkarte. Als sie aufsah, stand Wally da. Sie hob den Daumen.

* * *

Wagner meldete sich telefonisch im Präsidium. Er hatte gerade eben eine Ruderin im Vereinsheim angetroffen, die am

Sonntag gegen 20.10 Uhr eine blonde Frau bei Holgers Gartenhaus gesehen hatte. Die Beschreibung der Frau konnte auf Karin Krause passen. Sie sei direkt am Neckar gestanden und habe aufs Wasser gesehen. Als die Zeugin wieder neckarabwärts Richtung Vereinsheim ruderte, war die Blonde verschwunden.

»Sehr gut, Herr Wagner!«, lobte Birgit. »Vergessen Sie bitte trotzdem nicht die Stocherkähne.«

Die Antwort verstand sie wegen Wagners undeutlicher Aussprache nicht, wollte sich aber auch nicht darum kümmern, solange er ihren Auftrag ausführte.

* * *

Carolynn wollte den Finger auf die Klingel der Krause'schen Villa legen.

Birgit hielt sie zurück. »Warte, vielleicht erleben wir Iphigenie.«

Sie führte Carolynn ums Haus. Vor den Tuffs des Frauenmantels zu Füßen der Wolke aus Kletterrosen über dem Sichtschutz blieb Carolynn stehen. Birgit legte den Zeigefinger auf die Lippen, bevor sie zwei Rosenranken beiseiteschob, um durch den Durchlass zu kommen.

»So schön hat sie noch nie geblüht«, ertönte es von der anderen Seite des Sichtschutzes.

Erschrocken ließ Birgit die Ranken los. Auf der anderen Seite musste Frau Braunmüller stehen.

Die Stimme, die ihr antwortete, klang nach Karin Krause. »Dieses Jahr blüht überhaupt alles üppiger als sonst.« Man hörte das Knipsen einer Gartenschere. »Die nehmen wir für den Tischschmuck. Ich will mich vor den Trauergästen nicht schämen müssen.«

»Wir hätten sie später schneiden sollen«, wandte Frau Braunmüller ein. »Wenn die Sonne höher steht. Dann hätten sie auch geduftet. Der Junior roch so gerne an den Blumen.

Na ja. Dann binde ich eben Kräuter in die Sträußchen. Das hätte er auch gemocht.«

Leises Schluchzen drang herüber.

»Es tut mir leid, Frau Krause.«

Karin putzte sich die Nase. »Schon gut. Sie haben ja recht. Rund um sein Gartenhäuschen am Neckar wächst Rosmarin. Und dazu verschiedene Thymiansorten und Lavendel. Da hat er bestimmt oft die Nase reingehalten. So blöd das klingt, aber am Sonntagabend war's richtig betörend. Sogar Koriander wächst dort und irgendwas, was nach Gewürznelken duftet.«

»Nelken? Hm.« Frau Braunmüller schien damit nichts anfangen zu können. »So was gibt's bei uns?«

»Die Pflanze kommt glaube ich aus Südafrika, sie duftet abends nach Nelke und Marzipan. So eine muss es gewesen sein.«

Nur das Knipsen der Gartenschere war zu hören, dann wieder leises Schluchzen.

»Wissen Sie, was das Schlimmste ist? An dem Abend ...«, die Worte erstickten in Tränen.

Gespannt lauschten Birgit und Carolynn.

»... an dem Abend war ich so voller Wut auf Holger. Und jetzt ist es zu spät. Ich kann es nicht wieder gutmachen.«

Unsicher fragte Frau Braunmüller: »Was denn?«

Weinen war die Antwort.

Auf ein Zeichen Carolynns schlichen sie und Birgit ein Stück auf dem Rasen weg, und kamen auf dem Kiesweg zurück.

»Hallo?«, rief Birgit und schob die Rosenranken beiseite. Ohne eine Antwort abzuwarten, gingen beide durch den Durchlass.

Karin Krause wischte sich die Tränen ab. »Sie?« Karin trug ein schwarzes Kostüm, in dem sie einen Mönch hätte verführen können.

Birgit zog ihr T-Shirt glatt. »Wir hätten noch ein paar Fragen.«

Karin schoss vernichtende Blicke auf sie ab.
»Zum Beispiel«, begann Carolynn, »was Sie am Sonntagabend bei Holgers Gartenhaus gemacht haben. Und wieso Sie uns das verschwiegen haben.«
Wortlos griff Karin zum Handy und tippte eine Nummer, »Hartmut? Karin. Kannst du bitte sofort zu mir in die Villa kommen?« Sie zupfte ein verblühtes Rosenblatt vom Busch. »Es ist wirklich dringend. Die Polizei ist da.« Sie fingerte an dem Blatt herum. Karin drückte auf eine Taste. »Mein Anwalt. Er kommt sofort. Frau Braunmüller, machen Sie bitte drinnen weiter.«
Ihre Angestellte verschwand ins Haus.
»Und wenn Sie mich so lange entschuldigen.« Karin drehte ihnen den Rücken zu und schnitt die Dornen von den Rosen, die vor ihr im Korb lagen.
»Frau Krause«, begann Birgit, »es geht nicht darum, Ihnen etwas anzuhängen. Wir wollen die Wahrheit wissen. Wenn Sie unschuldig sind, helfen Sie uns, den Mörder Ihres Bruders zu finden.«
Karin schnitt weiter, als ob sie nichts gehört hätte.
»Wollen Sie am Grab Ihres Bruders stehen, ohne zu wissen, wer ihn umgebracht hat? Ohne wenigstens versucht zu haben, die Suche zu unterstützen?«, setzte Carolynn nach. Mit den Augen forderte sie Birgit auf, ebenfalls den Finger in die Wunde zu legen.
Eindringlich sagte Birgit: »Man wird Ihnen auf dem Friedhof das Beileid aussprechen und so schnell und unauffällig wie möglich von Ihnen abrücken. Alle werden Ihnen misstrauen, solange der Mörder nicht überführt ist.«
»Hören Sie auf!«, schrie Karin. Sie schlug die Hand vor den Mund, nahm den Korb und floh beinahe damit auf die Terrasse.
Carolynn folgte Karin einige Schritte. Als sie sah, dass sich Karin mit dem Rücken zu ihnen auf die Balustrade setzte und dort blieb, begann Carolynn mit zunehmender Faszination den Garten zu betrachten, der in Smaragd gehalten und mit weißen Blüten akzentuiert war.

Birgit ahnte, welche Diskussionen sie bald führen musste, und wappnete sich mit Argumenten. Die Anlage an sich wäre nicht das Problem, es würde einiges kosten, aber es wäre finanzierbar. Doch für die Pflege sah Birgit schwarz. Wenn die Fleißigen Lieschen nicht regelmäßig gewässert würden, sähen sie entsprechend aus. Auch der Rasen bedurfte steter Aufmerksamkeit, wenn er aussehen sollte wie hier. Düngen, mähen, vertikutieren nahm deutlich mehr Zeit in Anspruch, als die meisten Leute glaubten. Abgesehen davon bezweifelte Birgit, dass diese Art von Garten zu Carolynns Bauernhaus passen würde.

»Hartmut!« Frau Krauses Ausruf riss die Kommissarinnen aus ihren Gedanken.

»Karin.« Der Anwalt kam vom Gartenzimmer auf die Terrasse und drückte Karins ausgestreckten Hände. »Wie kann ich dir helfen?«

Sie warf ihm einen trauerumflorten Blick zu, wischte mit gekonnter Eleganz ein Tränchen ab.

Hartmut bedachte die Kommissarinnen mit einem Blick, um den ihn Bruce Willis beneidet hätte, wenn er gerade wieder die Welt vor den Bösen retten musste.

»Hartmut Schirmer. Anwalt«, stellte er sich vor.

Birgit beherrschte sich, um nicht zu lachen. Er hätte ihren Ex-Mann beeindruckt mit seinen Haaren, die viel Gel in Wellen hielt. Die dezent gelb-grau gestreifte Krawatte zum Hemd im gleichen Gelbton hätte auch Thomas Respekt abgenötigt. Dafür wiederholten Anzug und Schuhe den Grauton der Krawatte.

»Frau Krause«, sagte Birgit »hat uns bisher verschwiegen, dass sie am Sonntag beim Gartenhaus ihres Bruders war. Und das etwa zur Tatzeit.«

Karin presste die Lippen zusammen. Schirmer stellte sich einen halben Schritt vor sie.

»Zeugen?«

Birgits Blick haftete auf Karin. »Natürlich.«

»Karin, du sagst gar nichts.« Er drückte wieder ihre Hand. Er schmolz für eine Sekunde unter ihrem Augenaufschlag. Geschäftsmäßig fuhr er fort: »Ich nehme an, Sie besitzen die vollständigen Personalien meiner Mandantin?«

Diesmal antwortete Carolynn. »Natürlich.«

»Lassen Sie meine Mandantin in Zukunft in Ruhe.« Herablassend setzte er hinzu: »Wenn Sie nicht mehr in der Hand haben ... Akteneinsicht beantrage ich bei der Staatsanwaltschaft. Schönen Tag noch.«

Birgit lächelte ihn verbindlich an. »Natürlich.«

* * *

Vor dem Haus prusteten sie los.

»Bruce Willis für Arme«, spottete Birgit.

»So ein Gel-Heini«, ergänzte Carolynn. »Hast du ihr Geschmachte gesehen?«

»Absolut filmreif.«

Kichernd gingen sie weiter.

Am offenen Fenster über ihnen deklamierte Frau Braunmüller: »Wir sind bereit, sie würdig zu empfangen, und ...« Offenbar hatte Iphigenie wieder ihren Text vergessen.

Die beiden blieben stehen und hoben die Köpfe.

»... unsere Göttin sieht willkommnem Opfer von Thoas' Hand mit Gnadenblick entgegen.«

Sie stellten sich auf Zehenspitzen und spähten in die Küche. Seitlich zu ihnen stand Frau Braunmüller am Küchentisch. In beiden Händen hielt sie einen rohen Rollbraten, als ob sie ihn auf einem Altar opfern wollte.

Mit unterdrücktem Lachen gingen sie weiter.

»Hier spielen doch alle Theater«, wisperte Carolynn.

»Das ist's, warum mein blutend Herz nicht heilt«, erscholl es durchs Fenster.

Sie unterdrückten ihr Lachen und eilten die Stufen zur Straße hinunter.

* * *

Im Auto lachten sie hemmungslos.

»Mein Bauch«, japste Carolynn nach einer Weile.

Birgit wischte sich Tränen ab. »Die Vorstellung war nicht schlecht.«

Carolynn klatschte in die Hände. »Da capo, da capo!«

»Um Gottes willen«, protestierte Birgit, »noch mal würde ich das nicht aushalten. Ich bekomme bestimmt jetzt schon Muskelkater.«

Langsam beruhigten sie sich.

Birgit kurbelte das Fenster herunter. »Karin hat indirekt zugegeben, am Sonntagabend beim Gartenhaus gewesen zu sein. Sie hätte ihren Bruder mit einer Heugabel umbringen können. Nach eigener Aussage war sie wütend auf ihn. Irgendwas will sie rückgängig machen.«

»Weißt du, was wir vergessen haben?«

»Was?«

»Den Neckar. Karin könnte die Tatwaffe ins Wasser geworfen haben.«

»Stimmt«, gab Birgit nachdenklich zu. »Oder es war jemand anderes.«

»Ach was?«, meinte Carolynn ironisch. »Tatsächlich. Mal was ganz anderes in unserem Fall.«

Birgit schnalzte ärgerlich mit der Zunge. »Denk nach.«

Carolynn verstand kein Wort.

»Nelken.«

»Oh, Mann.«

»Karin war am Sonntagabend beim Gartenhaus. Sie glaubt, der Nelkenduft stammt von einer Pflanze aus Südafrika. Ums Gartenhaus herum wächst aber keine solche Pflanze. Sie muss Tristans Zigaretten gemeint haben. Wenn er im Garten gewesen wäre, hätte sie ihn gesehen. Also kam er vom Neckar her. Erinnerst du dich an das Ruderboot hinter Tristans Haus?«

Carolynn nickte. »Jetzt ist er reif.«

* * *

Carolynn drehte den Zündschlüssel und fuhr los. In der Neckarhalde musste Carolynn immer wieder in die Ausweichbuchten fahren, um den entgegenkommenden Verkehr durchzulassen. Carolynn manövrierte den Wagen zwischen Radfahrern und parkenden Autos durch, bremste bei der Schule wegen Fußgängern, bog Richtung Busbahnhof ab, konnte endlich etwas Gas geben. Quälend langsam schoben sie sich von Ampel zu Ampel zur Neckarbrücke, zockelten die Mühlstraße hinauf und erreichten endlich ein Stück bergan das Amtsgericht. Während Carolynn den Wagen wendete, sprach Birgit alleine mit der zuständigen Richterin und kehrte bald in bester Laune mit der Anordnung der Untersuchungshaft für Tristan zurück.

* * *

Mit einem Streifenwagen im Gefolge erreichten sie die Schreinerei. Carolynn fuhr wie üblich in den Hof, der Fahrer des Streifenwagens versperrte mit seinem Fahrzeug die Einfahrt. Tristan war nirgends zu sehen. Birgit und Carolynn gingen in die offene Werkstatt.

»Herr Held?«, rief Carolynn.

Zwischen den Maschinen standen Särge in allen Baustadien. Den hinteren Teil des Raumes nahm ein kleines Holzlager ein, eine Stahltür schien in einen weiteren Raum zu führen.

»Was gibt's diesmal?«, tönte es vom Hof her. »Wollen Sie noch mehr umgraben?«

Rasch schritten die Kommissarinnen zu Tristan. Die Streifenbeamten postierten sich in seiner Nähe.

Birgit präsentierte ihm die Anordnung der Untersuchungshaft. »Sie sind vorläufig festgenommen. Es besteht der dringende Verdacht, dass Sie Holger Krause umgebracht haben.«

»Hören Sie endlich auf mit dem Scheiß! Ich war's nicht!«, schrie er.

»Hören Sie endlich auf zu lügen«, sagte Carolynn. »Die Antiquitäten sind Ihr Motiv. Diesmal gehen Sie wegen Hehlerei länger ins Gefängnis als das erste Mal.«

Tristan erstarrte für eine halbe Sekunde. Die Streifenbeamten rückten näher.

Tristan fingerte eine Zigarette aus dem Päckchen in seiner Brusttasche.

»Genau die«, meinte Carolynn, »haben Sie verraten. Wenn Sie unlautere Dinge vorhaben, sollten Sie eine Allerweltsmarke rauchen.«

»Unlautere Dinge«, äffte er Carolynn nach. »Red nicht so geschwollen.«

»Dann ganz schlicht«, sagte Birgit. »Sie wurden beim Gartenhaus gesehen«, behauptete sie. Bloß gerochen, verbesserte sie sich in Gedanken. Doch sie hoffte, dass Tristan eher zugeben würde, dort gewesen zu sein, wenn er glaubte, es gebe einen Augenzeugen.

»Bei was denn?« Wachsam sah er sie beide an und nahm einen tiefen Zug.

»Also haben Sie mich angelogen«, stellte Birgit fest. »Sie waren nicht die ganze Zeit zwischen 20 und 23 Uhr hier.«

»Wenn Sie das sagen.« Er zog an seiner Zigarette.

»Am Freitag«, fuhr Birgit fort, »erwischte Holger Sie beim Verkauf von Hehlerware. Ihnen drohte Gefängnis. Am Samstag reparierten Sie den Zaun an Ihrer Parzelle und vergruben das Diebesgut. Aber Holger würde nicht lockerlassen. Am Sonntag hatten Sie schon zwei oder drei Mal vergeblich versucht, ihn anzurufen. Ganz offensichtlich wollte er nicht mit Ihnen reden. Also mussten Sie zu ihm. Mit Ihrem Ruderboot gelangten Sie flussabwärts zur Anlegestelle neben dem Gartenhaus. Zu der Tageszeit halten sich eine Menge Ruderer oder Stocherkahnfahrer auf dem Neckar auf, aber die beachteten Sie nicht. Die beneideten Sie höchstens darum, eine private Anlegestelle zu besitzen. Sie gingen zu Holger ins Gartenhaus oder lauerten ihm auf und brachten ihn um. Es dämmerte bereits. Sie trugen ihn ins Boot und ruderten zurück zu Ihrem Grundstück. Jeder, der Holger sah, würde glauben, er sei betrunken oder schlafe. Es war überhaupt kein Problem.«

»Und wieso sollte ich eine Leiche rumschleppen?«, blaffte Tristan.

»Erklären Sie es uns«, sagte Carolynn.

»Nichts als Schwachsinn!« Tristan warf die Zigarette auf die Erde und trat die Glut aus.

»Auf Ihrem Grundstück verfrachteten Sie Holger in die Werkstatt oder in die Garage. Damit wir an Ihrem eigenen Auto keine Walderde und keine Spuren von Holger finden könnten, brauchten Sie ein anderes Fahrzeug. Also ruderten Sie einfach wieder zum Gartenhaus und kehrten mit Holgers Auto zurück. Sie luden die Leiche ein und brachten sie in den Wald. Voilà.«

»Ich sage gar nichts.« Feindselig funkelte Tristan die Kommissarinnen an.

»Packen Sie das Nötigste zusammen und kommen Sie dann mit«, beschied ihm Birgit. »Die Herren werden Sie begleiten.«

Die zwei Beamten packten Tristan links und rechts an den Armen und gingen mit ihm ins Wohnhaus. Währenddessen schlossen Birgit und Carolynn die Werkstatt und schlenderten hinüber zur Sargausstellung unter der Kastanie. Seit ihrem letzten Besuch hatte Tristan einen rosa Sarg in Form eines Cadillacs dazugestellt.

»Er läuft auf die Neckarseite!«, brüllte einer der Streifenpolizisten im Haus. »Bleiben Sie stehen!«

Carolynn preschte in ihren Stöckelschuhen mit verblüffender Geschwindigkeit auf kürzestem Weg links am Wohnhaus vorbei, Birgit spurtete um die Werkstatt herum und schnitt so den Weg zum anderen Nachbargrundstück ab. Als Tristan Birgit auf sich zu rennen sah, warf er sich herum. Links von ihm befanden sich nun die Gebäude, von hinten näherte sich Birgit, von vorne sah er die Streifenbeamten auf sich zu kommen, im Hintergrund tauchte Carolynn auf.

Blitzschnell rannte Tristan zum Ufer, brach durch die Büsche und hechtete ins Wasser.

»Kommen Sie zurück!«, rief Birgit, so laut sie noch konnte. Keuchend blieb sie am Ufer stehen, während Tristan durchs trübe Neckarwasser flussabwärts kraulte.

Für einen Moment standen alle schwer atmend da und sahen dem Flüchtigen hinterher. Mit ausholenden, geschmeidigen Bewegungen glitt er durchs Wasser. Einer der Streifenbeamten riss sich die Schuhe von den Füßen und hechtete hinterher. Tristan sah sich nach seinem Verfolger um, dann tauchte er unter. Kein Wellenschlag verriet die Richtung, in die Tristan zu entkommen versuchte. Irritiert schwamm der Beamte auf der Stelle und versuchte, den Flüchtigen zu orten. Angespannt suchten die anderen die Wasseroberfläche flussaufwärts und flussabwärts nach Tristans Kopf ab.

Nach einer halben Minute streckte Carolynn den Finger aus. »Da. Beim Freibad!«

Der Beamte im Wasser versuchte, Tristan zu folgen.

»Kommen Sie zurück!«, rief ihm Birgit zu. »Sie holen ihn nicht mehr ein.«

»Ich gebe die Fahndung raus«, sagte der andere Streifenbeamte und trabte los.

Die Kommissarinnen beobachteten, wie Tristan auf der Höhe des Freibads aus dem Wasser kletterte und zwischen den Büschen am Ufer verschwand.

Niedergeschlagen kletterte der Beamte aus dem Wasser. »Tut mir leid, dass er entwischt ist.« Er wischte sich mit dem Handrücken das Wasser vom Gesicht.

»Wie konnte es dazu kommen?«, fragte Carolynn.

»Er wollte noch zur Toilette«, antwortete er. »Dann ist er durchs Fenster.«

»Schon gut«, sagte Carolynn. »Wir bekommen ihn früher oder später. Passen Sie hier noch ein bisschen auf, falls er zurückkommt.«

Die Kommissarinnen gingen zurück in den Hof.

Nachdenklich meinte Birgit: »Tristans Einwand war gar nicht so schlecht. Wieso hätte er das Risiko eingehen sollen, mit einer Leiche erwischt zu werden? Ich habe mir das vorhin gar nicht so genau überlegt.«

»Um die Leiche loszuwerden. Die Kriminologin hatte doch gesagt, dass die Drapierung die Entschuldigung für die Tat gewesen sei. Wenn ihre Theorie funktionieren soll, konnte Tristan Holger nicht einfach im Anbau des Gartenhauses liegen lassen. Und er wäre ein hohes Risiko eingegangen, entdeckt zu werden, bis er mit der Drapierung fertig war. Es war bestimmt schon dunkel, bis er die Blumen und den Efeu besorgt hatte. So sorgfältig, wie die Pflanzen hingelegt waren, konnte das Dekorieren nicht im Dunkeln geschehen sein. Das Licht einer Taschenlampe wirkt höchst verdächtig. Im Anbau hängen keine Gardinen. Irgendeiner dieser aufmerksamen Nachbarn hätte Tristan beobachten können. Im Gartenhaus selber hätte Tristan zwar die Vorhänge zuziehen können. Doch die Gefahr, dass jemand Holger besuchen käme, bestand trotzdem. Also war es einfacher, die Leiche mitzunehmen.«

»Wo du recht hast, hast du recht.«

»Und jetzt?«

»Müssen wir die Sache nochmal durchdenken. Im Moment sprechen alle Indizien gegen Tristan. Auch seine Flucht. Trotzdem können wir nicht beweisen, dass er Holger am Sonntagabend überhaupt getroffen hat.«

* * *

Im Präsidium ließ Birgit die Jalousie etwas herunter, damit ihre Passiflora nicht in der prallen Sonne stand. »Fassen wir zusammen, was wir bisher haben.«

Carolynn tippte etwas auf Holgers Notebook, das sie mit einem Kabel an ein kleines Kästchen angeschlossen hatte. »Ich bin ganz Ohr.«

Birgit streckte den Daumen aus. »Erstens: Karin hat ein Motiv und wird beim Gartenhaus beobachtet.« Sie machte eine

Pause, hoffte, dass Carolynn aufsehen würde, aber die fixierte den Bildschirm. »Deine Tipperei macht mich wahnsinnig.«

»Tut mir leid, ich probiere gerade Holgers Passwörter durch, soweit ich sie kenne. Die meisten Leute verwenden dasselbe Passwort für verschiedene Dateien oder Programme. Ich versuche, ob ich an seine neuen Mails rankomme.«

»Wieso braucht man dazu ein Passwort?«

»Krause hatte offenbar Angst, dass sich Unbefugte an seinem Notebook zu schaffen machten. Sonst hätte er auch die Word-Dateien nicht extra geschützt. Ohne Passwort fürs Outlook hätte jeder Krauses Mails abrufen können. Ich auch.«

Birgit überlegte. »Hat das Notebook beim Hochfahren kein Passwort verlangt? Das wäre doch einfacher.«

»Wäre es. Das hat Krause aber nicht gemacht. Frag mich nicht, wieso.«

»Gut. Zurück zum vorigen Thema. Zweitens«, Birgit streckte den Zeigefinger aus, »Tristan. Hat ein Motiv und wird beim Gartenhaus beobachtet und so weiter. Drittens«, nun war der Mittelfinger dran, »Sven. Motiv Eifersucht oder gekränkte Eitelkeit oder beides.«

Das Telefon klingelte. Birgit nahm ab. »Ja?« Sekunden später ließ sie den Kopf hängen. »Mist.«

Carolynn sah sie mit glitzernden Augen an.

Birgit legte den Hörer auf. »Die Blutspuren in Fetzers Hasenstall. Sie stammen nicht von Holger. Wir haben wieder keinen Tatort.«

»Dafür haben wir seine Mails. Die neuesten. Alle, die Krause nicht mehr heruntergeladen hat. Geordnet nach Datum, nach Absender ... – hal-looo!«

Carolynn las konzentriert. Gespannt sah Birgit zu ihr.

»Holgers Verleger. Er will endlich eine Antwort. Eine gewisse Margret Wild beansprucht die Teilurheberschaft an Holgers Krimi.«

Birgit pfiff durch die Zähne. »Sieh an. Die Frau ist doch immer wieder für eine Überraschung gut.« Sie stutzte. »Haben wir schon mit diesem WG-Genossen geredet? Der bezeugen soll, dass sie um 20 Uhr daheim war?«

»Nö.«

* * *

Zwischen Topinambur und Stangenbohnen zog ein junger Mann mit langem Pferdeschwanz Mohrrüben aus dem Beet und schüttelte die Erde ab. Im Korb zu seinen Füßen lagen Erdbeeren.

»Arno?«, fragte Carolynn.

Er richtete sich auf. »Ja?«

Carolynn stellte sich und Birgit vor. »Wir möchten kurz mit Ihnen sprechen. Können wir ins Haus gehen?«

»Wenn ich vorher noch den Schnittlauch ...«

»Klar.«

Mit langen Schritten passierte er ein Beet mit Gurken und Zucchini, pflückte zwischen Basilikum und Thymian Schnittlauch. »Gehen wir in die Küche. Ich bin heute fürs Mittagessen zuständig.«

Drinnen bot er ihnen Platz auf der Eckbank an, stellte den Korb mit Erdbeeren neben Schüsseln mit geraffelten Rettichen und Kohlrabi ab und legte die Mohrrüben in die Spüle. Die Kommissarinnen blieben stehen.

Birgit fragte: »Wann kam Margret am Sonntagabend nach Hause?«

»Hm.« Arno entfernte das Kraut von den Mohrrüben, stellte das Wasser an und begann, die Mohrrüben abzubürsten. »Ich glaube, so um acht.« Er überlegte, bürstete weiter. »Ja. Die Nachrichten hatten gerade angefangen.«

»Okay, wir müssten dann noch mit Margret reden.«

Arno zuckte die Schulter. »Sie und Sven sind beim Walking. Die müssten bald wieder kommen. Sie können hier warten, wenn Sie wollen.«

Carolynn setzte sich wie zu Hause auf die Eckbank, Birgit wählte einen Stuhl.

»Was zu trinken?«

»Wasser«, bat Carolynn. Birgit nickte zustimmend. Nicht schon wieder Mostbowle, dachte sie. So gut sie geschmeckt hat, aber ein klarer Kopf ist jetzt wichtiger.

Arno stellte das Wasser ab und versorgte seine Gäste. »Holundersirup dazu?«

»Machen Sie sich keine Umstände«, versuchte Birgit abzuwehren.

»Kein Problem.« Sekunden später tauchte Arno aus der angrenzenden Speisekammer mit einem Krug auf. »Selber gemacht.« Er goss etwas davon in die Gläser.

»Das habe ich noch nie versucht«, meinte Carolynn und probierte.

Du Glückliche, dachte Birgit. Das Zeug ist so gesund wie widerlich.

Arno raffelte die Mohrrüben.

Anstandshalber trank Birgit mit Todesverachtung einen Schluck.

»Nur Rohkost«, sagte Carolynn zu Birgit. »Könnten wir auch mal machen. Dann bräuchte Wally mal nicht zu kochen und wir nicht ewig in der Küche zu stehen.«

»Hmhm.«

Carolynn sah Birgit missbilligend an.

»Ja, ich meine, warum nicht. Ist ja auch vegetarisch.«

Arno mischte Soße für die Karotten. »Sie sind Vegetarier?«

Birgit stellte ihr Glas ab. »Sie nicht?«

Carolynn war baff.

»Nö, zu den Salaten gibt's Käse und Schinken. Aus Bio-Produktion, versteht sich. Fleisch hat wichtige Vitamine und Mineralstoffe.« Er schüttete Sonnenblumenkerne über die Mohrrüben. »Früher, das heißt bis vor einem halben Jahr, haben wir selber Kaninchen gehalten. Sogar Schafe.«

»Schafe?«, hakte Carolynn sofort nach.

»Ja.« Arno grinste. »Irgendwann war es doch ein bisschen viel. Füttern, misten, scheren, spinnen. Wenn man ganz auf

Selbstversorger macht, hat man keine Zeit mehr zum Studieren.«

»Halten Sie jetzt überhaupt keine Tiere mehr?«, fragte Birgit.

»Nur eine Katze. Aber die pressen wir bald zu Saft.«

Die Frauen sahen ihn verblüfft an.

»War ein Witz«, beeilte sich Arno zu sagen. »Sollte ein Späßchen sein, eine Anspielung auf Alf.«

Birgit erinnerte sich. Alf, der gefräßige Außerirdische mit Faible für frisch gepressten Katzensaft.

»Was haben Sie mit den Schafen gemacht?«, fragte Carolynn.

»Verkauft.« Arno begann, die Salate auf drei Tellern anzurichten. »An eine Hardcore-Öko-WG. Ein paar Straßen weiter. Den Schafen geht's gut.«

»Haben Sie früher mal welche geschlachtet?«, fragte Carolynn. »Also, ich glaube, ich könnte das nicht.«

»Ich auch nicht. Sven und Margret haben das übernommen.«

Die Kommissarinnen wechselten einen Blick.

Birgit stand auf. »Könnten wir mal den Stall sehen?«

Arno staunte. »Da ist nichts mehr.«

Carolynn erhob sich ebenfalls.

»Wenn Sie unbedingt wollen. Treppe runter, links.«

»Und die Hardcore-Ökos?«

»Zurück zur Hauptstraße, die erste rechts, wieder rechts, ganz am Ende der Straße.« Misstrauisch sah er die beiden an. »Was soll das? Wir sind keine Tierquäler. Mit den Schafschlächtereien haben wir nichts zu tun.«

»Schon gut«, versuchte Birgit ihn zu beruhigen. »Blieb Margret den ganzen Abend daheim?«

»Weiß ich nicht.«

»Wieso?«

»Ich bin einen trinken gegangen.«

»Wann?«

»Gott, ist das wichtig?«

»Ja.«

»Nach den Nachrichten habe ich mich umgezogen, ein bisschen mit den zweien geredet, hm, so gegen Viertel vor neun bin ich rüber ins Lamm.«

»Danke.« Birgit wandte sich an Carolynn. »Übernimmst du die Ökos? Dann bleibe ich hier.«

Carolynn nickte und war im Begriff, die Küche zu verlassen.

Arno stemmte die Hände in die Seiten. »Jetzt machen Sie mal halblang! Den Schafen geht's gut! Sven kümmert sich immer mal wieder um sie, wenn Not am Mann ist. Erst am Sonntag war er dort.«

Zwei Augenpaare sahen ihn gespannt an.

»Was ist denn jetzt wieder?«

Carolynn ließ die Türklinke wieder los. »Wann ging Sven weg?«

»Kurz vor mir. Er sagte, er ginge in den Stall. Wieso?«

»So spät noch?« Birgit sah ihn ungläubig an. »Um neun ist doch längst gefüttert.«

»Anscheinend am Sonntag nicht. Kann doch mal passieren, dass die sich verspäten. So genau hat Sven das nicht erzählt.«

Auf der Treppe polterten Schritte. Sven und Margret betraten müde und verschwitzt die Küche.

»Werden wir Sie nie wieder los?« Sven ließ sich auf die Eckbank fallen.

Birgit verschränkte die Arme. »Erst wenn wir wissen, warum Sie beide uns einiges verschwiegen haben.«

»Was denn?« Margret rutschte neben ihren Freund. Sie zog ein Bein an und legte die Arme um das Knie.

Blöde Kuh, dachte Birgit. Sie hatte endgültig genug davon, von der Studentin an der Nase herumgeführt zu werden. Um die ganze Wahrheit zu erfahren, bot sich nun die günstigste Gelegenheit. Birgit gedachte, Margret in Svens Anwesenheit in Verlegenheit zu bringen. Und der würde seiner Freundin beim vermutlich rasch entstehenden Streit die wesentlichen Informationen entlocken.

Birgit sah Margret direkt in die Augen. »Zum Beispiel, dass Sie die Teilurheberschaft an Holgers Krimi beanspruchen.«

Erschrocken zuckte Margret zusammen.

Wie erwartet schnappte Sven sofort nach dem Köder. »Was soll das heißen?«, fragte er seine Freundin.

Bevor sie antworten konnte, sagte Carolynn: »Dass sich Margret und Holger über ihre Manuskripte ausgetauscht haben. Nur hat er ihre grundlegenden Ideen in seinem Buch verwendet und wollte es ausschließlich unter seinem Namen veröffentlichen.«

Fassungslos sah Sven Margret an. Sie saß mit zusammengebissenen Zähnen da und starrte auf die Tischkante.

»Du schreibst – und mit ihm«, brachte er mühsam hervor.

»Ja!« Sie fuhr sich zornig durch die Haare. »Mit ihm! Im Gegensatz zu anderen hat er meine Kurzgeschichten nicht verspottet«, schnappte Margret. »Ich will Autorin werden! Aber du wirst das nie verstehen. Holger hat mir geholfen und mich ermutigt. Ohne ihn hätte ich nie meinen Roman geschrieben!«

»Er seinen nicht ohne Sie«, wandte Carolynn ein. »Wie Ihre Mail an Holgers Verleger beweist.«

»Er hat mich reingelegt.« Margret lachte bitter. »Ich denke mir zum Beispiel eine raffinierte Mordmethode aus, und er verwendet sie einfach für sein Buch.«

»Deshalb haben Sie in Holgers Sachen gewühlt«, stellte Birgit fest. »Sie suchten seinen Krimi.«

Margret nickte.

»Woher wussten Sie vom Ideenklau?«

Margret schob Krümel auf dem Tisch hin und her. »Tristan hat am Freitag, beim Fest, Andeutungen über die Ideen in Holgers Buch gemacht. Ich habe später mit Tristan unter vier Augen geredet, dann war es mir völlig klar.«

Carolynn strich sich die Haare aus dem Gesicht. »Weshalb hatte Holger Sie am Sonntagabend angerufen?«

»Er hatte gemerkt, dass ich den Krimi auf seinem Notebook gelöscht hatte und die CD fehlte. Er sagte, ich hätte nicht alle Sicherungen davon gefunden. Ich habe ihm von meiner Mail an seinen Verleger erzählt. Deshalb wollte er die Sache schnell geklärt haben.« Mit einem Seitenblick auf Sven setzte Margret hinzu: »Gewisse Leute sollten noch nichts von mir als Autorin erfahren.«

Arno, der bisher den Schlagabtausch völlig überrascht verfolgt hatte, nahm sich eine Gabel und begann zu essen.

»Haben Sie sich am Sonntag noch mit ihm getroffen?«, fragte Birgit.

Margret schüttelte den Kopf.

Birgit platzte der Kragen. »Verdammt noch mal! Sie brauchen dringend einen Zeugen. Arno ging weg und Sven auch. Reden Sie endlich!«

Arno trafen böse Blicke.

»Hey, ich habe doch keine Ahnung gehabt! Schafe füttern ist doch nicht verboten!« Arno verstummte.

Margrets Stimme durchschnitt die Stille. »Füttern? Anna hatte Stalldienst. Das weiß ich genau.« Sie rückte von Sven etwas ab. »Du hast mir nachspioniert!«

Sven blaffte los. »Ja und? Du warst in letzter Zeit so anders. Ich wollte wissen, ob du einen anderen hast.« Sven tat, als ob er telefonierte. »Oh ja«, säuselte er, »treffen wir uns am Freibad.« Er schlug auf den Tisch. »Klar wollte ich wissen, mit wem du dich triffst.«

Wunderbar, frohlockte Birgit. Jetzt brauchte sie höchstens hie und da ein Stichwort zu geben und den Streit damit am Kochen zu halten. »Um welche Uhrzeit wollten Sie sich treffen?«

»Um zehn.«

»Warum so spät?«

»Er wollte noch etwas regeln.«

»Was?«, wollte Carolynn wissen.

»Hat er nicht gesagt.« Margret fing Carolynns eindringlichen Blick auf. »Ehrlich!«

»Was passierte beim Freibad?«, fragte Birgit.

»Nichts«, sagte Margret leise.

Sven sah sie finster an. »Sie ist auf und ab getigert. Hat dauernd auf die Uhr gesehen. Konnte es gar nicht erwarten.«

»Und dann?«

Margret fuhr sich durch die Haare. »Nichts. Er ist nicht gekommen. Ich habe eine gute halbe Stunde gewartet.«

»Bis wann?«, wollte Carolynn wissen.

»Etwa halb elf.«

Er schlug auf den Tisch. »Verdammt noch mal! Wieso ausgerechnet er?«

Margret warf ihm einen verächtlichen Blick zu und schob die Krümel zu einem Häufchen.

Birgit setzte sich. »Wo waren Sie nach halb elf?«

»In meinem Zimmer. Bis zum nächsten Morgen.«

»Und Sie?«, fragte Birgit Sven.

»Ich bin noch eine Weile sitzen geblieben, dann bin ich auch nach Hause.«

Birgit stand auf. »Zeigen Sie uns den Stall.«

* * *

Bald darauf begutachteten die Kommissarinnen Heugabeln, befühlten deren Zinken, konfiszierten eine. Nebenbei brachte Carolynn das Wunder fertig, weder mit ihren Stöckelschuhen in der Abflussrinne zwischen Stallgasse und den Laufställen umzuknicken noch mit ihrem hellen Kleid die Kacheln an der Wand zu berühren, an denen Schmutz und tote Fliegen klebten.

Hier drin herrschte drückende Hitze. Beinahe neidisch sah Birgit durch die offene Stalltür zu den dösenden Schafen, die sich im Schatten der Obstbäume ins Gras gelegt hatten. Auf dem Zaun um die Obstbäume herum saßen Margret, Sven und Anna, eine der Bewohnerinnen dieses Anwesens. Sie trug ein Kopftuch und abgewetzte Kleider wie eine Bäuerin. Nur die schicke Sonnenbrille passte nicht ins Bild.

»Wo sind die Hasen?«, rief Birgit Anna zu.

Die Bebrillte streckte den Arm aus.

Birgit und Carolynn gingen in die gewiesene Richtung in die angrenzende Scheune. Dort duftete es nach frischem Heu. Auf der einen Seite stand eine offene Kutsche für ein Pferd, auf der anderen eine altertümliche Schrotmühle, dahinter eine Reihe von Hasenställen. Maunzend strich eine Katze um Carolynns Beine.

Birgit prüfte die Heugabel neben den Hasenställen, sah unschlüssig zu ihrer Kollegin. »Was meinst du?«

»Fühlen wir ihr mal auf den Zahn.« Carolynn bat Anna herein.

In der Scheune nahm Anna nervös die Sonnenbrille ab und sah zu den anderen beiden auf dem Zaun.

»Sie brauchen keine Angst zu haben«, beruhigte Carolynn die junge Frau. »Wir müssen Ihnen noch einige Routinefragen stellen.«

Anna fingerte an ihrer Brille herum und nickte.

»Wo waren Sie am Sonntag zwischen 20 und 23 Uhr?«, fragte Carolynn.

»Hier.«

»Wo genau?«

»Auf dem Hof. Ich habe so bis acht Uhr zu Abend gegessen. Danach habe ich noch meine Runde gemacht. Ein bisschen aufgeräumt und noch mal nachgeschaut, ob der Hühnerstall fest verriegelt ist.«

»Warum erinnern Sie sich so genau daran?«, wollte Carolynn wissen.

»Weil ich das in letzter Zeit immer mache. Wir haben Probleme mit Füchsen.«

»Wie spät war es da?«, fragte Birgit.

»Vielleicht neun.«

»Wo waren Ihre Mitbewohner?«

»Alle weg. Matthias besuchte seinen Sohn und kam erst am Montag zurück. Uwe hat sich bis Dienstag bei einer Bio-Käserei in Rottenburg umgeschaut. Wir produzieren

Schafskäse und überlegen, ob wir künftig mit den Rottenburgern unseren Käse vermarkten.«

»Und nach neun?«

»Am Sonntag?« Anna fixierte den Hasenstall und dachte nach. »Am Sonntag ging's Tasso noch nicht so gut. Tasso ist mein Pferd. Sein Sprunggelenk war geschwollen. Ich kann ihn nicht allein auf die Koppel lassen, weil er mir schon zweimal ausgebüchst ist. Immer, wenn ich zwischendurch Zeit hatte, habe ich ihn aus der Box geholt und ihn wenigstens in der Stallgasse auf und ab geführt. Durch die Bewegung ging die Schwellung zurück. Deshalb bin ich abends noch mit ihm spazieren gegangen. Wir sind erst zurückgekommen, als es schon dunkel war. Ich glaube, so gegen halb elf.«

»Sie waren im Dunkeln mit einem kranken Pferd unterwegs?«, wunderte sich Carolynn.

»Tasso macht das nichts aus. Und als wir losgegangen sind, war es noch hell. Wie gesagt, durch die Bewegung ging die Schwellung zurück, es ging ihm dadurch besser. Der Weg war ziemlich eben. Von hier Richtung Schießstand, ums Freibad rum, bis zum Wald und zurück. Auf dem Rückweg habe ich noch eine Bekannte getroffen. Wir haben eine Weile geredet.«

»Haben Sie sonst noch jemanden unterwegs gesehen?«, fragte Birgit.

»Alle, die ihre Hunde noch mal ausführen.«

»Sonst niemand?« Birgit sah Anna ernst an.

Anna fingerte wieder an ihrer Brille herum, sah zu Margret und Sven, dann auf den Hasenstall. »Nein.«

»Anna«, sagte Carolynn eindringlich. »Mord ist kein Spaß. Sie helfen niemandem, wenn Sie lügen oder etwas verschweigen. Außerdem machen Sie sich selber strafbar.«

»Ich lüge nicht.« Sie setzte ihre Brille auf.

Birgit schoss ein Gedanke durch den Kopf. »Fiel Ihnen am Montag irgendetwas im Stall oder hier auf? War irgendwas nicht an seinem Platz oder irgendwie nicht so, wie es sein sollte?«

»Nein.«

»Okay. Die Heugabeln müssen wir mitnehmen«, sagte Carolynn. »Sie bekommen sie zurück.«

Anna entfernte sich für Birgits Geschmack einen Tick zu schnell.

* * *

Bald darauf deckten sich die beiden Kommissarinnen in einem Hofladen mit Käse, Äpfeln und Seelen ein, wie die herzhaftere und deutlich kleinere Variante der Baguettes hier genannt wurde. Am Ortsrand von Entringen entfaltete Carolynn auf einer gemähten Streuobstwiese eine Decke, die sie zusammen mit ihren Notfallschuhen immer im Kofferraum deponiert hatte und die gelegentlich die Zielscheibe für Birgits Spott abgab. Carolynn bestand hartnäckig darauf, sie im Auto zu lassen, da man im Winter im Stau oder im Schnee steckenbleiben könnte. Bei solchen Gelegenheiten – die noch nie eingetreten waren – wollte sie nicht warten, bis das Rote Kreuz Decken und Tee austeilte, um sie vor dem Erfrieren zu bewahren. In Gedanken versunken aßen die beiden ihr Picknick, genossen durch die Zweige eines Birnbaums den Blick auf Hohenentringen. Vom Tal aus wirkte das Wohngebäude mit seiner breiten, weißen Front und dem mächtigen Satteldach wie ein Schloss, von seinem Eingang aus wie ein Gutshof. Ein Netz von Wander- und Radwegen und eine kleine Straße führten zu dem beliebten Ausflugsziel. Birgit erinnerte sich an ihre letzte Einkehr dort mit Freuden. Mit den Rädern waren sie über Bebenhausen durch den Wald hinaufgefahren. Wegen des schönen Wetters gab es keine Diskussion, ob man im Restaurant oder im Biergarten sitzen wollte. Sie ergatterten einen Tisch und bestellten Mostbowle. Wegen ihres Durstes musste das süffige Getränk bald nachbestellt und wegen des Schwipses, den sie davon bekamen, eine deftige Vesper verzehrt werden.

»Sag mal«, begann Birgit, »die Stellen, bei denen die Schafkadaver gefunden wurden, wie heißen die noch mal?«

»Kniesteigle. Wellingtonien«, Carolynn stutzte. »Die anderen weiß ich nicht mehr.«

»So weit ich mich erinnere, sind die Wellingtonien ein Stück hinter Hohenentringen. Bei einem Grillplatz.«

Im Herbst des letzten Jahres wollten Birgit und Wally während einer Radtour dort Würste grillen, hatten den Versuch wegen des nassen Holzes aber schnell wieder aufgegeben.

»Wo ist das Kniesteigle?«, fragte Birgit.

»Genau weiß ich das nicht mehr. Ich glaube weiter im Schönbuch drin. Richtung Bebenhausen.« Carolynn warf das Kerngehäuse ihres Apfels ins Gras. »Worauf willst du hinaus?«

»Auf die Erreichbarkeit von Entringen aus. Gibt es eine bestimmte Reihenfolge der Fundorte von Schafkadavern? Ich meine in Richtung Entringen oder von Entringen weg oder irgendein anderes Muster?«

»Habe ich nicht geprüft.«

Mycroft, Mycroft, tadelte Birgit stumm.

Carolynn biss krachend in den zweiten Apfel. »Was versprichst du dir eigentlich davon?«

»Weiß ich nicht. Ist nur so eine Idee.«

»Fahren wir ins Präsidium, dann kann ich dir die Reihenfolge sofort sagen.«

Birgit stand auf. »Auf geht's.«

»Ist das ein Befehl?«, fragte Carolynn ironisch.

»Klar.«

»Wenn du so weitermachst, erhöhe ich deine Miete.«

* * *

Birgit öffnete die Fenster in ihrem Büro. Trotz der offenen Tür war kein Luftzug zu spüren. Gewitterwolken verdeckten die Sonne, nur ab und an durchbrach ein Strahl die Wolkenmassen wie auf Gemälden an barocken Kirchendecken.

»Verdammt«, sagte Birgit. »Ein Geständnis zum Abschluss des Tages wäre es gewesen.«

Carolynn beäugte die aufgeplatzte Blase an ihrer Fußsohle.

»Wie konnte Ihnen dieser Hehler bloß entwischen?« Wie aus dem Boden gewachsen stand Staatsanwalt Sebastian Seidel im Raum.

Birgit starrte ihn an.

Trotz der Hitze trug Seidel einen Dreiteiler mit Einstecktuch. Um seine grauen Koteletten zu vertuschen, hatte er sie bis zur Oberkante der Ohren rasiert. Eine Wolke von Männerparfum breitete sich aus.

»Ich denke, Sie sind im Urlaub«, sagte Birgit lahm.

»Ich war im Urlaub.« Seidel schob seine Brille auf die Nasenwurzel. »Die Zeit vergeht schneller, als Sie glauben. Und mir scheint, es ist dringend nötig, dass ich nach dem Rechten sehe. Speziell in Ihrem Fall, Frau Wahl. Eine Durchsuchung nach der anderen und nichts kommt dabei heraus! Haben Sie eine Ahnung, was das den Steuerzahler kostet?« Bevor Birgit zu einer Rechtfertigung ansetzen konnte, fuhr er fort. »Was tun Sie eigentlich den ganzen Tag?«

»Jetzt machen Sie aber mal halblang«, begehrte Birgit auf. »Immerhin hielt Staatsanwalt Doktor Weinhart meine Anträge für begründet genug, dass er sie unterschrieben hat.«

»Was von Weinhart zu halten ist, wissen wir ja. Beantworten Sie endlich meine Frage.«

»Sie haben mir mehrere Fragen gestellt.«

»Werden Sie bloß nicht unverschämt! Wieso ist der Hehler entwischt?«

»Weil vier Beamte kein solches Areal im Auge behalten können.«

»Wieso haben Sie nicht mehr angefordert?«

»Weil bisher kein Verdacht auf Fluchtgefahr bestand und viele Kollegen im Urlaub sind oder bei anderen Einsätzen.«

»Dann hätten die anderen Einsätze warten müssen, bis der Kerl verhaftet gewesen wäre.«

»Genau das hat ein gewisser Staatsanwalt Seidel verboten.«

Seidel stutzte für eine Sekunde. »Das muss anders gemeint gewesen sein.« Er räusperte sich. »Wissen Sie wenigstens, in welche Richtung er ...?«

»Richtung Freibad.«

Carolynn setzte sich aufrechter hin. »Quer über den Neckar. Geschwommen, dann abgetaucht.«

»So, dann ist er also gewissermaßen den Bach runter«, stellte er fest. »Dann haben Sie ja noch eine Chance.« Mit angestrengter Fröhlichkeit ergänzte er: »Besser über den Neckar als über den Jordan.«

Birgit befestigte einen Trieb ihrer Passiflora, Carolynn rieb sich ihren schmerzenden Fuß.

»Jetzt seien Sie doch nicht so humorlos. Wieso war Herr Wagner eigentlich nicht bei der geplanten Verhaftung dabei?«

»Er hat nach möglichen Zeugen gesucht.«

»Und?«

»Er hat sich noch nicht gemeldet.«

»Zustände!« Seidel war wieder ganz der Alte.

»Ich frage mal die Hinrichs, ob sie was von Wagner gehört hat.«

»Zustände!«, wiederholte Seidel empört.

Frau Hinrichs teilte sich mit einer weiteren Schreibkraft die Arbeit in der Geschäftsstelle, sie hatten am anderen Ende des Flurs ihr Büro. Seidel begleitete Birgit dorthin.

Nanu, wunderte sich Birgit. Sonst ist ihre Tür doch immer offen. Die Hinrichs würde nie riskieren, etwas nicht mitzubekommen.

»So wehret sich der Zorn«, klang es dumpf, »in meinem Busen gegen deine Worte.«

Birgit und Seidel waren perplex, als sie Wagners Stimme erkannten. Leise öffnete Birgit die Tür einen Spalt breit.

Wagner und die Hinrichs standen sich gegenüber, beide hielten ein knallgelbes Reclamheft aufgeschlagen in der Hand.

»O lass die Gnade«, las die Hinrichs pathetisch, »wie das heil'ge Licht der stillen Opferflamme, mir, umkränzt von Lobgesang und Dank und Freude, lodern.«

»Wie oft besänftigte mich diese Stimme«, donnerte Wagner.

Plötzlich ging die Hinrichs einen Schritt auf Wagner zu und streckte ihm die Hand hin, was ihn etwas zu erschrecken schien. »Oh reiche mir die Hand zum Friedenszeichen.«

Wagner stemmte seine freie Hand in die Hüfte. »Du forrrderst viieel in einer kurrzzen Zzeit.«

Wegen Wagners übertriebenen Betonungen hätte Birgit beinahe laut aufgelacht.

Die Hinrichs schien jetzt zu allem entschlossen. »Um Guts zu tun, braucht's keiner Überlegung.«

Wagner wechselte ins Altväterliche. »Sehr viel! Denn auch dem Guten folgt das Übel.«

Die Hinrichs hielt den Zeigefinger hoch wie Buschs Lehrer Lämpel. »Der Zweifel ist's, der Gutes böse macht. Bedenke nicht; gewähre, wie du's fühlst.«

Birgit schubste die Türe ganz auf. Wagner und die Hinrichs spritzten auseinander, als ob man sie bei etwas Unsittlichem ertappt hätte. Seidel hatte es offenbar die Sprache verschlagen.

Birgit gelang es nur unvollkommen, ernst zu bleiben. »Herr Wagner, kommen Sie zu mir, sobald Sie hier abkömmlich sind.«

Wieder im Büro, bemühte sie sich immer noch, ihrer Heiterkeit nicht ungezügelt nachzugeben.

Carolynn sah sie überrascht an. »Was ist denn jetzt passiert?«

»Wagner«, lachte Birgit. »spielt jetzt auch Theater. Mit der Hinrichs. Das hättest du sehen sollen. Nicht mal Seidel wusste, was er dazu sagen sollte.« Sie legte die Unterarme auf die Tischplatte und drückte das Gesicht dagegen, um ihre Lautstärke zu dämpfen.

»Ach komm!« Carolynns ungläubiger Gesichtsausdruck schwand, als Wagner kleinlaut hereinschlich und sich auf seinen Stuhl setzte.

Birgit räusperte sich. »Was war das eben für eine Vorstellung?«

»Iph-«, nun räusperte sich Wagner. »Iphigenie. Wegen unserer Aufführung.«

»Iphigenie singt Volkslieder für alte Männer?« Birgit hatte sich diese Bemerkung nicht verkneifen können.

»Ähm ...« Wagner rutschte auf seinem Stuhl herum. »Ich singe im Bass. Aber der Verein macht auch alle zwei Jahre eine Theateraufführung. Diesmal ›Iphigenie auf Tauris‹. Bisher war ich der Souffleur. Weil der Hauptdarsteller von einem Tag auf den anderen operiert worden ist, habe ich einspringen müssen. Die Frau Hinrichs war so nett und hat mich abgehört.«

Gewitterwolken verdunkelten den Himmel. Eine heftige Bö hob Papiere von den Schreibtischen und wirbelte sie durchs Büro. Birgit schloss das Fenster und Carolynn begann, die Blätter einzusammeln.

Wagner wischte sich die Stirn mit einem Papiertaschentuch ab und warf es in den Abfalleimer. »Das Gewitter könnte endlich losgehen.«

»Es hat schon angefangen«, wandte Carolynn ein. »Seidel ist wieder da. Er will Ergebnisse.«

»Da kommt Theaterspielen im Dienst nicht so gut an«, ergänzte Birgit.

Wagner wedelte mit dem Zeigefinger. »Ich habe so gut wie alle Stocherkahn- und Bootsbesitzer abgeklappert. Von denen hat keiner was gesehen.«

»Und die Stocherkahn- und Bootsfahrer?«, wollte Carolynn wissen. »Die Kähne könnten verliehen worden sein.«

»Frau Baumann«, ächzte Wagner. »Wie lange soll ich in dem Fall noch ermitteln? Wieso ist der Schreiner eigentlich entwischt? Frau Hinrichs hat mir davon erzählt.«

»Fangen Sie nicht auch noch an«, warnte ihn Birgit. »Seidel geht mir schon genug auf die Nerven.«

»Ist er der Mörder?«

»Er hat ein gutes Motiv. Aber definitiv wissen wir es nicht.« Birgit seufzte.

»Oh, je.« Wagner kratzte sich am Bauch. »Warum nicht?«

Carolynn versuchte, ihren Fuß in den Stöckelschuh zu zwängen. »Weil wir ihm nichts nachweisen können. Tristan, Karin, Sven, Margret, alle haben ein Motiv und kein Alibi. Es gibt keine Tatwaffe.«

»Einen Tatort?«

Carolynn und Birgit schüttelten die Köpfe.

»Oh, je«, wiederholte Wagner und verließ das Büro.

Birgit klappte die Akte vor sich zu. »Scheiße.«

* * *

Schweigend verließen sie das Präsidium und fuhren nach Hause. Ab und an zuckten Blitze durch die blau-schwarzen Wolkenungetüme, Donnerschläge krachten. Carolynn schaltete die Scheinwerfer ein.

Missmutig rekapitulierte Birgit den Tag. Ihr Magen knurrte. Seidelbast hatte recht. Bisher waren die Ermittlungen ein voller Erfolg. Müde rieb sie sich die Augen.

* * *

Sobald Birgit die Haustür aufschloss, stieg ihr der Duft von Gebratenem in die Nase. Fleisch, freute sie sich, Wally ist einfach ein Schatz. Etwas Anständiges zu essen ist genau das, was ich heute brauche. Fragt sich nur, was das Kind jetzt wieder will. Na ja, zuerst essen, dann verhandeln.

»Ihr kommt genau richtig«, rief Wally aus der Küche. »Habt ihr Hunger?« Sie klapperte mit Töpfen.

»Hallo.« Liebevoll drückte Birgit ihre Tochter an sich. »Halb Tübingen hört meinen Magen. Heute scheint es etwas besonders Leckeres zu geben.« Sie schielte auf die Pfanne. Sechs Würste schmurgelten in dunkelbrauner Soße.

»Hallo, Wally.« Carolynn humpelte zu ihrem Platz auf der Eckbank.

»Hallo, Caro. Was hast du?«

»Nur eine Blase.«

Wally hatte den Esstisch bereits gedeckt und den Strauß aus Rittersporncn dazugestellt. In der Karaffe mit Mineralwasser schwammen Zitronenscheiben.

Eine heftige Bö bauschte die Vorhänge, wirbelte Staub und trockene Blätter durch die französischen Fenster. Heftiger Regen setzte ein. Birgit schloss die Fenster und half Wally beim Servieren.

»Wie viele Stunden hast du wieder gekocht?«, fragte Carolynn.

Wally strahlte. »Ach, das ging ruckzuck.«

Alle setzten sich und füllten ihre Teller.

Birgit sah verträumt auf ihre Wurst. Sie schnitt ein großes Stück davon ab, badete es in Soße. »Vegetariertum beendet?«, fragte sie Wally. Mit geschlossenen Augen schob sie den Bissen in den Mund.

»Ach, Mama.«

Birgit öffnete die Augen. Zum einen wegen Wallys vorwurfsvollem Ton, zum anderen wegen des Geschmacks der Wurst.

»Das ist Tofu. Du denkst auch nur an das eine.«

Streit mit Wally war das Letzte, was Birgit heute noch fehlte.

»Es sah so aus und roch gut«, versuchte sie, sich zu verteidigen.

»Bloß schmeckt's nicht.« Frustriert rammte Wally ihre Gabel ins Gemüse.

»Wir haben etwas anderes erwartet«, sagte Carolynn. »Der Salat schmeckt sehr gut.« Sie hatte ihre Portion vom Rucola-Melonen-Salat schon beinahe verputzt. »Wie heißen die Keimlinge da drin?«

»Alfalfa«, antwortete Wally dumpf. »Über den Salat gehören nach Rezept Sonnenblumenkerne oder Walnüsse. Wegen der Kalorien habe ich drauf verzichtet.« Ein Seitenblick traf ihre Mutter.

»Das ist wirklich lieb von dir.« Selbst in Birgits Ohren klang der Satz lahm.

Wally quittierte ihn mit einer Grimasse.

»Wally, bitte. Ich genieße es wirklich, wenn du kochst. Ob du's glaubst oder nicht, es schmeckt mir. Aber heute war ein Tag – einfach zum Kotzen. Der Bratengeruch hat mich an Fleisch erinnert. Ich esse das einfach gern.«

Carolynn nahm sich Salat.

»Ich suche pausenlos neue Rezepte und dann das! Vitamine, Mineralstoffe, Kalorien – spielt doch alles keine Rolle. Hauptsache Fleisch!«

»Das Gemüse ist prima.« Birgit aß weiter. Das Zucchini-Auberginen-Gemüse zerging auf der Zunge. Birgit schmeckte Olivenöl und Salbei heraus und einen Hauch von Knoblauch. Auch hier hatte Wally Sprossen untergemischt. Andere als im Salat, aber genauso lecker.

Wally stocherte auf ihrem Teller herum.

Obwohl Birgit ihren letzten Satz ernst gemeint hatte, sah sie vor ihrem geistigen Auge wieder Keldings Lammbraten mit knuspriger Kruste, Rosmarin und Knoblauch. Sein Duft war ihr so gegenwärtig, als ob sie den Braten auf ihrem Teller hätte. Zoff hin oder her, Birgit wollte heute Fleisch.

Sie stand auf. »Tut mir leid, Schatz. Aber heute muss es sein.« Rasch legte sie ein tiefgefrorenes Schnitzel in die Mikrowelle.

»Das ist nicht wahr!« Wally war entsetzt.

»Es ist eine Ausnahme. Versprochen.« Solange das Schnitzel auftaute, machte sie sich über den Rest ihres Gemüses her.

»Heute war wirklich kein guter Tag«, sagte Carolynn. »Wir haben eine Menge Spuren verfolgt. Ohne richtiges Ergebnis. Die Hitze den ganzen Tag. Und am Schluss ein gehöriger Anpfiff vom Seidelbast. Für heute reicht's wirklich.«

»Du möchtest auch lieber Fleisch?«

Carolynn gabelte Tofu auf. »Schon okay.«

»Wer's glaubt.«

Ein Regenschauer prasselte so heftig gegen die Scheiben, dass sich alle nach den Fenstern umdrehten.

Mit einem Klingelton öffnete sich die Tür der Mikrowelle. Birgit briet das Schnitzel, gab etwas Soße von den Tofuwürsten dazu. Als sie sich wieder an den Tisch setzte und Gemüse nahm, stand Wally auf.

»Ich bleibe nicht, wo Leichen gegessen werden.« Mit knallenden Absätzen marschierte sie aus der Küche.

»Ja zum Donnerwetter«, schimpfte Birgit, »es wird doch kein Weltuntergang sein, wenn ich nach so einem Tag Fleisch will!« – »Vergiss es«, meinte Carolynn. »Lass es dir schmecken. Ich gehe duschen.« Sie räumte ihren Teller in die Spülmaschine und ging nach oben.

Grimmig machte sich Birgit über das Schnitzel her. Obwohl ihr der Appetit vergangen war, schnitt sie ein großes Stück Fleisch ab und begann zu essen. Es schmeckte völlig fade. Entschlossen salzte Birgit nach. Nun war es eher zu salzig. In viel zu großen Bissen würgte sie die Portion hinunter. Am Ende war ihr so schlecht, dass sie sich einen Obstler einschenkte.

Gehe ich eben auch duschen und besaufe mich dann vollends, beschloss sie. Ächzend stand sie auf, räumte den Tisch ab und ging hinauf. Ja, das war die Lösung für heute: eine heiße Dusche, frische Kleider und dann ein fruchtiger Rotwein, oder zuerst noch einen Obstler oder lieber gleich zwei. Birgit legte die Hände auf ihren schmerzenden Magen, stieg langsam die Treppen hinauf in ihre Wohnung. Aus Wallys Zimmer drang House-Musik. Mit schleppenden Schritten ging Birgit ins Bad.

»Nein!«

Durch das offene Dachfenster prasselte der Regen, rann über die Fensterwangen die Wand hinunter und bildete Pfützen auf dem Fußboden. Manche der Farne hatte der Sturm umgekippt. Er riss an den Farnwedeln, dass sie die Badeutensilien peitschten.

Birgit knallte das Fenster zu. Himmeldonnerwetter, jetzt konnte sie auch noch putzen! Zornig stampfte sie los, holte Eimer und Lappen. Sie wischte den Boden, rückte Schränke von der Wand, stellte ihre Pflanzen auf, rieb die Kacheln um die Badewanne trocken, fischte Blätter aus Dusche und Waschbecken. Dann duschte sie rasch und legte sich ins Bett.

* * *

Birgit stand am Dachfenster ihres Badezimmers und kraulte sich die Haare. Die klare Morgenluft erlaubte einen Blick auf das gesamte Panorama. Im Hintergrund des Schlosses wirkten die Hügel des Schönbuchs wie ein hochgeklappter Mantelkragen, über den sich die Ausläufer der Stadt hinzogen. Der Gewittersturm hatte morsche Äste von den Bäumen der Streuobstwiesen zwischen ihrer Wohnung und der Bahnlinie gerissen. Sonst erinnerte hier nichts an das tobende Unwetter der vergangenen Nacht. Der Radiosprecher hatte von einigen vollgelaufenen Kellern und umgestürzten Bäumen berichtet, die immer noch den Verkehr behinderten. Birgit war sehr zufrieden, dass er nichts von Schafkadavern gesagt hatte.

Sie verlagerte ihr Gewicht auf das andere Bein. Das Präsidium rückte in ihr Blickfeld. Seidelbasts Auftritt schob sich in ihr Bewusstsein. Sie kurbelte den Rollladen herunter.

* * *

Birgit stand vor der Pinnwand in ihrem Büro, an der Fotos vom Fundort der Leiche und ein Stadtplan hingen.

Carolynn heftete eine Skizze dazu, auf der die Beziehungen des Opfers zu den Verdächtigen und deren mögliche Motive dargestellt waren. »Du wolltest doch wissen, ob die Fundorte der Schafkadaver von Entringen wegführen oder auf Entringen zu. Die Fundorte ergeben keine Reihe.«

»Okay«, antwortete Birgit.

Carolynn setzte sich auf ihren Platz. Wagner verschanzte sich hinter seinem Bildschirm und tippte an seinem Bericht.

»Also gehen wir die Chose noch mal durch«, sagte Birgit. »Am Montag wird Holger Krauses Leiche im Wald gefunden. Erstochen mit einer Heugabel und mit Blumen geschmückt, den Umriss einer Leber in die Haut geritzt.« Genervt sah sie zu ihrem Kollegen. »Herr Wagner, wenn Sie uns freundlicherweise Ihr Ohr leihen könnten.«

Wagner machte eine generöse Geste und verschränkte die Arme vor seinem Bauch.

»Die Leiche«, fuhr sie fort, »wurde mit Krauses eigenem Auto in den Wald gebracht. Wir wissen das, weil die Erde an den Autoreifen zur Erde des Fundortes passt. Richtig?«

Carolynn nickte. »Die KTU ist sich ganz sicher.«

»Weiterhin lag ein Efeublatt im Auto. Dieses Fahrzeug wird bei der Kunsthalle gefunden. Es ist unverschlossen, im Handschuhfach liegen Handy, Schlüssel, Ausweis, Geldbeu-.« Die letzte Silbe übertönte ein lauter Piepton aus Carolynns Computer.

Carolynn stürzte zu ihrer Tastatur. »Tut mir leid.«

»Was machst du da eigentlich?«

»Ich bin immer noch dabei, Holgers Dateien zu knacken.« Sie tippte etwas ein.

»Und was haben Sie da gefunden?«, fragte Wagner.

»So was wie Kirche im Grünen.«

Verständnislos ging Birgit zu ihrer Kollegin und sah auf den Bildschirm. Auf einer Waldwiese stand ein Tisch. Jemand hatte darauf eine Kanne mit schnabelförmigem Ausguss gestellt, daneben zwei flache Schalen. Die grüne Schale schien runde Brote, die weiße mit dunkelblauem Rankendekor schien zungenförmige Brote zu enthalten.

»Der Verrückte«, sagte Wagner direkt neben Birgit.

Sie zuckte vor Schreck zusammen, weil sie nicht bemerkt hatte, dass er sich neben sie gestellt hatte. »Herr Wagner, meine Nerven!«

»Was sind Sie denn so nervös? Ich tue Ihnen doch nichts.« Er setzte sich wieder an seinen Platz.

Birgit versuchte sich zu konzentrieren. »Irgendwas ist wichtig an dem Bild. Irgendein Detail erinnert mich an etwas. Vor Schreck habe ich es vergessen.«

Wagner antwortete mit einer beschwichtigenden Geste.

»Du hast das Bild schon mal gesehen?«, wunderte sich Carolynn.

Birgit schüttelte den Kopf und starrte auf den Bildschirm. »Kannst du das Bild vergrößern?«

Carolynn drehte am Rädchen der Maus. »So.« Sie ließ die stark vergrößerten Ausschnitte über den Bildschirm wandern.

»Nein. Ich bekomme es nicht mehr zu fassen. Machen wir weiter, vielleicht dämmert es mir wieder.« Sie ging zurück zur Pinnwand.

»Im Auto waren Handy, Schlüssel und so weiter«, half Wagner Birgits Erinnerung nach.

»Genau. Die Blumen, mit denen die Leiche geschmückt wurden, wachsen nicht beim Fundort der Leiche oder in dessen näherer Umgebung. Laut Kriminologin weisen arrangierte Leichen auf nahe Verwandte oder Freunde, die sich für den Mord entschuldigen wollen. Ritzungen wie bei Holger sind der Kriminologin noch nie begegnet. Laut Herrn Wagners Theorie deuten sie auf den Schafschlächter. Die Schafe scheinen rituell geschlachtet worden zu sein, wie die

Übereinstimmungen von Holgers Aufzeichnungen und Keldings Ausführungen zu den Leberorakeln – lass mich das Bild sehen!«

Sekunden später sahen alle auf Carolynns Bildschirm.

»Da!«, sagte Birgit elektrisiert und zeigte auf ein Detail.

* * *

Auf dem Küchentisch stand noch das Frühstück, neben den Tellern lag die aufgeschlagene Zeitung.

Carolynn hielt Kelding den Ausdruck des Fotos mit den Opfergaben unter die Nase. »Geben Sie jetzt zu, dass Sie die Rituale durchgeführt haben?«

Schockiert sah Kelding das Foto an.

»Das ist Ihre Schüssel!«, sagte Birgit. »Ich habe sie in Ihrem Schrank gesehen. Also?«

»Ja. Es – es ist eine wissenschaftliche Reihe.«

Die Kommissarinnen sahen ihn verständnislos an.

»Zuerst habe ich ganze Lebern gekauft, dann Lebern mit Gallenblase. Dann lebende Schafe.« Mit zunehmendem Stolz sprach er weiter. »Ich übersetze so präzise wie möglich. Trotzdem bekommt man nicht das richtige Gefühl für die Rituale. Also habe ich sie so detailgetreu wie möglich nachvollzogen. Bei Sonnenaufgang in einer unbewohnten Gegend an einem Bach. Sie erinnern sich?«

Carolynn nickte und setzte sich.

Kelding lächelte siegesgewiss. »Mein Vortrag über die Rituale wird der Coup. Die Berufungskommission wird mir die Professur geben. Sagt Ihnen Empirische Archäologie etwas?«

Birgit drehte die Handflächen nach oben.

»Zum Beispiel mauert oder töpfert man mit Nachbildungen von Werkzeugen, die man ausgegraben hat. Damit überprüft man, ob die Werkzeuge die Funktion erfüllen können, die die Forscher den Werkzeugen zuschreiben. Professor

Hahn betätigt sich auch auf diesem Feld. Empirische Archäologie gilt als modern, existiert aber seit mindestens fünfzehn Jahren. Innovativ ist meine Herangehensweise. Ich habe mit meiner Ritualreihe die Empirische Philologie erfunden!« Er rieb sich die Hände.

»Schön für Sie«, sagte Birgit. »Aber Sie sollten mit dem praktischen Teil lieber sofort aufhören. Wegen Verstoßes gegen das Tierschutzgesetz und illegaler Entsorgung von Kadavern erwartet Sie mindestens eine Geldstrafe.«

»Herr Kelding«, sagte Carolynn ernst. »Haben Sie Krause umgebracht?«

»Ich bin Wissenschaftler und kein Mörder. Haben Sie nicht zugehört?«

»Erzählen Sie uns ganz genau, was Sie am letzten Sonntag zwischen 20 und 23 Uhr getan haben«, verlangte Birgit.

»Du lieber Himmel. Ich habe geforscht. Hier. In meinem Arbeitszimmer. Möchten Sie auch die Museumsnummern der Texte wissen, die ich übersetzt habe?«

»Sonntags?«, bohrte Birgit. »Sie forschen sonntags?«

»Natürlich.«

Carolynn beugte sich näher zu ihm. »Herr Kelding, Sie brauchen dringend Zeugen.«

»Ach, hören Sie doch auf! Sie brauchen Beweise. Das ist der Punkt! Und jetzt verschwinden Sie!«

»Vorher möchten wir Ihre Heugabeln sehen.«

»Von mir aus. Aber ich frühstücke weiter.«

* * *

Draußen informierte Birgit telefonisch den Kollegen, dass der Schafschlächter gefunden war. Dieser war perplex wegen Keldings Grund für die Schlachtungen und gleichzeitig froh, sich auf den jüngsten Fall illegal entsorgten Mülls auf einem Parkplatz konzentrieren zu können.

* * *

Sie inspizierten zuerst den Stall. Alle Boxen standen leer, nur in einer lag frisches Stroh. Routiniert prüften Birgit und Carolynn die Heugabeln. Die gesuchte war nicht dabei. In der Scheune fanden die beiden einen dick eingestaubten Schlepper und einen Anhänger für Kühe. Schmutzige Spinnweben hingen von den Balken.

Wieder draußen ging Birgit grübelnd in den Garten, Carolynn folgte ihr. Birgit fixierte den Efeu zwischen Ochsenzungen und Glockenblumen. Sie seufzte, sagte leise: »Wo sollen wir noch suchen? Der verdammte Efeu wächst überall. Jeder unserer Verdächtigen konnte sich problemlos die Margeriten und die anderen Blumen besorgen. Und Heugabeln kann ich bis an mein Lebensende nicht mehr sehen. Wir suchen die sprichwörtliche Stecknadel im Heuhaufen. Selbst wenn Kelding der Täter ist, hatte er fast eine Woche Zeit, um alle Spuren zu verwischen.«

Beide hingen ihren Gedanken nach.

»Birgit!«, sagte Carolynn aufgeregt.

»Hm?«

»Die Schrottsammlung! Erinnerst du dich? Als wir das erste Mal hierhergekommen sind. Er kann die Heugabel einfach auf den Schrott gestellt haben.«

»Möglich wäre es. Und unauffällig.« Wagner bringt mich um, dachte sie. Dennoch wählte sie seine Nummer. Statt Bootfahrer zu suchen, darf er auf den Schrottplatz. Wagners Antwort auf seinen neuen Auftrag fiel wie erwartet aus.

Carolynn grinste. »Wird wohl nichts mit seinem frühen Feierabend?«

»Kommt drauf an.« Birgit verstaute ihr Handy.

»Sag mal«, fuhr Carolynn fort, »wenn es keine Zeugen gibt, die gesehen haben, dass Kelding daheim war, könnte es doch Zeugen geben, die gesehen haben, dass er *nicht* daheim war.«

»Nicht schlecht, Caro.«

* * *

Die Höfe von Keldings Nachbarn lagen beide je etwa hundert Meter entfernt. Büsche und Bäume und Scheunen behinderten die Sicht von dort auf Keldings Anwesen. Birgit bezweifelte insgeheim, ob diese Nachbarn zur Klärung des Falls beitragen könnten. Keldings Nachbar zur Linken hatte am Sonntag mit seiner jährlichen Sommergrippe im Bett gelegen. Daher hatte seine Frau das Heu auf einer Wiese am anderen Ende Bebenhausens alleine einbringen müssen.

Keldings Nachbarn zur Rechten, einen Bauern Ende fünfzig, trafen die Kommissarinnen in dessen neuem Kuhstall. Eine Stahlträgerkonstruktion, die Birgit an ein überdachtes Gehege erinnerte, in dem sich die Tiere frei bewegen konnten.

»Ist im Laden niemand?«, fragte der Bauer und schritt gemächlich auf die beiden zu.

»Nein, aber wir wollten auch nichts kaufen«, sagte Carolynn. Sie wiesen sich aus und stellten sich vor.

Der Bauer sah die beiden strafend an. »Ich habe die Kühe schon nachgemeldet! Sie können mich nicht mehr bestrafen.« Der Bauer rammte seine Hände in die Hosentaschen. »Kann doch ich nichts dafür, wenn die Meldefristen so kurz sind! Wissen Sie eigentlich, wie viel wir im Sommer arbeiten? Wenn ich eine Kuh kaufe, versorge ich sie und setze mich nicht an den Computer, damit das Register wieder stimmt.«

»Welches Register?«, fragte Birgit.

Dem Bauern dämmerte, dass er nicht bestraft werden sollte, und entspannte sich etwas. »Das, in dem steht, welches Rind wer wann gekauft hat. Wegen der EU. Damit man alles verfolgen kann.«

»Uns geht es nicht um Kühe«, versicherte Carolynn.

Der Bauer atmete auf.

»Haben Sie am letzten Sonntagabend bei Ihrem Nachbarn, dem Herrn Kelding, etwas Ungewöhnliches beobachtet?«, fragte Birgit. Oft genug erzählten die Leute von Belanglosem, wenn man sie nach Ungewöhnlichem fragte, aber nichts Ungewöhnliches beobachtet worden war. Fragte man nach Belanglosem, erzählten die Leute oft gar nichts.

»Am Sonntag, je, das ist schon lange her.« Er kratzte sich am Kopf. »Wieso fragen Sie?«

»Reine Routine«, sagte Birgit.

»Nein, ungewöhnlich war da nichts. Nachmittags war seine Verwandtschaft da. Zum Kaffee.«

»Woher wissen Sie das?« Carolynn sah ihn aufmunternd an.

»Weil ich die Autos von denen kenne. Außerdem habe ich sie vom Schlepper aus im Garten gesehen, als ich vorbeigefahren bin.«

»Kennen Sie Herrn Kelding gut?«, hakte Carolynn nach.

Der Bauer zuckte die Schultern. »Wir grüßen uns, reden mal kurz übers Wetter, ich sehe ihn, wenn er ums Haus rumwerkelt. Aber meistens liest er Bücher. Oder schreibt sie. Seine Mutter kenne ich besser. Wir treffen uns meistens beim Mosten oder beim Raiffeisenverein. Immer wieder jammert sie, dass ihr Jüngster zu nichts kommt.« Sein Ton wurde vertraulicher. »Hätte sie ihm Sparen beigebracht, bräuchte sie jetzt nicht zu jammern. Aber Sie, von mir haben Sie das nicht, gell. Das bleibt unter uns.«

»Lebt Herr Kelding auf großem Fuß?«, fragte Birgit freundlich.

»Er wirft alles weg.«

»Was denn?«, wollte Carolynn wissen.

»Pfenniggute Sachen«, versicherte der Bauer. »Bevor die Schrottsammler kommen, sehe ich immer nach, was die Leute so abholen lassen. Denken Sie mal: einen Beistellherd. Top in Schuss. Und eine Heugabel. Einwandfrei ist die!«

»Könnten wir die mal sehen?«, fragte Birgit.

»Die gehört jetzt mir.«

»Bitte«, setzte sie nach.

Widerstrebend setzte sich der Bauer in Bewegung. Die Frauen folgten ihm.

»Zurück zum Sonntagabend. Haben Sie Herrn Kelding gesehen oder mit ihm geredet?«

»Nein. Als ich beim Mühlrain mit Mähen fertig war, war es zu spät, um auf der Wiese hinter seinem Haus anzufangen. Ich habe seine Äcker und Wiesen gepachtet. Er hat ja keine Zeit.« Der Bauer blieb am Ende der Halle stehen und zeigte ihnen die Heugabel.

»Wir müssen sie mitnehmen«, sagte Carolynn.

Der Bauer nahm den Stiel fest in die Hand. »Nur gegen Quittung.«

* * *

Im Kriminaltechnischen Institut arbeitete nur die Wochenendbesetzung. Es würde dauern, bis feststand, ob Holgers Blut an der Zinke nachzuweisen war. Birgit hatte darum gebeten, ihr das Ergebnis per SMS zu schicken, falls sie nicht mehr im Büro sein sollte, wenn die Analyse beendet war. Danach hatten die Kommissarinnen noch eine Weile über ihren Ermittlungen gebrütet, ohne zum Durchbruch zu gelangen. Bevor sie Seidelbast in die Hände fallen konnten, der sich gerne zum Wochenabschluss den Stand der Fälle erläutern ließ, verließen sie das Präsidium.

***

Wally hockte auf den Stufen vor der Haustüre und kraulte eine getigerte Katze, die sich behaglich auf den warmen Steinen ausgestreckt hatte.

»Hallo! Klasse, dass ihr so bald kommt. Bei dem schönen Wetter könnten wir zusammen eine Radtour durchs Neckartal machen.«

»Zur Feier des Tages könnten wir auch ein Eis essen gehen«, meinte Birgit.

»Feier?« Wally hörte auf zu kraulen. Die Katze hob leicht den Kopf und blinzelte.

»Wir haben den Schafschlächter gefunden.«

»Was?« Ungläubig sah Wally von der Birgit zu Carolynn.

Die beiden grinsten sich an, als ob sie eine Prüfung bestanden hätten, die ihnen niemand zugetraut hätte.

»Wer?«

Die Katze klopfte mit dem Schwanz leicht auf den Boden und maunzte.

»Einer von der Uni«, antwortete Carolynn. »Er behauptet, es dient der Wissenschaft.«

Wally starrte sie an.

»Er wird nicht weitermachen«, sagte Birgit. »Und er wird bestraft werden.«

Wally sprang auf. »Ihr seid super! Ich habe es doch gewusst, dass ihr ihn findet!« Sie fiel ihrer Mutter und dann Carolynn um den Hals.

Birgit strahlte. »Eis oder Radfahren?«

»Mit dem Rad nach Rottenburg fahren und dort Eis essen«, meinte Carolynn. Die Katze trollte sich beleidigt.

***

Bald folgten sie dem Radweg Richtung Rottenburg, wichen Skatern und Hunden aus, bremsten wegen Kleinkindern, die auf Fahrrädern mit Stützen den Weg blockierten. Allmählich wurde der Weg weniger frequentiert und sie kamen flotter voran.

»Wenn wir schon da sind, könnte ich euch was zeigen«, schlug Wally vor.

Nach etwa einem halben Kilometer bog Wally in ein Seitental ab. Der Weg führte nun in sanften Kurven sacht, aber stetig im Schatten der Bäume bergan. Gelegentlich zweigte ein Feldweg ab und führte über eine kleine Brücke auf die andere Seite des Baches.

Bald gelangten sie auf eine Anhöhe, von der sie ein Gehöft überblicken konnten, auf dessen Koppeln Kühe, Pferde und Schafe weideten.

Bitte keine Schafe oder Heugabeln mehr, dachte Birgit, sonst lasse ich mich sofort nach Stuttgart versetzen.

»Sollen wir dort was trinken?«, fragte Wally. »Gläschen Most? Es gibt auch Vesper. Eis essen können wir auch ein anderes Mal.«

»Prima, Mostbowle«, freute sich Carolynn. »heute darf ich was trinken. Hunger habe ich auch.«

»Okay«, meinte Birgit weniger enthusiastisch. Sie befürchtete einen Schwips, wenn sie nichts Vernünftiges dazu zu essen bekäme. Doch in Wallys Gegenwart konnte sie ihre Hoffnungen auf Landjäger oder Wurstsalat begraben.

Minuten später saßen sie im Biergarten des Gehöfts. Auf der Speisekarte standen ausschließlich vegetarische Gerichte. Carolynn hatte sich für eine Salatplatte mit Käsestreifen, Wally für Sesambratlinge und Birgit für ein dick belegtes Käsebrot entschieden. Carolynn hatte einen Krug Mostbowle spendiert.

Einträchtig verzehrten sie im Schatten der Linden ihre Portionen, sprachen eifrig der Mostbowle zu. Gesättigt und vom Alkohol ermüdet, saß Birgit zufrieden da. Direkt an den Biergarten grenzte eine Weide. Kühe streckten ab und an ihren Kopf durch den Zaun und rupften Gräser ab.

»Seit wann gibt es hier einen Biergarten?«, fragte Birgit ihre Tochter.

»Seit diesem Frühjahr.« Wally streckte die Hand nach einer schwarz-weiß gescheckten Kuh aus, um sie zu streicheln. Die Kuh machte einen Schritt zurück.

»Wie passt ein vegetarischer Biergarten zu den Viechern hier?«, fragte Carolynn.

»Die Tiere bekommen hier ihr Gnadenbrot«, antwortete Wally. »Die Vorbesitzer wollten sie schlachten, weil sie nicht mehr genug Milch geben oder nicht mehr für die Zucht taugen. Wie kann man das tun!«

Birgit bemühte sich um einen möglichst sachlichen Ton. »Weil sie dann Geld kosten, statt welches einzubringen.«

»Eine Gemeinheit ist das. Die Menschen werden auch nicht umgebracht, wenn sie aufhören zu arbeiten!«

Für einen Moment verschlug es Birgit die Sprache.

Gemächlich wanderte eine braune Kuh näher, sah gelegentlich mit ihren dunklen Augen zu ihnen herüber, mahlte ein Maul voll Gras.

»Der Vergleich hinkt«, wandte Birgit ein. Sie kramte in ihrem benebelten Hirn nach Argumenten. »Caro, sag doch auch mal was.«

Carolynn schrak leicht zusammen. Offenbar hatte die Bowle bei ihr auch ihre Wirkung getan. »Es sind einfach zu viele Tiere«, stammelte sie und brach hilflos ab.

Die Braune stand nun dicht neben ihnen.

Wally versuchte, den lockigen Pony zwischen den Hörnern zu kraulen. »Sie hat die Milch geliefert, damit du Käse zum Brot und du zum Salat essen kannst.« Das Tier hob die Schnauze und leckte Wallys Hand. »Werdet wenigstens Pate.«

»Was heißt das?«, fragte Birgit.

»Man überweist monatlich einen kleinen Betrag. Zum Beispiel an den Besitzer des Hofs hier. Davon bezahlt er das Futter.«

Um Zeit zu gewinnen, trank Birgit einen Schluck Bowle. Ich wusste, dass die Geschichte mit dem Hof einen Haken hat. Herrgott, jetzt soll ich nicht nur die Tiere nicht essen, sondern auch noch dafür bezahlen, dass ich sie nicht esse.

Die Kuh hatte mittlerweile Vertrauen gefasst und ließ sich von Wally streicheln.

»Mama. Caro. Bitte.« Sie sah von einer zur anderen. »Ich hole das Formular.« Weil sie keine Antwort bekam, stand sie auf und flitzte davon. Kurz darauf kehrte Wally mit einem Patenschaftsformular und einem Kugelschreiber zurück. »Okay?«

»Unter einer Bedingung«, sagte Birgit. »Du machst bei keinen Sprühaktionen mit. Nicht bei Cosy-Cosmetics, noch anderswo.«

Wally überlegte.

Birgit streckte die Hand nach der braunen Kuh aus, um sie zu streicheln. »Sonst droht ihr doch noch der Schlachter.«

»Okay, okay«, sagte Wally.

»Wir teilen uns die Summe«, sagte Carolynn.

Birgit unterschrieb.

* * *

Efeu wuchs rings um Birgits Bett. Nackt lag sie ausgestreckt auf der Matratze. Langsam und beständig schoben sich die Ranken näher, drohten ihre Arme und Beine zu umschlingen. Birgit wollte fliehen. Sie konnte nur den Kopf bewegen, ihr übriger Körper gehorchte nicht. Abwechselnd tauchten die zu Fratzen verzerrten Gesichter von Karin, Tristan, Sven und Margret aus dem Dunkel auf und verhöhnten sie. »Versager«, »bring Beweise«, »berechne den Todeszeitpunkt«. Blüten von Margeriten, Blutweiderich und Hahnenfuß regneten auf sie herab. Der Efeu kroch über Birgits Beine. Kelding erschien. In seinen ausgestreckten Händen hielt er eine warme, bluttriefende Leber. Er legte sie auf Birgits Leib.

Mit einem Schrei wachte Birgit auf. Ihr verschwitztes Nachthemd klebte am Körper. Sie fühlte sich völlig ausgetrocknet. Erschöpft richtete sie sich auf. 3.32 Uhr las sie auf der Leuchtanzeige ihres Weckers. Sie zog umständlich Bademantel und Schuhe an und ging wie eine alte Frau hinunter in die Küche. Sie schenkte sich ein großes Glas Limonade ein, trank es in langen Zügen leer. Die Bilder ihres Traumes kehrten zurück. Birgit öffnete die französischen Fenster und trat auf die Terrasse. Tief atmete sie die frische Morgenluft ein, spürte, wie die Kühle den Albtraum langsam verscheuchte. Immer noch zu unruhig, um sich zu setzen oder gar wieder zu schlafen, streifte Birgit im Licht des Vollmonds durch den Garten. Einzelne Fakten und Hypothesen über Holgers Tod gingen ihr durch den Kopf. Tau drang langsam durch ihre Schuhe. Efeu und Margeriten, Heugabeln, die Wut des Täters oder der Täterin. Ohne es zu merken, war Birgit durch den ganzen Garten gewandert. Müde blieb sie beim alten Apfelbaum stehen. Seine Zweige waren beinahe verdorrt, seinen Stamm bedeckte ein Netz aus Efeuranken. Ein Schauder überlief Birgit, als sie sich an das Gefühl erinnerte, wie der Efeu im Traum über ihre Beine gekrochen war. Sie wollte sich gerade abwenden. Da sah sie es. Oh Mann, wie blöd kann man eigentlich sein, fragte sie sich. Es ist so einfach.

Sie rannte los, blieb mit dem Bademantel an Rosendornen hängen, hetzte weiter, rutschte auf dem nassen Gras aus, rappelte sich wieder hoch und keuchte ins Haus.

* * *

Hektisch fummelte sie an ihrem Handy herum, drückte in ihrer Aufregung auf die falsche Taste, vertippte sich einige Male, bis sie ihre SMS aufgerufen hatte. Das KTI hatte das Ergebnis geschickt. Auf Birgits Gesicht breitete sich ein zufriedenes Lächeln aus. Sicherheitshalber las sie die Nachricht nochmals, drückte auf die Zurück-Taste und verstaute das Handy wieder in ihrer Handtasche.

* * *

So sanft es Birgit in ihrer Aufregung möglich war, rüttelte sie an Carolynns Schulter. Schlaftrunken öffnete die die Augen.

»Ich weiß, wie es war«, wisperte Birgit.

Mühsam richtete sich Carolynn auf.

»Zieh dich an.« Birgit rannte hinaus.

* * *

Birgit drückte aufs Gaspedal. Mit hoher Geschwindigkeit verließen sie Tübingen. »Kriechender Efeu! Ich bin so blöd. Die Kriminologin hat gesagt, es war spontan. Der Mord und das Schmücken.«

Carolynn rieb sich die Augen und verstand kein Wort.

* * *

Von der Einfahrt aus sahen sie schwaches Licht in Keldings Küche. Leise näherten sie sich dem Haus. Die Tür war angelehnt. Überrascht sahen sich Birgit und Carolynn an. Wachsam gingen sie hinein. Es duftete nach frischem Brot.

»Herr Kelding?«, sagte Carolynn laut.

Auf dem Küchentisch standen Honig und Mehl- und Getreidetüten. Auf dem Schneidbrett waren offenbar erst kürzlich Kräuter gehackt worden. Birgit bückte sich und hob ein zungenförmiges Brot vom Fußboden auf.

»Schon wieder ein Schaf«, stöhnte Carolynn.

Rasch sahen sie in Keldings Garage. Sein Auto stand darin. Sie suchten ihn im Garten, entdeckten auf der Wiese dahinter eine frische Spur aus niedergetretenem Gras. Sie folgten ihr bis zum Waldrand. Ein Pfad führte sie zwischen den Bäumen hindurch, bis sie auf einen breiten Waldweg stießen.

»Und jetzt?«, wisperte Birgit. »Da lang oder da?«

Carolynn hob die Schultern.

Ein Singsang in einer Sprache, die die beiden nicht einordnen konnten, drang aus dem Wald. Sie rannten in seine Richtung. Er wurde lauter, schien von einer Lichtung zu kommen. Leise stiegen sie über umgestürzte Bäume, spähten durchs Unterholz. Geduckt schlichen sie ganz nahe heran und blieben gebannt stehen.

Kelding trug ein togaähnliches Gewand. Im Licht der aufgehenden Sonne durchschritt er ein schmales Tor aus dornigen Ruten, das er auf der Waldwiese aufgebaut hatte. Dabei streifte er beide Torwangen und rezitierte eine Art Gebet in derselben Sprache, die die Kommissarinnen hierher gelockt hatte.

Nahe beim Tor stand ein Tisch. Nun vermengte Kelding Kräuter aus einer der Schüsseln darauf mit dem Inhalt einer zweiten. Dann ließ er sein Gewand von den Schultern rutschen und rieb seinen nackten Körper, begleitet von Gesang, mit dem Kräuter-Brei-Gemisch ein. Er stieg in eine flache Grube, schüttete aus einem Krug Wasser über sich und wusch den Brei ab. Dann stieg er aus der Grube und begann, sie zuzuschaufeln.

Die Kommissarinnen traten auf die Lichtung.

»Schluss mit dem Zauber«, sagte Carolynn laut.

Kelding wirbelte herum. »Was fällt Ihnen ein! Was machen Sie überhaupt hier?«

»Ziehen Sie sich an«, sagte Birgit kalt. »Wir verhaften Sie wegen Mordes an Holger Krause.«

Wie gelähmt stand Kelding da. Die Frauen gingen langsam auf ihn zu. Carolynn hob sein Gewand auf und hielt es ihm hin.

Kelding erwachte aus seiner Erstarrung und zog sich mechanisch an. Stockend fragte er: »Wie wollen Sie das beweisen?«

»Einen entscheidenden Hinweis hat Ihre Freundin geliefert«, begann Birgit.

»Beate hat mit dem Mord so wenig zu tun wie ich«, widersprach Kelding.

»Das stimmt nur insoweit, was Frau Maurer und deren direkte Tatbeteiligung anbelangt.«

»Was?« Kelding sah für einen Moment verständnislos von einer zur anderen. »Verschonen Sie mich mit Ihren absurden Theorien. Unglaublich, was man sich heutzutage alles anhören muss.« Er begann, die Schüsseln zusammenzuräumen.

Birgit stand wie ein Fels. »Frau Maurer war der Meinung, das Schmücken von Leichen erfolge spontan. Und zwar von einem Mörder, der in enger Beziehung zum Opfer stand.«

»Argumentieren Sie immer so logisch? Genau diese enge Beziehung trifft auf mich nicht zu.«

»Stimmt«, gab Birgit zu. »Aber nur, weil das Schmücken gerade nicht spontan war.«

»Worauf wollen Sie eigentlich hinaus?«

Carolynn stellte sich direkt vor Kelding. »Darauf, dass Sie bewusst eine falsche Spur gelegt haben. Vor zwei Monaten fand ein Symposion statt. Zum Teil ging es um geschmückte Leichen. Frau Maurer hat Ihnen davon erzählt.«

»Jeder konnte sich die Vorträge anhören! Glauben Sie, das kontrolliert irgendwer?« Kelding drehte sich weg und klappte den Tisch zusammen.

»Frau Maurer«, sagte Birgit, »war sich sicher, dass keine Fremden teilgenommen hatten. Und was ist natürlicher, als abends von dem zu erzählen, was man tagsüber erlebt hat?«

»Hören Sie auf, hier herumzuspekulieren. Ich habe zu tun.«

Kelding griff nach dem Krug und goss seinen Inhalt achtlos ins Gras. »Das bloße Wissen über geschmückte Leichen macht einen noch lange nicht zum Mörder. So wie ich den Zeitungsartikel über den Leichenfund in Erinnerung habe, sind die Gewächse, die für Krause verwendet wurden, nicht gerade exotisch.«

»Das ist richtig«, stimmte Birgit zu. »Prinzipiell kamen das Gartenhaus, die Schreinerei, die Krause'sche Villa oder die Öko-WG als Tatorte in Frage. Spontan hätten Tristan, Karin, Sven, Margret und Sie die Blumen pflücken können. Aber vier Personen davon hätten nur rankenden Efeu zur Verfügung gehabt. Und der hat kurze, bürstenartige Haftwurzeln. Um Holger lag aber Efeu mit langen Saugwurzeln. Also kriechender. Der wächst nur bei Ihnen. Als wir mit Ihrer Mutter gesprochen haben, riss sie ihn vor unseren Augen zwischen den Stauden in Ihrem Garten hinter dem Haus aus. Es hat eine Weile gedauert, bis mir aufgefallen ist, um welche

Sorte es sich handelt, aber schließlich und endlich habe ich es kapiert.« Sie wandte sich an Carolynn. »Als mir Hubert eine Margerite gegeben hat, musste ich den Efeu abschütteln, weil die Saugwurzeln an ihren Stiel getrocknet waren. Na ja.«

»Sie begründen Ihre Theorie mit Wurzeln?« Kelding stieß einen verächtlichen Laut aus. »Machen Sie sich nicht lächerlich.«

»Die Analyse der Erde läuft noch«, behauptete Carolynn. »Und Sie werden das Ergebnis als Erster von uns erfahren.«

Kelding schluckte. »Jeder hätte in meinen Garten kommen können. Sie sind auch einfach hineingegangen.«

»Ersteres ja, zweiteres nein«, widersprach Carolynn. »Ihre Mutter hat uns hingeführt.«

»Auch wenn der Efeu von meinem Grundstück stammen sollte, beweist das nichts.«

»Im Zusammenhang mit der Tatwaffe schon«, warf Birgit ein. »Sie auf den Schrott zu stellen, war eine brillante Idee. Eine höchst unauffällige Methode, die Heugabel zu entsorgen. Ihr Pech war nur, dass einer Ihrer Nachbarn sie gut gebrauchen konnte. Unsere Leute haben zweifelsfrei festgestellt, dass an ihr Spuren von Holgers Blut kleben und von der rechten Zinke ein winziges Stück abgebrochen ist. Nur diese Heugabel kann die Stichkanäle in Krauses Rumpf verursacht haben.«

Kelding biss sich auf die Lippen und ließ den Kopf etwas hängen. »Und warum hätte ich Krause umbringen sollen?«

Carolynn drehte sich ein wenig, damit die aufgehende Sonne sie nicht blendete. »Er wollte eine Story über den Schafschlächter schreiben. Krause ahnte zunächst, dass Sie dahintersteckten. Die Art der Schlachtungen, die Lebern, die Orte, an denen die Kadaver gefunden worden waren, alles deutete auf Orakel. Dafür kamen nicht viele in Frage. Krause beschattete Sie, fotografierte, notierte. Am Freitag, während des Institutsfestes, sprach er von einer Sensationsstory über den Schlächter. Sie wussten, dass er Sie meinte. Sie mussten handeln.«

Keldings Gesichtsausdruck war immer finsterer geworden.

Birgit verscheuchte eine Fliege von ihrem Arm. »Was hätten Ihre Verwandten über Sie gesagt? Ihre Eltern? Spätestens seit Beginn Ihres Studiums kämpfen Sie um deren Anerkennung. Nein, eine Zeitungsstory konnten Sie sich nicht leisten.«

»Er wollte meinen Ruf ruinieren«, brach es aus Kelding heraus. »Ich sollte ihm die Fakten über Wahrsagetechniken liefern und er wollte daraus irgendeinen Schund machen mit dem Titel ›Götter, Schafe und Gelehrte‹. Ich habe mich geweigert. Er wollte mich erpressen. Ob mir eine Story in der Bild-Zeitung lieber wäre. Mit Fotos, wie ich ein Orakel zelebriere.« Mit aufwallender Wut setzte er hinzu: »Nach so einer Blamage wäre ich nie Professor geworden! Alle Welt hätte mich ausgelacht, nicht nur meine Verwandtschaft.«

Die halbe Waldwiese lag mittlerweile in der Sonne. Der Tau war beinahe getrocknet, ein Specht trommelte irgendwo in den Bäumen.

»Wo ist es passiert?«, fragte Carolynn.

Kelding rieb sich die Stirn. »In meinem Stall. Beim Füttern. Er stand plötzlich da und redete von seinem Buch. Ich war so wütend. Es ging alles so schnell. Ich habe es erst begriffen, als er sich nicht mehr bewegte.«

»Dann mussten Sie die Leiche loswerden«, sagte Birgit.

Kelding nickte.

»Warum haben Sie die Leiche ausgerechnet am Millionensträßchen abgelegt?«, fragte sie.

»Weil man mit dem Auto gut hinkommt. Außerdem schien es mir wegen seiner Geldgier passend.«

»Wieso die Ritzungen?«, bohrte sie weiter.

»Alle Welt suchte einen Irren. Sollte sie das ruhig tun. Zwei falsche Spuren waren besser als eine.«

»Und was haben Sie mit seinem Hemd gemacht?«, fragte Birgit.

»Das habe ich im Beistellherd verbrannt.«

»Und was war das hier?«, wollte Carolynn wissen.

»Ein Eschhar-Ritual. Ich wollte meine Schuld abstreifen. Wie die Hethiter.«

Kelding ließ den Kopf etwas sinken. »Schumma ana ilischu dina sadir schipti ili.«

»Bitte?« Birgit sah ihn verblüfft an.

»Wenn er ständig wegen eines Urteils zu seinem Gott geht, Bestrafung durch den Gott.«

»Was soll das heißen?«, fragte Carolynn.

»Ich habe die Götter gereizt. Durch die vielen Leberorakel. Orakelentscheidungen wurden im Alten Orient als Urteile bezeichnet. Es steht ausdrücklich in den Texten, die Priester sollten die Orakel nicht so kurz hintereinander durchführen. Offenbar hatten die Götter keine Lust, so oft zu Gericht sitzen zu müssen.«

»Was haben Sie denn die Götter gefragt?«, fasste Birgit nach.

»Ob ich die Professur bekomme.«

Sie halfen Kelding, seine Utensilien in seinen Rucksack zu packen, und führten ihn ab.

* * *

Es schneite. Dicke Flocken wirbelten durchs Neckartal, berührten beinahe die Erde, wurden von einer Bö wieder hochgerissen und weitergetrieben. Die Flocken jagten über die Felder, zerrannen auf den Erdschollen.

Birgit und Carolynn kamen in die Küche und setzten sich zu Wally, die den Lokalteil des Schwäbischen Tagblatts las.

»Ihr kommt spät«, sagte Wally.

»Der Richter hat eine ganze Reihe von Zeugen vernommen. Das hat gedauert«, begann Carolynn und schenkte sich nebenbei Tee ein. »Aufgrund ihrer Aussagen wird er Tristan wegen Hehlerei verurteilen. Der Richter hat keinen Zweifel gelassen, dass er diesmal länger sitzt als beim ersten Mal. Seine Flucht machte es auch nicht besser.«

»Wie hat man ihn noch mal gefunden?« Wally nahm sich einen Zimtstern.

Birgit schluckte ihr Vanillekipferl hinunter. »Man hat ihn bei einer Razzia in einer Spelunke auf der Alb gefasst.«

Carolynn sagte zu Birgit: »Seidelbast hat erzählt, Karins Prozess wegen ihrer Scheinfirma beginnt bald.«

»Muss sie auch ins Gefängnis?«, fragte Wally.

»Vielleicht«, antwortete Birgit. »Vielleicht bekommt sie auch nur eine Geldstrafe.«

Wally hielt ihrer Mutter die Zeitung hin. »Schau mal.«

Ein groß aufgemachter Artikel berichtete über den inhaftierten Tübinger Dozenten Kelding. Dessen allgemeinverständlich geschriebenes Buch ›Arijasessar – hethitische Wahrsagekunst‹ war zum Bestseller avanciert, der die Auslagen aller Buchhandlungen Tübingens beherrschte. Kelding deutete in dem Bericht an, er verhandle bereits mit einer Produktionsfirma über eine Dokumentation fürs Fernsehen.

Birgit musste lachen. »Ausgerechnet Kelding als Medienstar.«

Sie gab die Zeitung an Carolynn weiter.

»Den Artikel hat Neumair geschrieben«, sagte Carolynn. »Hat er doch noch ein Interview mit dem Schafschlächter bekommen.«

Birgit vermisste Milch zum Tee und ging zum Kühlschrank, um welche zu holen. Mitten auf der Tür prangte ein Bild ihrer braunen Patenkuh Trixi. Birgit zwinkerte ihr zu.